山高水阔书香远

全民阅读活动的探索与思考

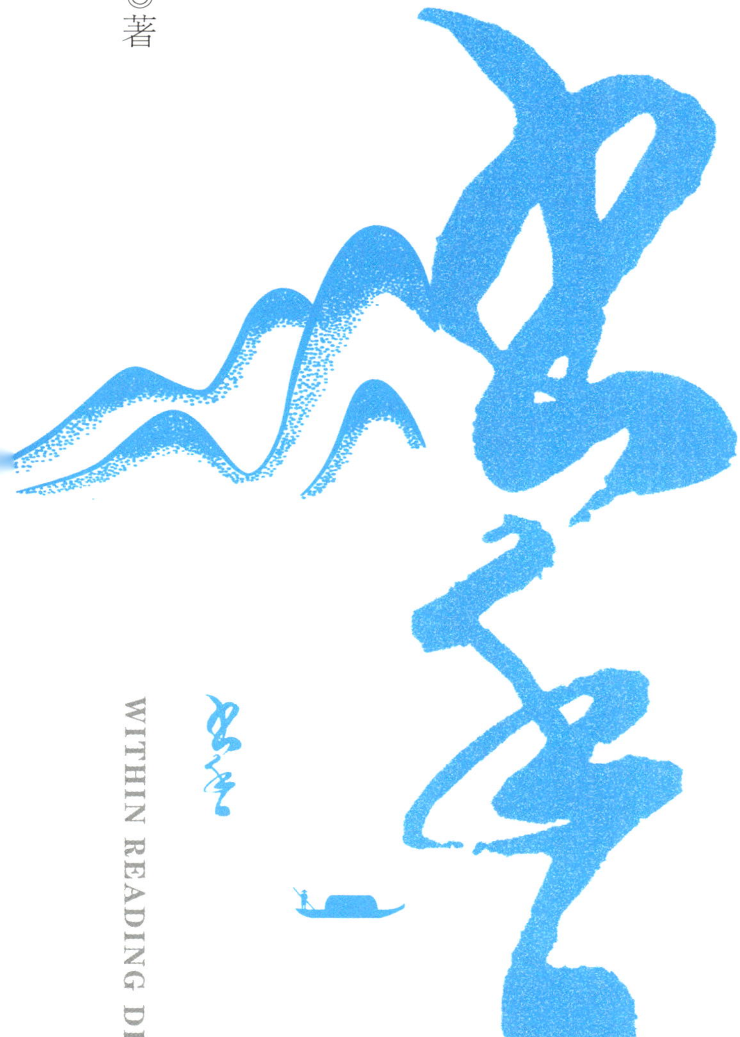

WITHIN READING DISTANCE

李忠◎著

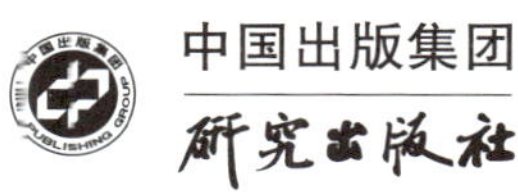

图书在版编目 (CIP) 数据

山高水阔书香远 / 李忠著 . -- 北京 : 研究出版社，2019.7

ISBN 978-7-5199-0659-7

Ⅰ . ①山… Ⅱ . ①李… Ⅲ . ①散文集 – 中国 – 当代 Ⅳ . ① I267

中国版本图书馆 CIP 数据核字 (2019) 第 134634 号

出 品 人：赵卜慧
图书策划：张 琨
责任编辑：刘春雨 张 琨

山高水阔书香远

WITHIN READING DISTANCE

作　　者 李 忠 著
出版发行 研究出版社
地　　址 北京市朝阳区安定门外安华里 504 号 A 座（100011）
电　　话 010-64217619　　64217612（发行中心）
网　　址 www.yanjiuchubanshe.com
经　　销 新华书店
印　　刷 北京印匠彩色印刷有限公司
版　　次 2019 年 8 月第 1 版　　2019 年 8 月第 1 次印刷
开　　本 710 毫米 ×1000 毫米　1/16
印　　张 20.25
字　　数 230 千字
书　　号 ISBN 978-7-5199-0659-7
定　　价 58.00 元

目 录

下　篇　行到水穷处　坐看云起时

附　录

播撒书香遍九州

——为《山高水阔书香远》序

柳斌杰

收到李忠同志新著《山高水阔书香远——全民阅读活动的探索与思考》书稿后，一口气读完了长达29.2万字的文稿，欣喜不已，感慨良多，即兴题成小句："播撒书香遍九州，中华文脉有传人。全民阅读铸灵魂，走向复兴更自信。"表达了我对这书这事这人的殷殷之心。老之将至，其言也真。我就把自己的感悟写出来，以为序。

（一）

“全民阅读”是联合国大会通过的新千年“人类发展议程”重大计划之一，与地球上的清除贫穷、保护环境、节约资源等议程一样重要，列入人类生存、发展必须用行动解决的问题。中国政府是21世纪议程的倡议者和参与者，当然我们要在中国推进这些计划，并变为实际行动。

经过2004、2005两年的调研、试点，2006年由中宣部、新闻出版总署等十部委向全国发出了“全民阅读”的倡议，也开始了相应的配套工程建设，例如送书下乡、农家书屋、社区书屋、职工书屋等试点工作，为深化全民阅读创造条件。随后北京、上海、深圳、苏州等城市广泛开展"读书季、读书月、读书周、读书节"等群众性读书活动城乡普遍开展起来了。"倡导全民阅读，建设书香中国"逐渐进入国家政策，也成了党委、政府、社会组织和广大人民群众的共识，认同度最高的一项全民文化建设行动。既发扬了中华民族追求书香的文化传统，也契合了人民群众提高思想道德和科学文化素质的需求，顺民心、合民意，符合国情。

为了推动全民阅读向纵深发展，解决不平衡、不深入的问题，我们提出运用各种力量和方法再推广再深化的问题，于是着手组织媒体阅读联盟深入城乡加大推广、发动全社会参与引领推手，增强吸引力、评选表彰书香之家、书香之镇、书香之县、书香之市、书香之都的活动，以建立激励机制。几年之间，一些有关部门在这些措施都开始了落实。全民阅读调查显示，我国全民阅读率年年攀升。

2013年春，由中国新闻出版集团牵头组织、首都各主要媒体参与的"全民阅读媒体联盟"成立，首次整合媒体的力量，有组织有计划的开展阅读推广、示范引领、读书交流、推荐好书等"大力读"活动。这个联盟的秘书处就设在当时的"中国新闻出版报"社，李忠同志受命担任秘书长。这本书就是李忠同志多年来，带领全民阅读媒体联盟打造"书香中国万里行"、全民阅读"红沙发"等品牌启动，行程几十万公里，在30多个城市和数以百计的基层站点开展全民阅读推广、发动建设书香中国的全记录。他把当地人文历史、文化风俗、风土人情、城市发展与全民阅读结合起来，深刻阐述了"读书继世长"的道理，引导人们在阅读中传承文化、用读书改变命运、用书香改造中国。在写法上引经据典，史论结合，古今融汇，记述生动，展现了一幅全民阅读的真实景观。

（二）

读书和吃饭是人类生活中两件不可或缺的好事。吃饭是人维持生存和增加体力的能量转化过程，读书则是人类社会文明和开发智力的精神发育过程。我国自古以来，就厚植了"耕读"文化的基因，历史典籍记录了大量劝人读书的动人故事和发奋读书而成就事业的典范。在我国古代流传最广、影响最大的启蒙读物，都是劝人读书的，书香传家是中国文化人的追求，这是中国文化的传统。早在两千多年前，我国的圣人们就开始以书为本、兴学育人，把读书当成明理、立德、修身、齐家、治国、平天下的根本大事，号召人们"读万卷书"。后来，实行科举制度，以读书的好坏为选拔优秀人才的基本标准，延用至清末。近代的我国有识之士，之士，都把读书看成是人生第一等好事，都把“诗书继世长”当作家训以示儿女，书香之家、书香门第成为人们景仰的家族荣耀。

进入现代，外国的读书格言进入中国，“读书就是人与世界的心灵对话”，“书籍是照亮心灵的灯塔”，“书籍是人类文明进步的阶梯”……这些思想启发人们从更广阔的视角理解读书的意义。我们革命的先辈也给我们树立了读书的榜样。我们敬爱的周总理，十几岁的时候，就号召青年“为振兴中华而发奋读书”，远赴东洋、西洋学习真理，为中国人民的事业奋斗终生。开国领袖毛泽东主席，一生爱书如命，无论是青年时期还是战争年代，或是晚年，都是与书相伴，书不离人，手不释卷。他曾多次说过：书是最好的朋友，饭可以不吃，书不可不读。在中央的会议上，他总是博引群书，每每向全党同志推荐经典读书，事后还要询问读了没有，读了几遍。这是许多干部受益。特别是他在延安和杭州等地组织的读书会，对于抗战胜利和社会主义制度的建立，都产生了巨大影响，很多老同志回忆中都称赞那是全党的读书盛事，读出了真理，培养了干部。

读书是一等好事，又力学是最大的要事。全民阅读推广联盟深入各地，推动全民读书和书香社会建设，既是一件公益好事，也是服务人民大众的善举，用活动的方法发动大众读书，用丰富的活动激发大众的读书热情，用知识的力量帮助人民创造自己的新生活。他们的活动之所以受到各地的欢迎，就是因为反映了人民群众的愿望，满足了人民群众的精神需求，调动了各地的文化资源，营造了全民读书的氛围。

李忠同志书中不仅记述了许多新的全民阅读、中国书香万里行的精彩场景，而且进行了探索和思考，这是进一步推动全民阅读所必须的。全民阅读是文化建设的一项基础工程，涉及千家万户、亿万人民的福祉，已经纳入国家法律，成为党和国家首选的工作任务，"十三五"全民阅读规划、每年的政府工作报告、党的政策文件，都对其有具体部署，各地党委和政府更是精心谋划和组织推动，以各具特色的办法促进全民阅读活动，已经出现了书香中国、四季书香、"七进八进"、"家庭书房"建设等兴盛发达的大好局面。希望全民阅读媒体联盟密切配合全国各地的读书活动，加大活动宣传、推广力度、交流评估，促使媒体开展全民阅读推广、交流、研讨、指导活动，做好这件利在当代、功在千秋的好事。

（三）

书是人写的，事是人做的。说了读书这事之后，我还必须说说这人。这人就是中国出版传媒集团这一批人，他们是政治坚定、专业精通、作风优良、能打硬仗的人。他们始终与党和人民同呼吸、共命运，坚定贯彻党和国家关于新闻出版传媒的方针政策，推动新闻出版传媒产业改革发展创新，服务行业发展，发挥着专业媒体的引领作用。

全民阅读媒体联盟的成立和享誉全国，就是他们服务大局、服务行业、服务人民的一个鲜活缩影。200多家媒体会员、组织几十万会员，到全民阅读的第一线去发动、推广全民读书，传承文明、引领文化，七年如一日为之奋斗，至死不渝。不用说这高贵博大的读书情怀、坚定的工作信念，单就是庞大的组织、安排、沟通工作和人力、物力、财力的筹划调动，都是极需智慧人的事情。他们做到了，而且做的很好，我对他们由衷是充满敬意的。

我是一个有读书情结的人，我对这个世界上抚育我成人，最感谢的是书。我一个贫穷的孩子能成为有用的人，就是靠的书。是读书让我懂得人生是创造出来的，在九死一生[illegible]的环境下有了生存的勇气；是读书让我有了知识和思想智慧，融入到中国革命、建设、改革开放的历史潮流中；是读书改变了我人生的命运，让我从一个懂得文化的矿山井下来到了首都北京，参与了党和国家许多重大决策和重要工作。从扫盲识字开始，至今60多年，天天读书已成为我的生活方式。胡耀邦同志曾说，你们青年干部起码要读两亿字的书（他指的是马列全集），感到知识不够。这是我当面听到的。我那时就下决心要读六亿字的书，因为那时马恩列斯全集、毛选四卷我已经读过了，中国历史典籍两亿字也大部分读过了，还有中外学术经典两亿字正在读。现在看来，还有现代科学文化新书、当代学术前沿、中国特色社会主义理论著作，更要读。所以读书是个无止境的事情，要终身学和活读到老。

正因为这样的经历，我对用知识改变中国、改变中国人的命运，是有了强烈的追求和热情。

在管理新闻出版的岗位上，我始终把惠及广大人民群众的全民阅读、书香中国建设、农家书屋工程、多功能阅读空间发展、数字出版和数字媒体阅读，放在重要工作上加以推动。目的是为人民群众创造阅读条件，让更多的人有知识、有文化、有技术，生活的更有尊严、更有情趣、更有价值。

李忠同志虽是我的晚辈，但他也有爱书的品格和助人为乐的情怀。每每交流，对读书的认识都有共同之处。他担任全民阅读推广联盟秘书长后，对全民阅读认识到位，尽职尽责，把一个松散的联盟搞得风生水起，实属不易。本书中的记述和思考，字里行间透露他的工作的激情和思想火花，用于读书、用于工作、用于思考的开拓丝线上。在他的带领下，工作团队的同志都受到了书香侵润，热爱这项工作。作为全民阅读的倡导者、推动者，我感谢思明及其团队的出色工作，并希望他们坚持到底，把这件善事做好，造福中国人民。

古人云："读万卷书，行万里路"是为士之本分。今天这已不是什么文化事，而是全民的追求。凡我参加的全国"书香中国万里行"活动，都有当地"全民读书节"、"文化中国的盛宴"，当地的社会风尚和读书气氛为之一变。坚持以人民为导向，是我党一切工作的基本原则。全民阅读的推广活动正是直接为人民服务的工作，党政机关、社会组织、各类媒体、社会贤达，都应当热情支持和鼓励人民群众以更多的精力、更多的时间投入阅读，在阅读中传承中华文明，在阅读中坚定文化自信，在阅读中树立社会主义核心价值观，在阅读中提高思想道德水平，在阅读中获得先进理念和先进知识，用知识改变自己的命运，创造更加美好的生活。

祝愿书香中国万里行走遍全国！

2019年5月22日

于永湛

播撒书香遍九州

——为《山高水阔书香远》序

柳斌杰

收到李忠同志新著《山高水阔书香远——全民阅读活动的探索与思考》书稿后，一口气读完了长达292页的文稿，欣喜不已，感慨良多，即兴联成几句："播撒书香遍九州，中华文脉有传人。全民阅读铸灵魂，走向复兴更自信。"表达了我对这书这事这人的殷殷之心。老之将至，其言也真。我就把自己的感悟写出来，以为序。

（一）

"全民阅读"是联合国大会通过的新千年"人类发展议程"重大计划之一，与地球上的消除贫困、保护环境、节约资源等议程一样重要，列入人类生存、发展必须用行动解决的问题。中国政府是21世纪议程的倡议者和参与者，当然承诺要在中国落实这些计划，并变为实际行动。

经过2004年、2005年两年的调研、试点，2006年由中宣部、新闻出版总署等十部委向全国发出了"全民阅读"的倡议，也开始了相应的配套工程建设，例如送书下乡、农家书屋、社区书屋、职工书屋等试点工作，为深化全民阅读创造条件。随后北京、上海、深圳、苏州等城市率先响应，读书季、读书月、读书周、读书节等群众读书活动在城乡普遍开展了起来。"倡导全民阅读，建设书香中国"逐渐进入国策，也成了党委、政府、社会组织和广大人民群众的共识，认同度最高的一项全民文化建设行动。既发扬了中华民族追求书香的文化传统，也契合了人民群众提高思想道德和文化科学素质的需求，顺民心、合民意，行之有效。

为了推动全民阅读向纵深发展，解决不平衡、不深入的问题，我们提出运用各种力量和办法再推广再深化的问题，于是考虑组织媒体联盟深入城乡加大推广，发动知识界参与引导指导增强吸引力、评选表彰书香之家、书乡之镇、书乡之县、书乡之市、书香之都的活动以强化激励机制。几年之间，在一些省市区这些措施都开始落实，全民阅读调查显示，我国全民阅读率年年攀升。

2013年春，由中国新闻出版传媒传媒集团牵头组织、首都各类媒体参加的“全民阅读媒体联盟”成立，首次整合媒体的力量，有组织有计划地开展阅读推广、示范引导、读书交流、推荐好书等“劝读”活动。这个联盟的秘书处就设在当时的“中国新闻出版报”社，李忠同志受命担任秘书长。这本书就是李忠同志7年来，率领全民阅读媒体联盟打造“书香中国万里行”、全民阅读“红沙发”等品牌活动，行程几十万公里，在30多个城市和数以百计的基层站点，开展全民阅读推广，发动建设书香中国的全记录。他把当地人文历史、文化品牌、风土人情、当代发展与全民阅读结合起来，深刻阐述了“诗书继世长”的道理，引导人们在阅读中传承文化、用读书改变命运、用书香改造中国。在写法上引经据典，史论结合，古今融汇、记述生动，展现了一幅全民阅读的真实景观。

（二）

读书和吃饭是人类生活中两件不可或缺的好事。吃饭是人类维持生存和增加体力的能量转化过程，读书则是人传承文明和开发智力的精神发育过程。我国自古以来就厚植了“耕读”文化的基因，历史典籍记录了大量劝人读书的动人故事和发奋读书而成就事业的典范。在我国古代流传最广、影响最大的启蒙读物，都是劝人读书的，书香传统是中国文化人的追求，也是中国文化的特色。早在两千多年前，我国的圣人们就开始以书为本兴学育人，把读书当成明理、立德、修身、齐家、治国、平天下的根本大事，号召人们“读万卷书”。后来，实行科举制度，以读书的好坏为选拔优秀人才的基本标准，延用至清末。近代的我国有识之士，都把读书看成是人生第一等的好事，都把“诗书继世长”当作家训以示儿女，书香之家、书乡门第成为人们敬仰的家庭背景。

进入现代，外国的读书格言进入中国，“读书就是人与世界的心灵对话”，“书籍是照亮心灵的灯塔”“书籍是人类文明进步的阶梯”……这些思想启发人们从更广阔的视角理解读书的意义。我们的革命先辈也给我们树立了读书的榜样。我们敬爱的周总理，十几岁的时候就号召青年“为振兴中华而奋发读书”，远赴东洋、西兰学习革命真理，为中国人民的事业奋斗终生。开国领袖毛泽东主席，一生爱书如命，无论是青少年时期还是战争年代，亦或晚年，都是与书相伴，书不离人，手不释卷。他曾多次说过：书是人类最忠实的朋友，饭可以不吃，书不可不读。在中央的会议上，他总是博引群书，每每向全党同志推荐经典读书，事后还要询问读了没有，读了几遍。这使许多干部受益。特别是他在延安和杭州组织的读书会，对抗战胜利和社会主义制度的建立，都产生了巨大影响，很多老同志回忆中都称赞那是全党的读书盛事，读出了真理，培养了干部。

读书是一等好事，劝学是最大的善举。全民阅读媒体联盟深入各地，推动全民阅读和书香社会建设，既是一件公益好事，也是服务人民大众的善举，用活动的办法发动大众读书，用示范的行动激发大众的读书热情，用知识的力量帮助人民创造自己的新生活。他们的品牌活动之所以受到各地的欢迎，就是因为反映了人民群众的愿望，满足了人民群众的精神需求，调动了当地的文化资源，营造了全民读书的氛围。

李忠同志书中不仅记述了丰富多彩的全民阅读，中国书香万里行的精彩场景，而且进行探索和思考，这是进一步推动全民阅读所必需的。全民阅读是文化建设的一项基础工程，涉及千家万户、亿万人民的福祉，已经纳入国家法律，成为党和国家长远的工作内容，“十三五”全民阅读规划、每年的政府工作报告，党的政策文件，都对其有具体部署，各地党委和政府更是精心谋划本地行动，以各具特色的办法落实全民阅读法，已经出现了长年深入、四季书香、“七进八推”“家庭书房”建设方兴未艾的大好局面。希望全民阅读媒体联盟密切配合全国各地的读书活动，加大活动密度、推广力度、交流深度，继续谋划和开展全民阅读推广、交流、研讨、指导活动，做好这件利在当代、功在千秋的好事。

（三）

书是人写的，事是人做的。说了这书这事之后，我还必须说说这人。这人就是中国新闻出版传媒集团这一批人，他们是政治坚定、专业精通、作风优良、能干实事的人。他们始终与党和人民同呼吸、共命运，紧密配合党和国家关于新闻出版传媒的重大决策，推动新闻出版传媒事业改革发展创新，服务行业发展，发挥着专业媒体的特殊作用。

全民阅读媒体联盟的成立和享誉全国，就是他们服务大局、服务行业、服务人民的一个现实例证。200 多家媒体参与、行程几十万公里，到全民阅读的第一线去发动、推广全民读书，启发民智、传播文化，七年如一日为之奋斗，实属不易。不用说这需要博大的读书情怀、坚定的工作信念，单就是庞杂的组织、安排、沟通工作和人力、物力、财力的筹划调动，都是极考验人的事情。他们做到了，而且做的很好，我对他们内心是充满敬意的。

我是一个有读书情结的人，我到这个世界上独立成人，最感谢的是书。我一个战争孤儿能成为有用的人，就是靠的书。是读书让我懂得人生是创造出来的，在九死一生的环境下有了生活的勇气；是读书让我有了知识和思想智慧，融入新中国建立、建设、改革开放的历史潮流中；是读书改变了我人生的命运，让我从沙漠深处的矿山井下来到了首都北京，参与了党和国家许多重大决策和重要工作。从扫盲识字开始，至今60余年，天天读书这是我生活的基本方式。胡耀邦同志曾说，你们青年干部至少要读两亿字的书（他指的是《马列全集》），否则知识不够。这是我当面听到的。我那时就下决心要读六亿字的书，因为那时马恩列斯全集、毛选四卷我已经读过了，中国历史典籍两亿字也大部分读过了，还有中外学术经典两亿字正在读。现在看来，还有现代科学文化新书、当代学术前沿，中国特色社会主义理论著作，更要读。所以读书是个无止境的事情，只能活到老读到老。

正因为这样的经历，我对用知识改变中国，改变中国人的命运，具有强烈的追求和热忱。在管理新闻出版的岗位上，我始终把惠及广大人民群众的全民阅读、书香中国建设、农家书屋工程、多功能阅读空间发展、数字出版和新媒体阅读，放在全局工作上加以推动。目的是为人民群众创造阅读条件，让更多的人有知识、有文化、有技术，生活得更有尊严、更有情趣、更有价值。

李忠同志虽是我的晚辈，但他也有读书的体悟和助人为乐的情怀。每每交流，对读书的认识都有共同之处。他担任全民阅读媒体联盟秘书长后，对全民阅读认识到位，尽职尽责，把一个松散的联盟搞得风生水起，实属不易。本书中的记述和思考，字里行间充满他的工作激情和思想火花，用心读书、用心工作、用心思考的形象跃然纸上。在他的率领下，工作团队的同志都受到了书香浸润，热爱这项工作。作为全民阅读的倡导者、推动者，我感谢李忠同志及其团队的出色工作，并希望他坚持到底，把这件善事做好，造福中国人民。

古人云："读万卷书，行万里路"是为士之必途。今天这已不是什么难事，而是全民的追求。凡我参加的全国各地"书香中国万里行"活动，都办成了当地"全民读书的节日""文化中国的盛宴"，当地的社会风尚和读书氛围为之一变。坚持以人民为导向，是我党一切工作的基本原则。全民阅读的推广活动正是直接为人民服务的工作，党政机关、社会组织、各类媒体、社会贤达，都应当热情支持和帮助人民群众以更多的精力、更多的时间投入阅读，在阅读中传承中华文明，在阅读中坚定文化自信，在阅读中树立社会主义核心价值观，在阅读中提高思想道德水平，在阅读中获得先进理念和先进知识，用知识改变自己的命运，创造更加美好的生活。

祝愿书香中国万里行走遍全国！

2019年5月22日

于北京

（作者为十二届全国人大常委、教科文卫委员会主任委员、原国家新闻出版总署署长、中国出版协会理事长、清华大学新闻与传播学院院长。）

上篇——枕河人家 拥书而眠

榜样的力量

2012年调入原国家新闻出版总署系统工作后，突然间发现身边多出了许多位值得学习的榜样，这些人都成为我不懈怠、不抱怨、不放弃，抓住点滴时间阅读充电、不断提升和超越自我的动力与压力来源。

第一次走进柳斌杰署长的办公室，发现他的案头堆起了小山一样的书籍，一问才知道，这些都是他挑选的新书及经典著作，每读完一本，就放入身后的书柜，一年下来要读差不多300本。第二年，他的案头又会堆起一座书山，再一本一本读完，如此年复一年。走出署长办公室，赶紧跑到北京西单图书大厦买书来读，不然，每天坐在办公室，心里总是不踏实——从事新闻出版工作，不读书的人，怎么会称职？

跟随分管副署长邬书林出差，一开口，他就会问，最近读了什么书，或最近有一本好书，叫什么什么，你给我讲讲阅读体会。于是，周围的人每天下了班，晚上或周末都自觉不自觉地捧起书，以防哪天被邬副署长抽查时张口结舌、答非所问。时间久了，大家也就自觉地、深入系统地读起了书，但是见了邬副署长还是难免紧张，因为他的学问大，读的书太多，还给两院院士做过学术报告。

原总署党组成员、纪检组长宋明昌，本是学医出身，到总署之后，边工作边读书，牵头筹备中国出版博物馆，马不停蹄带队四处考察，走遍了全国 100 多家博物馆、图书馆、美术馆，他还坚持自己写作兼摄影。我们多次邀请他在全国书博会“全民阅读大讲堂”上授课，聊起出版与文化，他总能高屋建瓴，旁征博引，深入浅出，语惊四座。

韬奋基金会理事长聂震宁，在连续三届全国政协委员的任职期间，坚持不懈地宣传和呼吁“全民阅读”。他受邀在多所高校担任硕导、博导，一年到头应邀四处演讲，教授全民阅读的理念与方法。他笔耕不辍，一本一本地写书、出书，传播阅读文化，亇身体力行，积极参加各种全民阅读公益活动，实在令人感动和佩服。

过去 7 年间，我们每年都要参与组织评选“大众喜爱的 50 种图书”，与来自文学、经管、人文社科、少儿及科普生活等领域的作家、学者、出版家、书评家、媒体人一起，从筛出的几千种图书中优中选优，推荐出 100 种左右适合大众阅读的好书，再拿到网络上，请大众投票选出 50 种好书。每年的年终岁末，全民阅读媒体联盟成员单位会进行“跨媒体传播”，动员广大读者“带一本好书回家过年”“送一本好书作为新年礼物”。在这期间，我更加发现，四周皆是饱学之士，不读书，焉有选书、评书、荐书的资格和底气？尤其是出版管理司前后几任司长，吴尚之、张福海、周慧琳，听他们主持终评会，我学到的是，从事新闻出版与全民阅读推广业务，在谦逊、包容、专业、博学的同时，还要严谨、严谨，再严谨！博学之、审问之、慎思之、明辨之、笃行之。要拿出认真做学问的态度，从事全民阅读的评书荐书工作，才不会辜负万千读书人的期待。

在中国新闻出版传媒集团，每周一、周五的业务例会上，我发现无论是集团所属报纸、杂志、网站及微信、微博、客户端的编辑记者，还是从事全民阅读公益品牌活动的青年员工，以及从事新闻出版传媒业经营管理和资本运营、投融资业务的资深同事，甚至包括行政后勤人员，说起出版与阅读，或深或浅，都有自己的独到见解与知识储备。在人工智能、大数据与移动互联5G时代，如何坚守在专业新闻出版人的岗位上，不被一波又一波的新媒体浪潮冲击得失去自我？拥抱新时代的有效方式之一，还是读书充电。

带领“书香中国万里行”的团队走过全国30多个城市，一路上，见到的许多面容，听到的许多故事，还宛如昨日，犹在眼前。

在湖北襄阳，初中毕业的农村妇女周春兰，背负着沉重的家庭生活负担，却通过艰难环境下的读书写作，终于让生活向她展开了笑颜；在江苏张家港，“徐玲公益书屋”的故事，让我知晓了一位儿童文学作家在匮乏年代贪婪阅读的童年，明白了她的拼命写作的动力，来源于她“温润自我，快乐他人”的内心世界；在内蒙古包头，我记住了那个天真烂漫、在博物馆里摇头晃脑地为我讲解古代岩画的志愿者小姑娘；在河南南乐仓颉庙，透过白发学者的介绍，我记住了互联网时代的“仓颉”、北大教授王选的感人故事……他们通过读书写作、创新思考、发明创造，有的充实了自己，有的改变了生活，有的快乐了他人，有的造福了人类。虽然人生的起点高低错落，但通过坚持与努力、阅读与创造，在各自不同的人生阶段，抵达了他们人生价值的新高度、新境界。从此种意义上说，他们都是我的榜样。

携手全国党报的社长总编辑们一起行走中国，得以从更宽广的视野观山、阅水、闻书香。在内蒙古，我们领略了绿色草原上的自然、生命与青春之美，更从席慕蓉的诗里、韩磊的歌里，感受到游子对家乡的深情；在山东，我们探访瑞雪泰岳、瞻仰曲阜三孔、凭吊古城台儿庄，领悟齐鲁文化的博大与精深；在吉林延边，我们为清代爱国名臣吴大徵“书生报国”、捍卫国土的壮举而热泪盈眶，更为朝鲜族村民“喜看稻菽千重浪”的丰收场景而激情感奋；在浙江富阳，我们既向黄公望的《富春山居图》致敬，更向“富阳之子”、革命烈士郁达夫致敬；在贵州，我们在遵义会议的小红楼前重温入党誓词，在平塘县“中国天眼”之城，我们透过全世界最大的500米单口径射电望远镜，聆听来自外太空神秘的天籁之音，我们一起，向战争年代的革命元勋、向和平年代的科技尖兵致敬……

在广袤无垠的中华大地上，我们向诗人、歌手、艺术家学习，学习他们对家园的深情爱恋，向农民、作家、科学家学习，学习他们耕耘与创造的忘我奉献；在浩瀚悠远的历史长河中，我们向孔老夫子、抗日将士学习，向报国书生、革命烈士学习……

三人行，必有我师焉。读有字书，成长、快乐、创造，奉献；读无字书，功夫在书外，跋涉于“书香中国万里行”的漫漫长路上，山高水阔，边走边读，其乐亦无穷。

书香溢襄阳

初夏时节，我们来到古城襄阳。车窗外，晨风轻拂，杨柳依依，满眼的青山秀水，恍惚间仿佛置身在了杏花春雨的温润江南。好客的司机师傅急切地介绍起自己家乡的历史掌故：诸葛亮躬耕垄亩，刘备三顾茅庐；山水诗人孟浩然隐居在鹿门山寨；一代书圣米芾自称米襄阳；《三国演义》一百二十回，有三十二回发生在这里；金庸笔下人物郭靖、黄蓉涉及的襄阳保卫战的旧址，就在襄阳古城之内……司机小伙的普通话里带着明显的中原口音，透着不加掩饰的自豪。车子进了城区，高楼林立，街市繁华，可前后左右满眼还是看不尽的绿，定睛望去，原来城区的四周也实实在在地被青山绿水包裹着、簇拥着。马路左边，已是清澈而壮阔的汉江水，马路右侧，却是巍峨而沧桑的古城墙。“一江碧水穿城过，十里青山半入城。”襄阳古城之美，真的是名不虚传。

初见古城风貌，就有一种预感，此次“书香中国万里行·襄阳站”的采访活动，一定会不虚此行。初次造访襄阳的客人，自然会被牵引着，首先去瞻仰一代名相诸葛孔明的隆中故居——距襄阳城西 13 公里处，一座山环水抱的小山村。罗贯中如此描述古隆中：“山不高而秀雅，水不深而澄清，地不广而平坦，林不大而茂盛。”清光绪十九年（1893 年）湖北提督程文炳在此修建了一座高约 6 米的“古隆中”石牌坊，两边石柱上线雕着杜甫的诗句“三顾频烦天下计，两朝开济老臣心”，不由得让人默念出后两句“出师未捷身先死，长使英雄泪满襟”，顿时心生欷歔。牌坊两侧小门上雕刻着诸葛亮的千古名言“淡泊明志，宁静致远”，牌坊背面的大门上方是“三代下一人”。如此高的评价，除了诸葛孔明，蜀汉以降，能有几人堪此殊誉?

诸葛亮身居乱世，8 岁丧父，17 岁时叔父去世。失去生活依靠的他就在隆中隐居下来，耕作之余，博览群书，广交士林，静观时事，深思治策。27 岁出山辅佐刘备成就蜀汉霸业，27 年的政治生涯，“鞠躬尽瘁，死而后已”，修身、齐家、治国、平天下。孔明先生 54 岁的短暂一生，成为一代又一代儒家知识分子不朽的道德模范，成为世人眼里的“忠诚楷模，智慧化身”。“立德、立言、立功”，此之谓“三不朽”。古代读书人的全部人生理想，在诸葛亮身上得以近乎完美的实现和统一。难怪当今襄阳的百姓，会把诸葛孔明当成了襄阳历史文化的第一位“形象代言人”。

“古有卧龙出隆中，今有智人藏文理。”就在古隆中山下，有一所湖北文理学院，其历史可以上溯至清末 1905 年创建的襄阳府师范学堂。过去 4 年间，学校开展了以“隆中诸葛读书工程”为载体的全民阅读活动，身着古装的女学生集体在襄阳古城昭明台前齐诵《隆中对》；校长李儒寿带领 6000 新生朗读诸葛亮《诫子书》：“夫学须静也，才须学也，非学无以广才，非志无以成学……”每天清早，校园内“卧龙出山”雕塑广场周围，聚满了集体晨读的莘莘学子。“淡泊明志，宁静致远”也作为校训，镌刻在了文理学院的校徽上，“和诸葛亮一起读书去”，已经成为这所大学最有名的一句口号。无独有偶，襄阳城里还有一所在全国范围内唯一以诸葛亮名字命名的“诸葛亮中学”，学校内还设有“孔明文学社”。顾名思义，看起来当初诸葛孔明先生的事业与理想，在今天的襄阳古城早已后继有人。

如果说诸葛亮还是随叔父迁入襄阳的外来移民的话，那么唐代诗人孟浩然世称“孟襄阳”，生于斯，长于斯，葬于斯，真的算是土生土长的襄阳人了。在襄阳的历史名人中，论政治家，有三国孔明、东汉刘秀、战国伍子胥；论史学家，有东晋习凿齿；论佛学家，有南北朝高僧释道安；论书法家，有北宋米芾；若论起文学家来，虽然有战国时期楚辞作家宋玉、三国时期王粲、南朝昭明太子萧统等人物在前，但襄阳文豪第一人，还是非唐代诗人孟浩然莫属。“春眠不觉晓，处处闻啼鸟。夜来风雨声，花落知多少。”在全世界懂华文的人群中，妇孺老少，对孟夫子的这首《春晓》，几乎尽人皆知。遥想当年，诗人隐居在襄阳鹿门山中，由喜春而惜春，写下了这首吟诵春景继而感慨人生苦短、韶华易逝的千古名句。

史载孟浩然一生徘徊在求官与归隐的矛盾之中，直到碰了钉子才了结了求官的愿望，40 岁时游历长安，不仕而归。归隐之后，孟浩然以东汉襄阳名士庞德公为榜样，为了一个浪漫的理想，为着与古人先贤的一个神圣的默契而隐居。他的《夜归鹿门歌》流露了诗人的心迹：“鹿门月照开烟树，忽到庞公栖隐处。岩扉松径长寂寥，惟有幽人独来去。”对于年长自己 12 岁的孟浩然，同时代的诗仙李白曾用诗句表达他的敬仰与倾慕之情：“吾爱孟夫子，风流天下闻。红颜弃轩冕，白首卧松云。醉月频中圣，迷花不事君。高山安可仰，徒此揖清芬。”盛唐之时，曾有用世之志的孟浩然，也许是时运不如三国之诸葛孔明，政治上一路困顿失意，但洁身自好的诗人，却与鹿门山的峻石甘泉、白云苍松结下了永世之缘。他一生未仕，隐居山林，给后人留下了 200 余首脍炙人口的诗歌美文，首开唐朝山水诗之先河。可以说，古襄阳的青山碧水，造一段机缘，成就了三国孔明，也成全了盛唐孟浩然，抚慰了诗人寂寥的心灵。从古至今，在读书人的内心深处，一直活着一个高大完美的诸葛亮，但永远也会给可爱单纯的孟夫子留有一席之地。

在襄阳的乡间采访，我们听到了一位土生土长的农村妇女周春兰的故事。她家境贫寒，辍学后嫁入夫家，以务农为生。虽然只有初中文化，却四处借阅书报，甚至从收废品的人手中找来《骆驼祥子》阅读。外出打工，不忘阅读文学期刊，模仿着写作，终于有诗歌发表，继而以短篇小说《尘埃》荣获襄阳市“孟浩然文学”优秀奖。目前，她已发表了自传体长篇小说《折不断的炊烟》。读书写作，并没有让周春兰彻底脱贫，更不要说一夜暴富，但周春兰得以宣泄内心的苦闷，建立自信心，赢得了家人和邻居的尊重，继而确立了自己后半生的理想与追求。襄阳作为一座历史文化重镇，还是全国知名的农业发达之区。像周春兰这样接地气的本土农民作家，读书不为稻粱谋，她的追求，似乎延续了先贤孟夫子寄情于山水田园的文脉与意趣。还有一例，襄阳一位在校大学生创作诗歌400余首，在多家报刊上陆续发表。新时代的襄阳农民和襄阳市民一样可以“外揽山水之秀，内得人文之胜”，远追先贤，从襄阳博雅厚重的历史文化与朴实鲜活的现实生活中找寻精神与灵魂归依。

采访的最后一站，我们选择了去参观位于古昭明台的襄阳市博物馆。所谓“观今宜鉴古，无古不成今”。博物馆馆藏的900多件文物分别陈列在从史前、先秦、秦汉、三国两晋南北朝到隋唐至明清共五个展厅内，青铜器、陶瓷、古字画、古籍石刻琳琅满目，见证了这座古城2800多年的沧桑变迁。这其中，品种齐全的各种刀剑兵器，彰显了襄阳自古以来确是兵家必争的军事重地。我们在一处楚国与曾国的车马仿古复制墓地前驻足，讲解员绘声绘色地介绍道：楚国人喜好武力与征战，曾国人热爱音乐与文化；楚国征服了周边各国后，最后才把一个喜文厌武、毫无威胁的曾国灭掉。

走出博物馆，来到昭明高台之上，夕阳笼罩着襄阳古城楼，不远处有滔滔汉江水奔腾而过。金戈铁马、气吞万里如虎的楚国雄兵于今安在？青铜打造的兵刃早已锈蚀斑斑，而曾国出土的编钟却乐声悠扬于千年以后。耳畔响起了孟浩然的诗句："人事有代谢，往来成古今。"襄阳，这座悠悠古城，不知见证了多少政客谋士、书家文豪、英雄美人的风雨故事、雪月传奇，默默流淌的汤汤汉水穿城而过，又不知带走了多少文人墨客的才情诗意、多少武将能臣的汗马功劳、多少剑客豪杰的春秋大梦、多少英雄少年的落寞伤怀。昭明高台之下，襄阳文化广场的百姓故事大讲堂已然开场：刘玄德跃马檀溪，关云长水淹七军，岳飞收复襄阳，李自成进占襄阳……你方唱罢我登场，说不尽的英雄传奇，道不尽的襄阳历史。历经2000多年历史风云的襄阳古城，好比一本2800多页的大书，让你一经捧起，便不忍释卷。

晚饭后，在灯下翻阅清乾隆二十五年（1760年）由时任襄阳知府陈谔主持纂修的《襄阳府志》。序言中引用清人顾祖禹之论断："湖广之形势，以东南言之，则重在武昌；以湖广言之，则重在荆州；以天下言之，则重在襄阳。"襄阳素有"南襄隘道""南船北马""七省通衢"之称，是中原文化和楚文化的汇合点。看来，无论政治、军事，还是经济、文化，襄阳自古至今，都堪称国之重地。这本《襄阳府志》记载了从西周到乾隆二十五年之间襄阳府的历史和自然状况，包括大量的天文、地理、物产、社会、经济、政治、军事、文化等人文史料，共80万字，它本身已然成为襄阳作为中国历史文化名城的一份重要见证。2009 年由襄阳市抢救性整理重刊，是 1949 年新中国成立以来襄阳重刊的第一部旧志。2010 年，该书也成为襄樊复名为襄阳的重要依据。

告别襄阳的时候到了，中国全民阅读媒体联盟名誉理事长、书香中国万里行巡回采访活动总顾问柳斌杰先生代表全国 40 多家媒体同仁，欣然提笔，为这座文化古城留下了五个大字："书香溢襄阳。"是的，正如柳斌杰先生在"全民阅读襄阳文化论坛"二所说，一座城市，她的建筑历经千年可以变得斑驳腐朽，面目全非，但她的文化内涵和精神品质却可以薪火相传，绵延不绝。

"江山留胜迹，骚人赋华章。"不朽的是文脉，不朽的是书香。

（2014 年 6 月 9 日《中国新闻出版广电报》）

枕河人家　拥书而眠

离开了荆楚文化重镇襄阳，为了给“书香中国万里行”大队人马的下一站采访做好前期准备，我们“先遣队”一行三人在夜色中悄悄抵达了古城苏州。有意思的是，我们下榻的“书香世家”连锁酒店，恰好毗邻姑苏城内现存最古老的一条历史文化名街——平江路。书香苏州探访之旅的起点，便从这条古街开始了。

踏着古老的青石板路，环顾四周，“河街相邻，水陆并行，小桥流水，粉墙黛瓦”，正如世人对苏州的经典描述。古树、古井、古桥、古街、古河道、古建筑，走着走着，突然就有了一种时光倒流、穿越前朝的恍惚感——擦身而过的人流中，或许就有那位“江南第一风流才子”唐伯虎翩翩而过，或许就有那位深居简出、大隐于世的史学大家顾颉刚踽踽独行……

耳畔是吴侬软语，是茶馆里飘出的苏州评弹，是600年来缠绵悱恻的昆曲唱段，温柔缱绻，风雅至极。而街边酸梅汤、臭豆腐、卤鸡脚的叫卖声伴随着质朴浓烈的市井气息扑面而来，提示着尘世生活的繁华与喧嚣。在这条大约1600米长、800多年历史的古街上，丝绸、古玩、餐饮、旅店等之外，还矗立着名为“猫的天空之城”的时尚概念书店。霓虹闪烁，咖啡飘香，“文青”们在书店里品茗、翻阅，或者给未来某日某人寄一张某某内容的特别贺卡。平江河岸，粉墙背后，应该是一户一户的姑苏人家吧，鳞次栉比，枕河而居。夜已深，路灯之下，“平江路晒书节”的彩色旗幡还在晚风中摇曳。

夜游平江路，留下了朦朦胧胧的第一印象：读书，对苏州人而言，似乎是一种优雅而闲适的生活方式，平和、随性，优哉游哉。

次日一大早，苏州市文化广电新闻出版局副局长缪源便领着我们走进了苏州名人馆，他急切地要把苏州“物华天宝、人杰地灵”的确凿证据展示给我们。

名人馆里展现了 447 位苏州历史文化名人，其中，科举时代的文武状元 47 人，数量在全国地级城市中位居第一；而现代苏州进入中国科学院、中国工程院的两院院士 110 人，数量也位居全国地级市第一。历朝历代，杰出的政治家、军事家、文学家、史学家、艺术家、教育家、出版家、建筑学家层出不穷，宛若星汉灿烂，令人叹为观止。何以能够如此呢？

让我们回溯一下历史。公元前 514 年，吴王阖闾命前来投奔的楚国大臣伍子胥督造一座“水陆并行、河街相邻”双棋盘格局的“阖闾城”，作为吴国的都城。此后，历经 2500 多年的沧桑，城址至今未迁，仍然保留着春秋时期的古迹和地名，这就是今天的苏州古城。据苏州籍历史学家顾颉刚考证，这座城池就是中国现存最古老的城市。

苏州是吴文化的发祥地和集大成者，有文字记载的历史可以追溯到 4000 多年以前。有意思的是，吴文化的开化始祖及吴国的创始人却是外来移民——商朝晚期周族人泰伯、仲雍兄弟二人，他们从陕西岐山周原率族人来此建立了“句吴”国，教民农耕，使中原文化与本地文化相融合。春秋时，吴国人言偃到鲁国就学于孔子，成为孔门七十二贤人中唯一的南方人，被世人誉为“南方夫子”。子曰：“吾门有偃，吾道其南。”孔子的学说通过言偃得以在南方传播，儒家文化由言夫子而第一次传入古苏州。而齐国贵族孙武携《兵法》十三篇入吴，帮助吴王阖闾西破强楚，南服越国，争霸中原。吴国军事理论与实战水平的提升，也得益于外来文化。吴国都城的建造，得益于楚国来的高人伍子胥。看来，苏州故地吴文化繁荣之始，春秋时期就具备了开放、包容、兼收并蓄的特征。

隋唐开科取士以来，自唐至清近1300年间，鱼米之乡、经济富庶的苏州地区尊文重教的传统世世相袭，一代又一代读书人在苏州文化史上持续演出着一幕又一幕的精彩活剧。隋唐以前，已有西晋大文学家陆机20岁写下《文赋》，开中国文学批评史之先河，存世之《平复帖》成为法帖之祖。南北朝时期的大画家张僧繇“画龙点睛，破壁飞去”，乃中国古代画家四祖之一。唐以后，出了大书法家、“草圣”张旭，雕塑大师、“塑圣”杨惠之。宋有名士范仲淹、范成大。明有杰出的建筑大师蒯祥，他留下了作品承天门（天安门）及皇宫三大殿传世。吴门画派创始人沈周及其学生文徵明、唐寅、仇英，合称“明四家”。还有冯梦龙的“三言”，金圣叹的点评古典。到了清朝，有大出版家、藏书家毛晋，有站立在康有为、梁启超及光绪皇帝身后的戊戌时期改革家翁同龢。民国后至今，在数不胜数的科学家之外，还有建筑学家贝聿铭、作家叶圣陶、陆文夫、教育家俞庆棠……

这些苏州籍的历史名人中，除了言夫子，“先天下之忧而忧，后天下之乐而乐”的范仲淹在苏州创设郡学，成为苏州有学之始。俞庆棠，1919年赴美国哥伦比亚大学深造，1928年创办江苏省立教育学院，联合全国社教人员成立中国教育社，民众教育由江苏推广到全国，被誉为“民众教育的保姆”。叶圣陶，民国时期中国最早的儿童文学作家，做过小学老师、图书编辑，新中国成立后还担任教育部副部长等职。毫无疑问，他们应该算是苏州古城“全民阅读”活动的历代先驱了。

瞻仰大师先贤们的辉煌业绩，你会发现苏州的历代读书人在学习传承的基础上，不断开拓、发掘、创新、创造，在各自的领域里标新立异，独领风骚，成为一代宗师。苏州历史文化里的这种创新基因，传承到近代乃至科学昌明的当代，更继续衍生、演化，使得苏州的读书人中，科技文化精英与人文社科才俊还在不断涌现、生成，贡献于中华民族，造福于人类社会。

凭吊了2500多年来姑苏城的烟云过往，缪副局长把我们送到了苏州工业园区，看看现代大工业经济环境下的苏州文化。园区图书馆位于城东的独墅湖畔，馆长林蓉女士如数家珍般地说起了园区的阅读推广活动：针对园区内外籍人士、企业白领、大中小学生、社区居民等不同人群的特点与需求，他们分别组织了美国经济学家、德国诺贝尔物理学奖得主等外籍专家学者在湖畔论坛开讲；面向高校大学生组织德鲁克读书会，学习、实践管理大师彼得·德鲁克的理论思想，邀请园区科技领军人才与大学生交流创业思维，探讨职业规划；与园区内数十所中小学及幼儿园共建校外阅读活动基地；面向园区乃至苏州全市范围女性及时尚人士，举办咖啡文化、茶道、儿童情商培养、心理健康、红酒文化、职场礼仪、摄影讲座等文化交流活动；面向园区居民，开展独墅湖晒书会、亲子阅读、十佳分享图书、十佳幸福书房评选、阅读众人行社区展览等活动。

林馆长的阅读推广团队还给我们列举了他们所借鉴的一些海外阅读案例，比如，巴黎塞纳河两岸的旧书摊已经与塞纳河一道被列为世界文化遗产，新加坡则组织了“的士师傅读书会”“发型师读书俱乐部”“泰米尔语美容师读书俱乐部”以及在公务员、医护人员及患者等各类人群中的读书机构，《哈利波特》的作者罗琳还曾到访英国海伊小镇——世界著名“旧书之都”去淘书……

作为中国最先进的高科技工业园区之一，苏州工业园区范围内已有70万以上常住人口，而园区图书馆已经成为区内学校师生、企业员工、社区居民的“公共书房”和园区的文化地标。园区“全民阅读季”活动的主题词这样写道：阅读接力，不是一场比赛，更像是一座城市的修行，一次由内而外的自我丰盈。

不仅如此，园区图书馆还与国内外各图书文献机构合作，共建非营利组织平台，为工业园区众多科技创新型企业提供海内外经济科技文献信息，并且延伸服务，与园区内企事业单位共建学习型组织，促进园区企业和园区经济、文化事业的升级转型，实现“智慧分享，价值创造”的创新文化理念。看起来，2500多年以后的今天，苏州人的阅读生活，确实在远追先贤，与时俱进。

苏州的城乡接合部、城镇化浪潮中的苏州新市民们，在过着怎样的读书生活？带着疑问，我们来到了苏州下辖的张家港市杨舍镇。镇里有2.8万人口，6个行政村和2个社区居委会。在东莱办事处文化中心，我们参观了一个24小时自助图书馆，持有张家港市市民卡的读者均可在此免费借书、阅览。下一步，全市的村镇社区图书馆将实现通借通还。东莱社区图书馆招募了“伴您夜读”全民阅读志愿者，组建了“国学大讲堂”教师志愿者服务队，举办了“书的再生”循环阅读活动，社区募集的图书、杂志会经过择优分类后赠送给优秀的新市民子女们。东莱社区义工和幼儿园的老师们组织起来，举办针对社区学龄前儿童的“亲子绘本阅读”志愿服务活动。

在张家港金港镇，我们走进了“徐玲公益书屋”。三人徐玲就像邻家的小妹妹，一脸笑容地迎上来。徐玲童年家贫而好学，好不容易进城见到了新华书店，才知道自己仅有的几本薄薄的小人书，都有同名的大部头著作躺在书架上。她如饥似渴地翻阅，把爸爸第一次买给她的香蕉都遗忘在了书店。从此，徐玲像盼望过节一样，盼望进城、进书店读书。师范毕业后在小学教书，孩子们缠着徐老师每天讲故事，徐玲就这样尝试着给孩子们写故事、讲故事，一口气写出了40多部儿童文学作品。当她发现，外来务工人员子女、留守儿童、流动儿童、本地农村孩子等十分缺乏课外读物时，儿时的记忆便涌上心头。于是，在当地政府的支持下，她捐钱、捐书，建起了一间又一间的“徐玲公益书屋”。作为一位专给孩子们写故事的青年女作家，徐玲说：“文字从我的指尖流淌出来，温润我自己的心，给孩子们以快乐和感动。”

从市中心的名人馆，到高科技工业园，再到城乡接合部的社区、村镇，苏州人的读书画卷在我们面前渐次展开——历史与现实，城市与乡村，在缪源的口中，阅读是一幕上演了2500多年的名人大戏，演绎人生，创造历史；在林蓉的眼中，阅读是一座现代城市虔诚的文明修行，远追先贤，自我丰盈；在徐玲的心中，阅读是一位曾经的乡村女孩的纯真童梦，温润内心，快乐他人。

绕着苏州古城一天走下来，突然发觉，这些外表温文尔雅、平和婉约的当代苏州人，神采中依旧延续了言偃、范仲淹等先人的风骨，血脉里依旧遗传了俞庆棠、叶圣陶等前辈的基因。可以说，阅读，还是一种神圣的责任；阅读，更是一种深邃的爱恋。

夜幕笼罩，我们重新回到苏州古城的中心地段，重新行走在800多年历史的平江路上。风景依旧，而心情迥异。但见小桥流水，枕河人家，在每一扇窗后，每一盏灯下，该有多少位姑苏爱书人，正拥书而眠。

（2014年7月1日《中国新闻出版广电报》）

大美运城

——五千年弦歌不断 ‘古中国”薪火相传

第 25 届全国图书交易博览会将于 2015 年 9 月在山西举办，为落实“书香中国万里行·媒体看山西”活动的采访线索，确定全民阅读“红沙发”系列访谈的会场及相应访谈主题，仲夏时节，我们调研组一行 5 人从北京至太原，再由太原一路南下，来到了作为书博会分会场之一的晋南名城——运城。

有一句话叫作“中国人都是运城人”，确实言之有据。1994 年，中美科学家在运城市垣曲县发现了世界上最早的具有高级灵长类动物特征的“世纪曙猿”化石，把类人猿出现的时间向前推进了 1000 万年，也证明了运城是 4500 万年前人类的远祖起源地。运城“西侯度遗址”是中国境内已知最古老的旧石器遗址，距今约 180 万年，在那里发现了人类最早用火的证据。运城是人类最早学会冶炼和开始农耕文明的地方，还是人类最早食用盐的地方。这座城市也因为是中国历史上唯一一座“盐务专城”“盐运之城”，因而得名“运城”。

盐池湖畔：舜帝抚琴咏南风

运城市向我们推荐的第一处全民阅读“红沙发”访谈的候选会址，就在运城盐湖区盐池湖北岸的河东盐业博物馆。1200 多年前，这里是由唐朝人建造、专事祭拜盐神的“池神庙”。博物馆坐北朝南，院内池神殿居中，日神殿、风神殿分居两侧，三大殿东西向一字排开，彼此相邻相拥，呈钩心斗角之势，这样的格局倒也十分罕见。自唐宋至明清，池神庙经历过地震和不断的修缮、扩建，香火不断。

出博物馆南门，就面对着汪洋一片的盐池湖了，博物馆的讲解员适时叙说了“黄帝战蚩尤”的故事：黄帝在中条山下与蚩尤展开激战，蚩尤败亡，身首异处，血流成卤，化成了眼前的这片盐池湖。中外学者们对这一段传说有着学术上的解释：像黄帝这样的部落联盟首领，恰恰通过征战控制了运城盐池这样宝贵的生存资源，稳定住了自身在中原各部族中间作为共同领袖的地位。讲解员指着玫瑰色的盐湖水告诉我们，水中有一种杜氏盐藻会产生血红素，在一定的气候条件下湖水就会变成眼前的玫瑰色。古人无法解释这一自然现象，便附会为当年“蚩尤的血水”，人云亦云，相传至今。

考古学家们早已确认，在很大程度上，因为天然盐池的存在，从尧、舜、禹开始，运城便成为帝王们竞相建都之地，运城也是古代最早被称为“中国”的地方。2005 年高考试题中有这样一道：我国什么地方最早叫中国？标准答案是：山西西南部，史称尧、舜、禹建都的地方，古称河东，今称运城。

“南风之薰兮，可以解吾民之愠兮；南风之时兮，可以阜吾民之财兮。”相传上古时期，舜帝坐着牛车巡游到了山西运城的盐池湖畔，温暖的落山风吹过湖面，盐池加快蒸发，促进了大片自然盐块的结晶，南风来得正是时候，吹走了百姓的忧愁，增添了民众的财富。舜帝心情大悦，弹起五弦琴，吟唱出了这首华夏民族历史上最古老的歌谣《南风歌》。此时此刻，我们站在运城古盐池的北岸，在池神庙的“舜帝弹琴处”俯瞰烟波浩渺的盐池，微微泛红的湖水与白茫茫一片的硝堆相映成画，南岸的中条山逶迤绵延，“千古中条一池雪”的美景似乎亘古未变。遥想着4000多年前那幅舜帝抚琴的“与民同乐图”，不由得心生出一份融融暖意。

五千年的中华文明史中，许多优美故事、传奇人物都与古运城有着千丝万缕的联系，比如，舜耕历山、禹凿龙门、嫘祖养蚕、后稷稼穑等。在当今运城人的心目中，能够代表运城“古中国”历史文化的第一号人物，还是舜帝，不仅因为舜出生、成长、为政以及卒葬都在运城，更为重要的是，由舜帝倡导和践行的德孝文化，成为中华民族道德文化传统的根源，舜帝因此被尊为中华民族道德文明的始祖，被称为“德圣”“孝祖”。可以说，运城是中华德孝文化的发源地。

一阵悦耳的歌声从身后传来，把我们从“思接千载，心游万仞”的遐想中拉回到现实。循着歌声走过去，原来是老年人合唱团在池神庙的戏台子上搞彩排，戏台上方，赫然悬挂着“德孝大讲堂”字样的横幅。据当地政府部门介绍，从5月到10月，运城正在举办“第六届舜帝德孝文化节”：在乡村提倡“孝老爱亲、和睦邻里”；在社区提倡“互助友善、崇尚文明”；在学校提倡“尊师敬老、品学兼优”；在机关提倡“清正廉洁、建功立业”；在企业提倡“感恩社会、诚信经营”；在家庭提倡“崇尚德孝、传承家风”……在运城市盐湖区，有182个农村、社区、学校、机关、企业建起了“德孝大讲堂”，邀请学者专家、德孝典型登台授课，用历史经典启发人，用榜样人物带动人，崇德尚孝，移风易俗。在每家每户，给老人洗一次脚，给家人一个拥抱，用心叫一次爸妈，亲手为鳏寡孤独做一道菜，已然成为街坊邻居间竞相效仿的时尚，外化于行，内化于心。近年来，“德政千秋，孝行天下”——运城德孝文化节这一宏大的主题，已渐渐落实为百姓日常生活中微小而鲜活的行动。

河东解州：关羽秉烛读春秋

运城市文化广播电视新闻出版局向我们推荐的第二处候选会址，果然是——关帝庙。关帝庙建在关羽故里——古河东解州，今运城市盐湖区解州镇，北濒盐池湖，南临中条山，是中国乃至海内外规模最大的宫殿式道教建筑群和武庙，被誉为“关庙之祖”“武庙之冠”。在运城人眼里，如果不算德高望重的舜帝，关羽就应该是运城文化的“最佳形象大使”了。

“执青龙刀、骑赤兔马，温酒斩华雄，三英战吕布，过五关、斩六将，古城壕边斩蔡阳。”这是文学作品里的关羽，是被艺术虚构了的关羽，也是大多数中国人通过小说了解的关公形象。

那么，庙宇里的关公是个什么形象呢？步入解州关帝庙，背面门楣及两侧有三幅题字：“扶汉人物”“精忠贯日”“大义参天”。文献记载，此庙创建于陈、隋时期，北宋时朝廷两次重修扩建，并封关羽为“崇宁真君”。金代两次修葺，元代两次修葺，明嘉靖年间官祭升格，关羽被先后追封为“协天大帝”“协天护国忠义帝”等。清代亦整修不断，康熙皇帝题“义炳乾坤”，乾隆题“神勇”，咸丰皇帝题“万世人极”。清雍正年间，朝廷命全国县级以上州城府治，一律要建关帝庙，并于春秋两季举行祭祀大典，又诏令全国关帝庙正式命名为“武庙”，关庙和孔庙正式并列，文圣武圣正式由国家命名。

走进关帝庙的最高建筑——春秋楼，终于得见那尊世人皆知的“关公读春秋”塑像：关羽右手伏案，左手捋须，面容儒雅沉静，神情专注地阅读着《春秋》。楼里一副楹联描述了当年关羽秉烛夜读时的场景：“北斗在当头，帘泊开时应挂斗；南山来对面，春秋阅罢且看山。”大约 2500 年前，孔子著《春秋》，“乱臣贼子惧”。孔子去世 600 多年后，关羽熟读《春秋》，并且用一生践行了儒家文化中的“忠孝节义”思想。自宋元至明清，在官方奉祀的庙宇里，关羽的形象不断提升，由侯而公，由公而王，由王而帝，由帝而圣，与孔圣人并驾齐驱。正如四川成都关庙的一副楹联所言：“孔夫子关夫子万世两夫子，修春秋读春秋千古一春秋”。

真实的关羽又是怎样的呢？ 67 岁仍然面如冠玉的运城籍作家王西兰，向我们娓娓道来。关羽的先祖是夏朝第一个为民请命、以身殉国的朝廷官员，祖父关审，乡间知识分子，治《易》《春秋》之学，父关毅授关羽以《春秋》家学。19 岁时，文武双全的关羽除暴安良、杀人后逃离家乡至幽州涿郡，后追随刘备，立下不朽战功，比如万马军中斩颜良，挂印封金千里寻兄，单刀赴会，水淹七军……戎马一生，可谓神勇、大义、无畏、威武。关羽镇守荆州时，遭东吴偷袭被杀，时年 59 岁。

在科学昌明的今天，据不完全统计，全世界祭祀关公的庙宇居然有 3 万多座，从亚洲、欧洲到美洲、澳洲，遍布 36 个国家。这是为何？ 59 岁那年，作家王西兰驱车千里，沿着关羽的奋斗足迹，一路追寻，希望找到问题的答案。一年半后，他在《不朽的关公》一书里写下结论：能够降妖伏魔，消灾惩恶，祛邪除祟，显圣护民，佑人发财，法力无边——那是被民间迷信的关羽；刚而自矜，骄傲自负，目中无人，大意失荆州——那是被历史误解的关羽；历史上真实的关羽，不仅是一个建立了功业的英雄，更重要的是他拥有无比忠诚的道义立场和高洁的个人操守，令万世景仰；关羽报国以忠，为民以仁，待人以义，交友以诚，处事以信，对敌以勇；做人堂堂正正，做事磊磊落落，处人坦坦荡荡，俯仰不愧天地，精诚可对苍生；走下神坛，关羽还是一个伟大的人！所以，抛开被神化了的关公形象，百姓们膜拜的是忠义仁勇的关公精神，是中华民族“富贵不能淫，贫贱不能移，威武不能屈”的大丈夫人格。

西方的智者曾说过，人类要在21世纪生存下去，必须回首2500年前，从东方的孔子那里汲取智慧。同理，回首1800年前，从河东关羽那里，我们一样可以获得不尽的启迪。

鹳雀楼上：诗人登临唱中华

中国古代四大名楼中，三座在长江流域，只有运城所属永济市境内的鹳雀楼在黄河流域。作为黄河文化的标志与象征，鹳雀楼一定要安排在我们候选会址的名单上。

永济古称蒲坂，夏商周之前，尧、舜都曾在此建都，可以说，这里曾是华夏文明的摇篮。鹳雀楼位于永济市蒲州古城西面的黄河东岸，前对中条山，下临黄河，西面为华山，如若按照台湾历史学家姚荣龄的论断，“中华”源于运城永济，“中”指太行山脉的中条山，“华”指秦岭山脉的华山，那么，鹳雀楼立晋望秦，西为华，东为夏，正好坐落在华夏历史坐标的中点上。北周时期，鹳雀楼始建，因时有鹳雀栖息其上而得名，历经隋、唐、五代、宋、金700余年后，毁于元初成吉思汗进攻中原时的战火。

盛唐时期，运城籍诗人王之涣沿着黄河一路游历，来到了鹳雀楼前。此时，已是夕阳西下，拾级而上，但见太阳像一轮白色的铜镜，沿着蜿蜒的中条山西端缓缓落下，滔滔黄河水如同一条长龙，滚滚南来，又在远处折而往东，游向远方浩瀚无垠的大海。“白日依山尽，黄河入海流。”诗人缓缓地吟出了目力所见的风光。及至登顶之后，极目远眺，仿佛千里、万里之外的华夏美景、中华锦绣已然一一尽收眼底。诗人脑中灵光一闪，脱口而出：“欲穷千里目，更上一层楼。”王之涣已看透科场，弃官而去，书剑飘零，云游天下。此刻，终于在巍巍鹳雀楼顶，在古中国华夏文明历史坐标的中点上，从鸟瞰中华壮丽河山的大景观中，顿悟了人生进取与超拔的大境界，在艺术的国度里达到了盛唐诗歌无与伦比的高度。诗因楼作，楼以诗名，短短20个字，竟使得鹳雀楼一日展风华，成为天下文人朝圣的殿堂。骚人墨客们慕名而来登高赋诗，流传至今，仅《全唐诗》中有关鹳雀楼的诗文就不下30首，但无人能够超越王之涣。

如果我们把视野放宽，在古河东的文坛之上可以青史留名的，绝非王之涣一人。比如，初唐四杰之首的诗人王勃，不仅留下了“海内存知己，天涯若比邻”的送别名句，还在滕王阁之上吟唱出了一曲华彩的乐章“落霞与孤鹜齐飞，秋水共长天一色”。同样说送别，王维的一句“劝君更进一杯酒，西出阳关无故人”，前无古人，后无来者，诗歌史上一样的空前绝后。王维从太原迁居运城蒲州，后进京为官，思念家乡亲人，赋诗一首《九月九日忆山东兄弟》曰：“遥知兄弟登高处，遍插茱萸少一人。”此“山东”乃华山之东的家乡蒲州。“唐宋八大家”之一的运城籍诗人、散文家柳宗元，人称“柳河东”，一首《江雪》千古流传：“千山鸟飞绝，万径人踪灭。孤舟蓑笠翁，独钓寒江雪。”美景之中，蕴含孤愤之情，苏轼曰：

“发纤秾于简古，寄至味于淡泊。”

如果我们把视野放远，由盛唐上溯到西周初期至春秋中叶，回到中国文学与诗歌的源头——《诗经》，找出《诗经·魏风》7篇，这可是古运城，即河东一带文学史的初始开端，最著名的《硕鼠》《伐檀》，讽刺暴政，控诉剥削，表达觉醒，歌颂劳作，憧憬美好；《园有桃》忧时伤怀，表达士人郁郁不得志的忧伤与自嘲；《陟岵》用极为巧妙的视角，描述外乡的征夫，想象家中父母兄弟对自己的深切思念，读来让人立刻会联想到唐朝王维的“每逢佳节倍思亲”；《汾沮洳》则讲述了一位在水边欢喜劳作的女子，思慕自己心中“美如玉”的男子的故事……所谓“饥者歌其食，劳者歌其事”，《诗经·魏风》叙事、抒情、言志，格调淳朴、热烈、悲凉，篇幅寥寥，构筑了极高的艺术水准，其风骨气韵，丝毫不输盛唐。代表了盛唐诗歌高度的王之涣们，观其文脉，一定是从家乡的诗歌源头《魏风》中获得过不少传承和滋养。

现在登临的这座鹳雀楼，已是2002年9月在旧址上复建落成的仿唐形制建筑，依旧是黑瓦朱楹，依旧是高台重檐，其外观四檐三层，内分六层，总高度73.9米。论高度，应该是王之涣登临那座真迹的两倍还多，但是，登高望远，我们还能拥有古人先贤的那份胸襟与视野吗？在文学艺术和人生境界的追求上，我们还有机会与王之涣们比肩吗？

站在诗人的高度，俯瞰河东古城、中州大地，但见“黄河北来，太华南倚，总水陆之形势，壮关河之气色”，180万年前，人类文明的第一粒火种在这里燃起，4000多年前，华夏民族的第一支歌谣就伴随着温暖的南风在盐池湖畔响起，1800多年前，那位象征着忠义仁勇的民族之将星在这里冉冉升起，1300年前，那位诗人站立在此，面对着锦绣中华，留下了那句千古绝唱“欲穷千里目，更上一层楼”。于是，在这片古老神奇的土地上，王之涣，树立起了盛唐诗歌艺术的高标；关羽，树立起了中国人修身立世、威武雄健的大丈夫人格的高标；舜帝，更树立起了中华民族“德政千秋、孝行天下”的政治与社会理想的高标。此次运城之行，在发掘“书香中国万里行·媒体看山西”的采访线索、选择全民阅读“红沙发”访谈会址的过程中，我们却找寻到了运城古中国文化历史坐标系上的“三个高标”。艺术、人格、社会理想，巍巍乎高哉，须仰视才见，虽不能至，心向往之——也许，这就是我们下一步运城文化访谈的主题。

（2015 年 7 月 6 日《中国新闻出版广电报》）

天下大同

——三代京华烟云过往　千年煤都旧貌新颜

从运城北上，经太原再向北，抵达山西最北端——大同。2015年9月在山西举办的第25届全国图书交易博览会上，大同将作为重要的分会场，洒扫庭除，装扮一新，迎接五湖四海的宾朋。为落实“书香中国万里行·媒体看山西”活动的新闻线索和“全民阅读·红沙发高端访谈”的主题，我们全民阅读媒体联盟一行5人，顶着盛夏的骄阳，正午时分，走进了这座饱经沧桑的历史文化名城。

金戈铁马　三代京华

大同古称云中、平城，曾为北魏首都、辽金陪都、明清重镇，有着2300年的建城史、427年的建都建京史，为我国九大古都之一。大同地处内外长城之间，扼晋、冀、蒙之咽喉，乃兵家必争之地、古今军事要塞，史称“北方锁钥”。

有意思的是，大同市政府把书博会的分会场安排在了古城墙内外——在城门口外的露天广场上举办开幕式，城墙之下的室内场馆举办图书及相关文化会展。千百年来，这古城内外一直是刀光剑影、烽火狼烟，经历过成百上千次战火的洗礼，现如今却要在这里为市民百姓们摆上一桌精神文化的饕餮盛宴。

此刻，我们站在大同古城楼之上，这里正是北魏都城的旧址，历经隋、唐、五代、辽、金、元，至明朝，由大将军徐达在旧城基础上增筑而成，城墙四围 7 公里有余，面积 3 平方公里有余。据测量，大同城墙高 14 米，比西安古城墙还要高出 2 米，最宽处 16.6 米，比南京古城墙最宽处还要宽 6.6 米，仅此就可以看出大同古城的巍峨与雄壮。

公元 398 年，鲜卑拓跋珪迁都平城建立北魏王朝，此后历 6 帝 7 世达 96 年之久，经过近百年的经营，平城地方越千里，人口上百万，成为当时的国际大都会，城市规模超过西汉的长安、东汉的洛阳，也超过同时期古罗马的拜占庭和君士坦丁堡。辽金时期，大同被作为西京陪都，在此建宫殿，修司衙，立学宫，设祖庙，仍为政治、军事重地。

翻阅《大同史略》可以发现，自古以来，大同首先是一片英雄豪杰金戈铁马、征战搏杀的战场：夏商周时期，大同一带就已成为华夏农耕民族和北狄少数民族之间争夺之地；战国时期，赵武灵王胡服骑射，北逐林胡、楼烦，拓地千里始建平城；秦始皇统一中国 北拒匈奴，出巡平城；西汉初年，汉与匈奴在平城东发生白登之战，刘邦被困 7 天……历朝皇帝有 29 位来大同征讨巡边，历代名将蒙恬、李牧、李广、靳尚、卫青、霍去病、李靖、薛仁贵、郭子仪、杨业、常遇春、徐达等都曾在此屯兵戍守，史有“大同士马甲天下”之美誉。从战国至清朝，至少有 9 个朝代在大同境内修筑过长城：赵长城、秦长城、汉长城、北魏长城、北齐长城、隋长城、金长城、明长城、清长城。据统计，大同境内现存长城遗址总长 1047 华里，从公元前 7 世纪到 17 世纪，在古城境内蜿蜒盘桓了 2000 多年的这些“沧桑巨龙”。今天，更是成了大同作为“战争之城”的历史见证。

然而，随着调研的深入，我们发现，自古至今，当马蹄声远、硝烟散尽之后，大同在世人眼里，除了被看作一处崇尚武力、见证搏杀的古战场之外，还有它另外的一副面孔——一座热爱文化、崇尚和平的“文明之城”。

美美与共　天下大同

我们来到了大同西郊的武周山南麓，这里保留着1500多年前拓跋鲜卑人的文化遗存——云冈石窟。2001年，世界文化遗产委员会给予了云冈石窟这样的评价：代表了公元5世纪至6世纪时中国杰出的佛教石窟艺术。其中的“昙曜五窟”，布局设计严谨统一，是中国佛教艺术第一个巅峰时期的经典杰作。

公元439年，鲜卑族建立的北魏用武力统一北方，结束了五胡乱华的混乱局面。从森林和草原南下，步入中原的鲜卑人选择用佛教来稳固其政权，教化其民众。公元460年，僧人昙曜按照“皇帝即如来”的旨意，启动了云冈石窟的“一期工程”：把北魏自太祖以来5位帝王的形象雕刻到了石窟的释迦牟尼佛身上，据说开光的日子皇帝亲自驾临，实际上这里即是北魏的皇家祠堂。

讲解员把我们领到了最著名的“昙曜五窟”面前，现被编号为第16至20窟。这五窟的佛像高大伟岸，主像高度从13.5米到16.8米不等，面部丰圆，高鼻深目，神情端庄，似笑非笑，双肩宽厚，造型质朴雄健。研究人员认为，这些早期的云冈石窟作品继承了秦汉时期现实主义雕刻艺术的技法，还大量吸收了来自印度、波斯的艺术精华，带有浓郁的西域风韵。

按照讲解员的介绍，第 1 至 13 窟属于云冈石窟的“二期工程”：“繁华精美”的鼎盛时期。与“昙曜五窟”对比起来，用“富丽堂皇”四个字形容最为妥帖，内容繁复，造型华丽。这一时段是北魏平城年代政权最稳定、最兴盛的“黄金时代”，鲜卑人集一国之财力，用最好的工匠，实现了石窟艺术的中国化，这是一次华丽的换装，不仅外表，其内在的精神气质也在悄悄变化：从质朴走向华丽，从现实走向浪漫。

公元 494 年，北魏首都自大同迁至洛阳，云冈石窟进入“三期工程”：以民间为主开凿的中小型洞窟时期。中下层官吏及信众自发地凿窟造像，这一时期佛像造型面瘦颈长、肩窄下削，清新典雅。专家认为，这种“秀骨清像”彰显了北魏后期佛教造像的显著特点，也是北魏王朝进一步推进“汉化”改革投射在佛教文化上的表征。这一时期，由官方倡导的佛教文化在大同一带早已深入人心，朝廷是要借此稳定其统治，民间却是要祈求和平安宁。北魏时期佛教的盛行，实际上也顺应了饱受战乱之苦的黎民百姓内心的渴望。

云冈石窟现存主要洞窟 45 个，大小窟龛 252 个，石雕造像 5.1 万余躯，大至 17 米，小至几厘米，分布在武周山东西绵延 1 公里的山岩之上。北魏地理学家郦道元在《水经注》中如此描述：“凿石开山，因岩结构，真容巨壮，世法所希。山堂水殿，烟寺相望，林渊锦镜，缀目所眺。”

1500 多年，一个民族，用一个王朝之力，前后 60 多年，集中了 4 万多位能工巧匠，创造了世界雕塑艺术史上的一个奇迹。隋唐以后，鲜卑作为一个民族消失了，但鲜卑人的兴衰历史与民族风骨，不仅雕刻在了大同武周山麓，更雕刻在了中华民族融合发展的文明史册之中，成为人类进步的共同记忆。

学者们总结说，云冈石窟形象地记录了印度及中亚佛教艺术向中国佛教艺术发展的历史轨迹，反映了佛教造像在中国逐渐世俗化、民族化的过程。史载，北魏之后云冈石窟经历过萧条及兵火焚劫，也经历过辽、金、清等朝代的修整重建。1500多年的风雨洗礼之后，云冈石窟依然拈花微笑，遗世独立。

虽然还来不及去凭吊大同古城其他绚烂多姿的历史文化遗存，但站立在武周山麓，我们已然可以得出一个结论：今天的云冈石窟，不仅仅属于消失了的北魏鲜卑民族，也属于整个中华民族，还属于彼此融合与相互超越的东西方文明，更属于全人类亘古不易的共同理想——美美与共，天下大同。

绿水青山　煤都新颜

几百万年前，大同盆地是一片碧波荡漾的内陆湖泊，史称“大同湖”。那时候，气候温暖，雨水充沛，湖边是繁茂的森林和广阔的草原。经过剧烈的地壳运动，森林埋入地下，变成了大同人的财富——煤炭。史家推断，新石器时期这里的先民学会了在生活中利用煤炭，《水经注》最早用文字记载了大同地区煤层的自燃和煤炭的开发利用，所以即使从北魏算起，大同也是毋庸置疑的“千年煤都”。

说来惭愧，我们一行都是第一次踏入煤都。原以为作为国家最重要的煤炭及重化工能源基地之一，进城后看到的应该是灰蒙蒙的天空和城市。直到我们站在古城墙上俯瞰古色古香的城市街景，直到我们驾车穿行过绿树浓荫的郊区公路，去探寻古都的千年烟云，才得知经过近些年的不懈努力，大同的城市绿化与园林覆盖，已达到了“国家园林城市”的标准。蔚蓝色的天空下，是绿意盎然、生机勃勃的街市。

在大同煤矿集团公司宽敞明亮的办公区，在各个矿区整洁、温馨的社区综合服务楼里，我们还发现了千年煤都的另一种风景。在集团工会资助开办的一处又一处的职工图书馆、阅览室里，摆满了由煤矿职工创作、出版的图书、期刊，其中有一本已创刊54年的《同煤文艺》，围绕在这本文艺期刊的周围，一代又一代的煤矿作家群持续不断地涌现：最早的九孩、张枚同、程琪、黄树芳等人，开创了大同煤矿文学创作的第一次辉煌；20世纪70年代到80年代，刘云生、黄静泉、张高、武怀义等脱颖而出，成为大同煤矿文学创作的中流砥柱；90年代，黄中文、张瑞平、杨照钦、闫桂花、刘增元等年轻作家从较高的起点上加入，后续又有刘湘纤、关平、左鹏翔等新鲜血液的不断注入。半个多世纪以来，“同煤作家群现象”一次又一次地让中国文化界刮目相看。

大同煤矿的作家们先后获得了赵树理文学奖、冰心散文奖等各种奖项，先后出版了个人作品专集120多部，他们描摹着50多年来煤矿生活的沧桑巨变，抒发着一线煤矿工人的喜怒哀乐，给同煤人心灵的天空也涂抹上了一片蔚蓝。许多作家不仅写书，还坚持为工人们写歌，比如，《年轻的朋友来相会》《二十年后再相会》《我是个采煤的黑小伙》……一首首脍炙人口的歌曲唱遍了所有矿区、唱遍了大半个中国。

在燕子山矿区，一线职工们拥有了自己身边的“读书角”，大同煤矿为工人选购了涉及职业技能、修身养性、休闲娱乐、生活保健等多方面的图书报刊，定期采购，定期轮换，还在“读书角”配备了电视、电脑、音响等文化设施。这样的“读书角”，在整个同煤集团各个矿区还在不断增加。走马观花，发觉同煤集团的氛围，更像是一所拥有着70万师生的超大型学校。

离开大同前的最后一站，我们走进了大同大学。如果说云冈石窟代表了北魏时期的大同，善化寺展示了大唐气象，华严寺凸显了辽金文化的精华，那么，同煤集团的企业文化则完全可以代表今天的大同：千年煤都，旧貌换新颜；绿水青山，代代有诗篇。走进大同大学，是希望能展望大同的明天。

2006年，大同大学在原有师范、医学、职业技术类等四所学校的基础上合并组建，办学历史可以追溯至20世纪50年代，现有全日制在校及继续教育学生4.5万多人，多年来已为地方各行业培养、输送了10万多名人才。目前，学校在师范教育、煤炭工程和云冈文化等学科方面已形成了鲜明的地方特色。

步入校园，扑面而来的是浓郁的文化氛围和青春气息。不同于往年的是，学校在一年一度的校园文化艺术节中突出了“历史的记忆”：“悠悠诗韵”朗诵会、近现代史报告会、“回眸历史”主题演唱会、知识竞赛、书法展以及“书香校园”读书月。校图书馆馆长透露的信息让我们喜忧参半：数字图书的下载率不断提高，纸质经典著作的借阅率却不断下降——看来，倡导全民阅读，首先要从学校做起。大同大学的校领导王守义老师专门撰写了一副对联赠予莘莘学子：“读几本有用书立身世界，做数件实在事报效国家。”

正所谓“十年树木，百年树人”，比之于几百万年前的史前大同，今天的煤都古城重新装点了绿水青山，从同煤集团到大同大学，在浓浓墨香、琅琅书声中，我们对明天的大同充满着期待。

（2015 年 7 月 27 日《中国新闻出版广电报》）

包头，永不落幕的草原书博会

时值盛夏，第26届包头全国书博会圆满落幕之际，我们驱车来到了位于市中心的包头博物馆。在安详宁静的氛围中，走过一间间古朴的展厅，透过一件件神秘的文物，穿越6000年的岁月沧桑，去感知包头这座草原历史文化古城的前世今生。

步入包头地方历史文物展区，我的目光立即被一只陶埙所吸引。这是一只新石器时期、距今约6000年的古乐器，外形如同一只鸟蛋，三孔，能够吹奏出5个不同音程关系的音符，可以模仿鸟鸣，还可以奏出悲伤凄切的音乐。展厅里张贴了古代包头地区一位原始人吹奏陶埙的示意图：坐姿、赤身裸体、头发蓬乱、双目微闭、两手捧埙吹奏、神情陶醉，简直让观者不由得心生出几分神往。在古人类茹毛饮血、食不果腹的蛮荒年代，古代包头的原始初民居然能够以陶埙为伴，享受如此“高雅”的音乐生活，确实超出了今人之想象。可见，早在6000年前的新石器时期，古包头的人类文明已经发展到了相当的高度。

博物馆里，活跃着一批小学生暑期志愿者，在老师们的带领下，充当着包头历史文化的义务讲解员，稚气的童音里夹带着兴奋和自豪，为古文物展览平添了十足的生气和活力。

据《诗经·小雅·出车》和《书·尧典》记载，最早的“城”建在北方，而在包头就发现了最早人类筑城的雏形，位于包头市区东 15 公里处新石器时期的“阿善遗址”留存石墙长 57 米，残高 1.7 米，基宽 1~1.2 米，由交错叠压的石片筑成。再想象一下，当同时期其他地域的先民还在树丛和山野中与虎狼搏斗，在露天或洞穴里栖息之时，聪明的包头先民们已经在自建的古老城池的庇护下，悠然自得地吹奏着陶埙，那是何等的气定神闲。

包头北接蒙古高原，南临滔滔黄河，阴山山脉横贯中部，东西分别是沃野千里的土默川平原和河套平原。自古以来，丰厚的自然资源、特殊的地理位置使得包头成为人类初民的集聚之所、南北兵家的必争之地，素有“阴山管钥”之称，草原文化与农耕文化在此相遇，阴山文化与黄河文化在此对接，西口文化与工业文化在此交融，形成了包头这颗“塞外明珠”兼收并蓄、包容大气的独特城市文化气质。

从博物馆天真活泼的小小志愿者讲解员嘴里，我们得知战国赵武灵王胡服骑射、秦朝大将蒙恬修筑长城、汉代昭君出塞和亲的真实故事，都发生在这片神奇的土地上。时至今日，在阴山南麓，包头市固阳县大庙村境内，仍保留着 2000 多年前中国最古老的赵长城遗址。公元前 212 年，秦始皇下令修建了一条能快速直达北疆、抵御匈奴入侵的高等级战备公路，被称为“秦直道”。秦直道的南端起于秦都城咸阳附近，北端就在今天包头市九原区的麻池古城。秦直道的路面可并行四辆战车，可谓是当时世界上的第一条“高速公路”。秦汉两代，秦直道成为中原王朝与北方匈奴兵戈相见或者和平交往的主要通道。据说，昭君出塞的队伍也是沿着秦直道一路北上，途经包头，抵达匈奴驻地。

“敕勒川，阴山下。天似穹庐，笼盖四野。天苍苍，野茫茫，风吹草低见牛羊。”主动上前义务讲解的红衣女孩为我们背诵起了这首朗朗上口的北朝民歌《敕勒歌》，北魏时期把今河套平原至土默川平原一带称为敕勒川，北魏的鲜卑文化与汉文化在这里交汇、交融。博物馆里展示了大量北魏时期的铁器、铜器、漆器、金银饰件等，体现了鲜卑族文化的汉化特征。这批文物恰恰出土于包头市固阳县的怀朔古镇。据考证，怀朔镇便是花木兰替父从军的出发之地，还是北齐王朝神武皇帝高欢的出生地。《敕勒歌》的作者，也有研究者认为就是高欢本人。我国文化史、民族史学者的共识之一是：《敕勒歌》乃中华境内各族从征战对抗走向和解交融的一个典型的文化见证。

依照讲解员的说法，博物馆的镇馆之宝是从包头市九原区麻池镇征集来的一只元代青花缠枝牡丹纹瓷罐，让我们得以窥见中国制瓷业巅峰时期包头人日常生活用瓷精美绝伦的风采。“包头燕家梁元代遗址考古成果展”更让我们大饱眼福：位于黄河之滨的包头麻池古镇燕家梁元代遗址，2006 年经过考古工作者近一年的抢救性发掘，出土各类珍贵文物 5000 余件，各种钱币近 3 万枚，出土文物以元代瓷器为多，分属磁州、钧窑、景德镇、龙泉、定窑等五大窑系。此次发掘是包头市规模最大的一次考古发掘，也是我国元代考古的一次重大发现，海内外影响巨大。这个在地下埋藏了近 800 年的文明遗址，揭示了一段确凿的史实：包头地区的黄河北岸、遗址所在，乃元代北方的水旱码头、繁华重镇，来自我国南方、中原地区的物产沿着草原丝绸之路，经此码头向西、向北，抵达中西亚和欧洲各地。

关于包头和元代文化的深厚渊源，表现最突出的一点，当然是城市地名的由来。讲解员小女孩绘声绘色地讲起了包头人口口相传的故事：成吉思汗在西征的路上追逐一只美丽的梅花鹿，闯入了一片仙境般的草原和森林，他指着这“芳草萋萋、鹿鸣呦呦”的地方脱口而出：“包克图、包克图”，蒙语意为“有鹿的地方”，用汉语便念成了如今的“包头”。

从明代到清朝，包头逐渐发展成为黄河流域的第一大水旱码头。从清初到民国，一批又一批的晋陕人走西口到蒙古族聚集地务农、经商。1736年，晋商乔贵发流浪到包头，开设了商铺字号“复盛公”，发家致富，才有了包头老话“先有复盛公，后有包头城”一说，也有了后来建成的山西祁县乔家大院。在熙熙攘攘、背井离乡走西口的人潮之中，《走西口》等汉蒙文化交融的西口音乐便在民间渐渐流传。

新中国成立后，随着20世纪50年代建设大军的进驻，包头逐步成为了一座现代工业城市：草原钢城，稀土之都。而一首由作家玛拉沁夫创作的歌曲《草原晨曲》也作为“包钢之歌”，更作为“包头之歌”红遍大江南北：“我们像双翼的神马，飞驰在草原上……我们将成钢铁工人，把青春献给包钢。”

从6000年前凄切动人的陶埙古乐到南北朝时期苍劲爽朗的《敕勒歌》，从悲壮深情的《走西口》到矫健豪迈的《草原晨曲》，古城包头的前世与今生，曲曲折折，或哀婉或豪放，或欢乐或悲伤，一路走来一路歌，一路听来，让人不由得动容、动情。6000年的包头地域文化，如同古往今来的包头人用6000年的耐心与痴心、默默写就的一部皇皇巨著，匆匆一阅，便美不胜收、韵味无穷。

讲解员又像导游一般把我们领进了“史话石说——内蒙古古代岩画陈

列”展区，一行人立即变成“刘姥姥进了大观园”的状态，先是为“包头岩画”所震撼：包头北部蜿蜒起伏的大青山后是茫茫的达茂草原，草原上隆起的条条岩脉，遍布着数不清的岩画；在大青山支脉的色尔腾山上，蜿蜒着著名的秦长城，黝黑的长城上也隐翳着百余幅岩画，岩画内容有变化无穷的苍穹星象，有穿越时空凝视未来的神秘人像，有唱着牧歌走来的牧人，有从历史的烟尘中奔驰而来的车辆，生动直观、细致翔实地记载了北方古代游牧族群的鲜活风貌。包头岩画，远至史前，近至明清，是包头先民刻录在岩石上的“史记”。在陈列包头岩画的基础上，博物馆还整体展示了内蒙古全境草原先民狩猎、畜牧、征战、祭祀等场景下各地不同风格岩画的古老档案，展现了东胡、匈奴、乌桓、鲜卑、突厥、回纥、契丹、女真、党项、蒙古等古代草原民族辉煌灿烂的文明史迹。博物馆还把眼光拓宽到全中国乃至全世界范围，把祖国大江南北，包括香港、台湾在内的珍贵岩画图文并茂地加以展示，把遍布全世界 150 多个国家和地区的岩画史料，提纲挈领地加以概要介绍。“人猿相揖别，只几个石头磨过，小儿时节。”智者的寥寥数语即勾勒出了人类童年走过的漫漫长夜，岩画不仅是人类早期“斑斑点点，几行陈迹”的质朴画作，更是人类在地球村落里永不湮灭的历史篇章，而包头这一页着实精彩。

与可爱的小小讲解员们挥手告别，走出博物馆，漫步在城市中心繁华的街道上，行人摩肩接踵，如此热闹，也许是因为全国书博会在此召开的缘故。书博会工作人员介绍，如今的包头城不仅是国家重要工业基地，还拥有全国文明城市、森林城市、宜居城市、创新城市等众多头衔。特别值得一提的是，她拥有亚洲最大的城中草原——赛罕塔拉，草原里出没着美丽的梅花鹿。伴随着书博会成功举办，包头又多了一个崭新的头衔：一座冉冉升起的“读书之城”。

包头市文化新闻出版广电局提供的数据表明，2012 年包头开始举办“鹿城读书节”，每年全市读书活动 300 余项，参与读书活动的人群超过 150 万人次，遍布在包头市民中的民间读书会有大小 300 多个。与此同时，包头目前已拥有我国西部地区最大的图书批发商城，从业人员 3000 多人，年营业额近 20 亿元，辐射晋冀蒙陕宁。

回首艳阳下的包头博物馆，远看像一块天外飞来的巨石，镶嵌在森林与草原之中，更像一部鸿篇巨制的大书，矗立在历史与现实之间。第 26 届全国书博会在鹿城圆满结束了，而包头“读书之城”的文化大戏才刚刚拉开帷幕，在这莽莽阴山脚下、滔滔黄河之滨举办的“草原书博会”，将伴随着萋萋芳草、呦呦鹿鸣，常开常新，永不落幕。

（2016 年 8 月 16 日《中国新闻出版广电报》）

字圣，从南乐走来

仓颉，原复姓侯刚，名劼，号史皇氏，是中国古代神话传说中的“造字圣人”“三教之祖”。据文献记载，作为上古时期华夏人文始祖轩辕黄帝的左史官，仓颉双瞳四目，天生睿德，他仰观奎星环曲走势，俯看龟背纹理、鸟兽爪痕、山川形貌以及手掌指纹，创造了华夏民族最古老的象形文字，西汉《淮南子》曰：“昔者仓颉作书，而天雨粟、鬼夜哭。”其后，有唐人张彦远曰：“造化不能藏其秘，故天雨粟；灵怪不能遁其形，故鬼夜哭。”虽为一家之言，也足见古代文字的发明，具有惊天动地、非同小可的神奇魔力。

盘古斯文地，开天圣人家

驱车赶到位于河南省东北边缘的濮阳市南乐县梁村乡吴村（又名史官村），就见一座颇具规模的仓颉陵庙屹立在冬日的阳光下。

陵庙坐北朝南，西侧为庙，东侧为陵。穿过刻有“四海共仰”红色字样的第一道门坊“字圣坊”，迎面的山门正中，高悬着于右任手书的“仓颉庙”三字匾额，两侧对联则是北宋名臣寇准的笔迹“盘古斯文地，开天圣人家”，一眼望去，的确气象不凡。

这山门又叫“朝天门”，取“仓颉造字泄天地造化之密，功业齐天”

之意。迈入朝天门，再跨过二道门“仰圣门”，便来到了“万古一人殿”，仓颉的金身塑像就端坐在大殿之内，身形伟岸，肩披黄袍，双手捧圭，龙颜四目，长髯飘飘，神态安详。

殿内墙壁上，展示着自仓颉之后14位在中华文字传播史上做出过重大贡献的代表人物及其事迹：

第一位，大篆之祖史籀，周宣王时史官，师模仓颉古文并有所创新，谓之大篆，其著作《史籀篇》是我国古代最早的字书之一，秦始皇统一文字时的主要依据。

依次还有小篆之祖李斯、章草之圣史游、字典之祖许慎、纸圣蔡伦、楷书之祖钟繇、书圣王羲之、唐人楷书第一人欧阳询、草圣张旭、狂草之圣怀素、活字印刷之祖毕昇、甲骨文之父王懿荣、识字最多的学者郭沫若。

最后一位是“当代毕昇”、河南省南阳市南召县人王永民，1943年出生，教授级高级工程师，他以5年之功研究并发明“五笔字型”，以多学科之集成和创造，在世界上首破电脑汉字输入每分钟百字大关，获中、美、英三国专利，对于汉字文化走向世界，以及帮助国际人士更易在信息时代学用汉字，具有重大意义。

“还少了一位，王选应该在这份名单上。”站在我身旁的一位满头银发的出版业资深专家不无激动地说。

是的，出生于1937年的北京大学教授王选，是汉字激光照排系统的创始人和技术负责人，是中国古代四大发明的真正继承者和开拓者，他的发明为中国汉字在新闻出版领域全过程的计算机化奠定了基础，被誉为

“中国汉字印刷术的第二次革命”。

2001年，95位院士从278项中评出25项“二十世纪我国重大工程技术成就”，其中王选领衔的“汉字信息处理与印刷革命”一项，排在“两弹一星”之后，位居第二。排在后面的，居然有石油、电气化、铁路、船舶、钢铁、广播与电视、计算机、公路、航空、城市化等。从这个意义上说，数字时代的王选，对于汉字文化的创新与弘扬，丝毫不亚于刀耕火种时期的仓颉，更可以比肩北宋年间伟大的布衣发明家毕昇。从仓颉到王选，才是一部完整的中华汉字起源、演变与传播的历史。

正如恩格斯所说：“人类文明史实际是文字记录史。”从结绳记事到仓颉造字，黄河中下游地区的华夏先民才真正从蒙昧走入了文明。自仓颉以后，中国汉字的演变，从原始的象形文字起步，历经了甲骨文、金文、大篆、小篆，再到隶书、草书、楷书、行书。这一演变过程，走过了五六千年的漫长岁月。到了当代，再经由王选、王永民等人之手，古老的方块字作为中华文明最为基础性的符号载体，得以通过计算机和互联网，从中华大地传播到地球村的每一个角落。

仓颉生于斯葬于斯，乃邑人之光也

史载仓颉庙乃依陵而建，始建于东汉永兴二年，即公元154年。从古至今，屡遭劫难，屡毁屡建，“文革”期间干脆夷为废墟。现有庙宇建筑为今人近年来逐步仿古复建，陵庙原有近30件石刻文物成为复原时的依据。

仓颉陵居于庙东侧，高5米，圆柱状的陵墓之上芳草萋萋。陵区的历史更为久远，始建年代不详。

1999 年 9 月，考古人员对陵区进行了首次试探性发掘，出土了较为丰富的文物，最下层为仰韶文化层，向上依次为龙山文化层、商周文化层、扰乱层。以龙山文化层为主，堆积厚，延续时间长，遗物最为丰富，遗址距今约五六千年，与传说中仓颉造字的年代相吻合。

意外的收获使得南乐仓颉陵庙名声大振。2000 年 9 月，河南省人民政府确定南乐仓颉陵遗址为省级文物保护单位。一些史学家、考古学家也根据考古发掘成果倾向于同意南乐是较为可信的仓颉故里，文博专家罗哲文为南乐仓颉陵庙题词："中华五千年文明之根基。"

据当地居民介绍，仓颉庙会在南乐已有千年历史，源于汉唐，盛于明清。东汉时这里叫仓颉祠，唐朝时国家繁荣、百姓富足，这里又大兴土木、扩建庙宇，改名为仓颉庙，自此成为官府及民众祭祀仓颉的神圣场所。

祭祀活动一年两次，春季为农历正月二十四，相传是仓颉的生日；秋季为农历十月初八，相传是仓颉的卒日。明代天启六年（1626 年），朝廷下旨对仓颉陵庙进行了大规模的修建与扩建，使祭祀与庙会活动达到了高潮。如今，每年正月初一至二十四的仓颉庙会历久不衰，成为中原地区最大的古庙会之一，2015 年被列入省级非物质文化遗产保护名录。

"在美国国会图书馆约翰·亚当斯大楼铜门上镶嵌着对世界文字有影响的各国传说人物，仓颉的名字位列其中；2010 年，联合国将'中文日'定在了'谷雨'这一天，以纪念中华文字始祖仓颉造字的贡献。"边走边聊，银发的学者告诉我，"访问过国内百余所国家级或省、市级博物馆、图书馆，却很少见到仓颉的名字或塑像，这很让人感到遗憾”。

“万古一人殿”身后，还有一座“六书殿”。顾名思义，殿名显然是源于汉字的六种造字方法：象形、指事、会意、形声、转注、假借。

六书殿内展示了传说中仓颉为造字走遍黄河上下、大江南北，所到之处的遗迹图片：距离黄帝陵 54 公里的陕西省渭南市白水县史官镇，也有仓颉陵、仓颉庙，其庙宇被列为全国重点文物保护单位，据载已有 2000 多年历史；陕西省商洛市洛南县也被称为“洛水之南、仓颉故里”；陕西省宝鸡市岐山县仓颉庙村，有仓颉墓、仓颉庙；山东省潍坊市所辖寿光市、聊城市东阿县有仓颉墓；河南省开封市、洛阳市洛宁县、商丘市虞城县，山西省临汾市等地，也都有仓颉的遗迹，庙、陵或造字台，不一而足。

明代官修地理总志《大明一统志》记载：“仓颉，南乐吴村人。”南乐仓颉庙内元代延祐年间的残碑也记载：“仓颉生于斯葬于斯，乃邑人之光也。”

好书者众矣，而仓颉独传者一也

怎么解释全国多地都自称是仓颉出生地或安葬地的现象呢?

学界有一套合理的推论：汉字的形成是一个漫长的过程，不可能是一个人在短时间内创造的。传说中的仓颉，应该是一位文字的整理者和颁布者。

在仓颉之前，各氏族、部落已经有了类似文字的符号、图画，黄帝统一古华夏各部落以后，仓颉把各地互不统一的符号、图画进行了归纳整理，使其整齐划一，通行全国。仓颉跟随黄帝，走遍中原及周边各地，四处搜集整理原始文字符号。他的声名与业绩才会远播四方，传之后世，足迹所到之处，被人们口口相传、代代铭记，甚至被附会记录为出生地或安葬地。《荀子·解蔽》说："好书者众矣，而仓颉独传者一也。"这句话一定程度上印证了学界的推论。

甚至不排除这样的可能性：远古时代，有多个类似仓颉的史官，他们曾经在各个时段、在各处参与搜集整理和创制原始文字，在官方或民间记忆中，他们被记录在册，被称为"仓颉"。也就是说，仓颉的存在代表了上古时期参与创制最原始的中华象形文字的一个前仆后继、薪火相传的智慧群体。也有一说，仓颉是一位原始部落首领，爱好搜集整理原始刻符，传至五世，归顺黄帝，作为助手，创制了最早的象形文字。

一年前，我带领"书香中国万里行"团队，有幸造访了位于河南省漯河市舞阳县北舞渡镇贾湖村的"贾湖遗址"。这是一处距今约 7500 至 9000 年前的新石器早期遗址。在这里，考古人员除了发现世界上最早的乐器骨笛、世界上最古老的酿酒技术、世界上最早的家畜驯养地，以及我国最早的人工栽培稻、最早的丝绸等以外，最重要的，还发现了世界上目前最早的与文字有关的实物资料——甲骨契刻符号。国学大师饶宗颐先生认为，"贾湖刻符"早于安阳殷墟的甲骨文卜辞 4000 多年，领先于素称世界最早的古埃及纸草文字，是迄今为止人类所知最早的文字雏形。

从距今 3000 多年前的殷墟甲骨文，上溯到仓颉造字的五六千年前，向前再上溯到贾湖遗址所在的八九千年前。想象一下，上古时期还有多少像仓颉一样的"知识分子"，他们穿着自制的丝绸服装，吹奏着自制的七音骨笛，足迹踏遍黄河上下、大江南北。他们仰望着浩瀚的星空，俯瞰着逶迤的山川，细察着鸟迹龟纹，抿一口自制的米酒，在龟甲兽骨上，一笔一画，郑重其事地刻下他们心中的每一次灵光乍现……8000 多年过去了，在中华文明乃至人类文明的历史上，象形文字已经写入典籍，汗牛充栋，世代相传，而他们也只留下了一个共同的名字，用他们自己发明的符号写就——仓颉。

仓颉的血脉，在亿万中华儿女的血脉中绵延；仓颉的灵魂，在苍穹之上，俯瞰和护佑着这个坚韧的民族，用古老的方块字，一笔一画地，续写辉煌。

（2019 年 1 月 14 日《中国新闻出版广电报》）

春到海南：人在花海书香中

——“美丽书屋”海南模式探访录

初春时节，鲜艳的“岛花”三角梅就已相互簇拥着开遍了海南省的角角落落，海南凤凰新华出版发行有限责任公司常务副总经理陈纯栋引领着记者一行人，从省会海口出发，一路跋涉，探访了岛上的十几家“美丽书屋”，领略了椰风海韵、绚烂春花之外，另一道亮丽的人文风景线。

人在画中行，花香复书香，细细观摩，用心品味，颇有可圈可点之处，可谓“美丽书屋”的宝岛特色、“海南模式”。

美丽农家书屋：三角梅伴书香浓

沿着红色三角梅点缀的乡间道路，我们来到了位于海口市秀英区石山镇岭西村委会春腾村“人民骑兵营”大院内的“火山书吧”。书吧墙上有两块牌子，一块是“农家书屋阅读服务点”，另一块是“凤凰海南书坊火山口阅读分享中心”。这两块牌子清楚地标明了书吧的双重身份：农家书屋＋新华书店乡村网点。

毕业于海南大学生物教育学专业的图书管理员秦开贤，向记者介绍了这家书吧的“前世今生”。书吧所在的“人民骑兵营”是一家集自行车骑行、农业、教育培训于一体的创新型乡村休闲旅游基地。海南省文体厅琢磨着要给农家书屋做加法，引进新华书店作为农家书屋的图书供应商，提供管理培训和服务，开启了海南岛“农家书屋 + 书店”的创新尝试，并且把首个试点放在了独特的火山地貌的乡村旅游基地。2017 年 12 月，双重身份的“火山书吧”开业，成为海南省首个农家书屋阅读服务示范点。

秦开贤是石山镇本地人，从一家房地产公司辞职回乡当上了“火山书吧”管理员。他说：“书吧虽小，开业一年多，已经接待了近 4000 人次，来看书、借书、买书的，有本村镇的孩子、村民，还有外地自助游的人士，海南新华书店也经常在这里组织主题阅读分享会，书吧为本乡本村及旅游基地增添了不少阅读氛围。”

秦开贤还利用自己的专业所学，为幼儿园及中小学的孩子们讲解热带植物学、生物学知识。记者注意到，书吧的外墙上，图文并茂地印上了各种热带植物、水果的知识介绍。

海南新华人陈纯栋说起“火山书吧”试点的收获头头是道：把农家书屋延伸到了乡村旅游点，既服务村民又服务游客，新华书店则运用其图书选品、运营服务、阅读分享方面的优势，保证了出版物的及时更新，促进了农家书屋阅读服务点灵活有效地开展阅读活动，还提升了乡村旅游的文化内涵和吸引力。公益平台与市场机制携手，社会效益与经济效益相得益彰，新华书店、农家书屋、骑行营地三方都是受益者。

冒着蒙蒙细雨，我们又走进了万宁市万城镇联星村溪边小学旁的“溪边书屋”。书屋紧挨着三角梅风景长廊，花团锦簇。书屋里除了摆满各种图书，墙上还挂满了本地书法家和村民、小学生们的书法作品，书香、墨香、花香交织在了一起。

“溪边书屋”负责人叫文盛飞。作为村里的产业致富带头人，他牵头以村里的三角梅合作社为书屋建设主体，万宁市文体局等机构提供了110多万元的项目支持资金。书屋建成以来，已经成为村民特别是孩子们的课外阅览室和文化活动室。书屋弘扬本地“书法之乡”文化，开办书法课堂，培养了一批批小小书法家，向市重点中学输送了许多有书法文化特长的优秀毕业生。书屋还与乡村旅游结合，与周边三角梅风景长廊、休闲坊、品茶室、个性化的读书写字屋连为一体，向游客提供餐饮、民宿、婚庆和阅读文化讲座服务。

在三亚市天涯区所属西岛渔村，我们踏上了岸边三艘废旧渔船改造而成的“海上书房”。书房由三亚市政府出资，一家名曰“木舍耕读”的文化公司负责运营，西岛上唯一一所小学的孩子们下课后时常光顾这里，西岛的居民以及上岛游客也陆续成为“海上书房”的借阅会员。书房还备有海上民宿空间，爱书人躺在船舱里，可以体验一下漂在海上、卧听涛声、拥书而眠的独特况味。海南省委常委、三亚市委书记童道驰来西岛调研时说：“文化是旅游的灵魂。”

类似的农家书屋，还能列举出一批，比如万宁市大石岭村的“大石岭书屋”，琼海市南强村的“凤鸣书屋”，琼中市湾岭镇鸭坡村的“盒子书房”……它们大都设在环境优美的乡村、渔村，书屋由政府出资或支持，由新华书店或其他文化公司运营，人员及费用由实体公司承担，解决了农家书屋的可持续发展问题。书屋提供免费的公共阅读服务，组织各类全民阅读活动，成为村民、游客，特别是本地孩子们的文化活动场所，也带动了实体公司的主业经营。在原有农家书屋公益性阅读服务功能的基础上，这些“美丽书屋”还增加了兼容经营性旅游休闲服务的文化场所、文化空间和文化驿站的功能。

海南省委宣传部副部长陈莹称之为“农家书屋的海南模式”：“遍布海南乡村的美丽书屋，对于提升村民文化素质，丰富乡村孩子们的文化生活，打开他们的视野，作用不可或缺；美丽书屋同时还是创造海南乡村旅游价值的重要平台，无论是推动海南的‘全域旅游’，还是打造‘国际旅游消费中心’，美丽书屋同样不能缺席。”

美丽校园书屋：青春做伴好读书

黄昏时分，我们赶到了被誉为“南中国最美校园书屋”的三亚市“鳌山书屋”。书屋由三亚新华书店、海南中学三亚学校联合建设，300 多平方米的书屋分成了藏书区、咖啡吧、讲座厅、露台阅读区、会谈室等功能区，现有藏书 9000 余册。

置身于绿植环绕的优美环境里，三亚新华书店经理杨坚介绍说：“因为开设在校园内，开业月余，便迎来了师生及学生家长 1000 多人光临。学生们课间、课后来这里借书、买书，听讲座，老师们也特别乐意在书屋里召开教学研讨会，老师、家长、学生三者之间围绕学习与阅读的深入交流很自然地就在书屋里进行。清华大学夏莹教授还专门为同学们作了题为‘青年马克思是怎样炼成的’首场主题报告。”校长马向阳对“鳌山书屋”更是点赞道：“如果人间有天堂，就是校园书屋的模样。”

2017 年 4 月 23 日，世界读书日这一天，海南省首家校园书店“五味书屋”落户万宁市北师大万宁附中。学校与新华书店携手合作，书屋 70

多平方米，开设了文学、中学作文、中文工具书、外语工具书、初中教辅、高中教辅等 6 个图书功能区，平均每天接待读者 200 多人，每月有 6000 人次的读者光临。

此后，新华书店昌江中学校园书店、昌江第一小学校园书店、文昌中学校园书店于 2017 年陆续开业，白沙中学校园书店、琼山市国兴中学校园书店于 2018 年先后开业。

2018 年 11 月 15 日，在庆祝海南中学建校 95 周年之际，海南省新华书店与校方联手，在校园内开办了迄今为止海南省规模最大的校园书屋“衍林书屋”。书屋的名称是为了纪念海南中学创始人、一生致力“教育救国”的现代教育家钟衍林先生，书屋设在学校高中部男生宿舍一楼，面积近 400 平方米，上架图书 1.6 万多册。开业当天，海南省文联名誉主席、作家韩少功以“人工智能与文学”为题为全校师生举办了专题讲座。海南中学校长还利用书屋的开办，定期向学生们推荐优秀图书，以提升孩子们的阅读量和阅读品位。自开业以来，书屋日均接待读者 350 人，月均接待读者 1.05 万人次。

2017 年至今，海南省各家在中小学内陆续开张的“美丽校园书屋”，首先是获得了校园师生们的喜爱与好评，买书、借书、参加课外阅读交流活动，足不出校即可实现。校方出场地，新华书店配送图书和管理店面，共同举办各类全民阅读文化活动，实现了书店、学校、家长和孩子们的“四个满意”。

海南省新华书店集团有限公司董事长何洋回顾最近两年多参与和推动海南美丽校园书屋建设的历程时说：“2016 年 6 月，中宣部等 11 部委联合发布的《关于支持实体书店发展的指导意见》是我们的政策后盾和行动指南，美丽校园书屋已经成为海南各地中小学生的课外学习加油站、阅读交流活动阵地，成为海南岛书香校园建设不可替代的重要平台。”

“美丽书屋 +”：高颜值加公益心

迎着清晨的霞光，我们终于来到了“面朝大海，春暖花开”的中国网红书店——万宁市石梅湾“凤凰九里书屋”。这家由海南凤凰新华书店与华润地产公司联手打造的海上“丝路书香工程”第一家书店，总建筑面积680平方米，300平方米的室内面积，陈列了6000个品种、1.4万册图书。这座东南亚风格的大坡顶式独栋建筑，离海水仅百米之遥，以其置身于山海之间、如梦如幻的绰约风姿，当之无愧地被评选为2018年度“全国最美书店”。海南岛内外的游客和万宁本地居民，络绎不绝地赶来一睹它的“芳容”，甚或流连忘返。

“这片山海是其他书店没有的，我们希望能够守住这份美好，守住这片精神空间。中宣部部长黄坤明来调研时对书店也高度评价，认为这就是诗和远方的最好去处。”书店负责人、“80后”店长陈润崛介绍说。

吸引记者的，也不仅仅是书屋的高颜值。据陈润崛介绍，这家海景书店常年面向全国招募最美书屋“守望者”。“守望者”要在书屋值守一周，负责向读者推荐书单、组织读书分享会、开办主题讲座。截至目前，作家、教授、军人、医生、工程师、外交官、企业家、音乐人、心理学家……各种职业的读书人怀抱着一颗热切的公益心，争先恐后来此完成了他们对阅读的守望。2017年1月开业以来，书屋已举办了200多场公益文化活动，吸引了近20万人在此驻足停留，体验阅读与自然交融之美。

海南省委常委、宣传部长肖莺子寄语“凤凰九里书屋”：“要致力于全民阅读的推广和普及，让更多周边居民和游客热爱上阅读。”

在海南岛上一路探访美丽书屋的旅途中，我们发现，这些置身于乡村、校园、景区的各色书屋，美丽各有不同，而相同之处，就是每间书屋都在高颜值的外表之下，有一颗服务社会、传承文化的公益之心。

在三沙市，海南凤凰新华书店与海军驻西沙某场站联合开设了“三沙凤凰永兴书屋”。书屋面积132平方米，图书品种约4000种，小小书屋，将阅读之风带到三沙，服务于当地居民和守岛战士。海南凤凰新华人还与海南消防总队培训基地联合开设了“红门书屋”，为可敬的消防队员提供专属的阅读服务。乐东新华书店利用自有物业，在海南省西线高速公路与毛九公路交会处开办了“乐东九所社区候鸟书巢”，为天南地北汇聚于此的“候鸟”人群服务。

位于海口市地标建筑佳心百货大楼内的“海口司南阅读空间”，拥有1901年至2017年诺贝尔文学奖出版物100多个品种近500册图书，每周举办4场固定的免费阅读推广活动。从“英语沙龙”到“童话绘本阅读分享”，从“名著周末阅读会”到“海南国际演讲会”。海口太阳城大酒店一楼大堂内，海南凤凰新华书店在此开设了全省首家24小时不打烊书店，一盏温暖的阅读之灯守候着不眠的夜读人。海口市新华书店解放路书城中版精品书店设立了海南省首个新时代琼崖传习所示范点暨新时代经典传习所，书店利用微信公众号在海口市招募传习讲师，开展习近平新时代中国特色社会思想理论讲座以及国学、科技创新、中华民族传统美德等主题的传习活动。

3 月 10 日，海南全省最新的一间美丽书屋“凤凰毛道书屋”在五指山市旅游信息咨询服务中心毛道站开业，毛道书屋首场公益文化阅读活动走进了大山深处的美丽乡村。

在“凤凰九里书屋”，万宁市委常委、宣传部长杨志斌告诉记者：“万宁市目前已建设书屋 198 所，在建书屋 34 所，全市行政村 202 个，基本实现了书屋全覆盖；通过‘政府主导、民间参与、公益支持’的共建共享模式，建立各类公益书屋，比如，书屋 + 商业地产、书屋 + 乡村游、书屋 + 农业产业、书屋 + 校园阅读、书屋 + 商业销售 + 公益阅读分享等等，将公益精神融入书屋开办，用市场机制支撑公益书屋的可持续发展，以全民阅读带动文化万宁建设。”

万宁的实践，实际上是“美丽书屋”海南模式探索创新的一个缩影。杨志斌说：“万宁美丽书屋建设的尝试，推动了书屋从单一阅读平台向综合文化服务平台转变，由政府管理向公众自主管理模式转变。”

2018 年 4 月，中央领导同志来海南调研时肯定了海南新华书店进社区、进景区、进校园的做法，并且提出要求：要把书店开到高速路的服务区、开到农村、开到青年朋友爱去的咖啡屋等场所去，要把社会效益放在首位。

海南省委宣传部向记者透露，2019 年 8 月将举办海南国际旅游图书博览会暨海南书香节，届时还将落实一项惠及海南全岛居民的全民阅读公益文化活动“你读书，我买单”——海南本地居民可以到相关实体书店或在网上选购 100 元图书，由政府买单。

3 月的春风吹遍了海南全岛，馥郁扑鼻的花香、书香也从遍布海南城乡社区、校园、景区的美丽书屋，延伸覆盖到了岛上的每一个家庭、每一位居民。花开满琼岛，书香进万家。

附

以书为媒，心向诗和远方

《中国新闻出版广电报》评论员

如今漫步琼州大地，无论是碧海银滩，还是万年火山；无论置身闹市街区，还是乡村学校，抑或景区社区，都不难感受到缕缕书香。一个个匠心独运的书屋，犹如崭新的文化地标，不仅让美景与书香相得益彰，更让“诗和远方”从向往走进了现实，成为无数追梦人的精神家园。

是什么造就了这种“书香更比花香浓”的氛围？在我们看来，主要是一批有理想、有情怀的新闻出版人默默奉献，并由此形成了一套“政府主导、社会参与、市场运作”的成功运营模式——政府强有力的支持和自上而下的推动是书屋建设得以保障的重要因素；新华书店等社会力量的广泛参与让书屋进社区、进学校、进企业、进景区，将书屋建设不断引向深入；市场运作则解决了书屋服务“最后一公里”问题，通过不断整合社会力量，充分调动了各方优势。这一模式打通了从政府到社会、从企业到市场多方参与的联动机制，在盘活资源的同时，也满足了人民群众日益增长的阅读需求。

诗和远方，代表的是梦想、是追求。如今，海南自贸区、中国特色自贸港建设正在如火如荼地进行。无疑，遍布城乡的美丽书屋以及由此形成的群众巨大阅读需求，在促进海南传统文化消费升级的同时，也将为自贸区建设创造可持续发展的重要资源和内生动力，为经济的转型升级和创新发展提供源源不断的文化支撑，将成为展示海南形象的一张亮丽名片。

以书为媒，心向诗和远方，海南岛也将迎来满目芳华，未来可期！

（2019年3月19日《中国新闻出版广电报》）

中篇——天地有大美　人间竞芳华

草原追梦　踏歌而行

——全国省级党报总编辑内蒙古采访散记

没去草原之前，草原时常出现在梦里：湛蓝的天空下，白云朵朵，翠绿的原野绵延到天际，无边无涯；弯弯的小河，灿烂的阳光，斑斓的野花，洁白的羊群，黑色的骏马，盘旋的雄鹰，袅袅的炊烟，星星点点的蒙古包里远远地飘出了奶茶的醇香……

没去草原之前，草原总是出现在歌里：如诉如泣的蒙古长调，悠远神秘的古乐"呼麦"，深情悠扬的马头琴声，在敖包之下倾诉浪漫爱情、歌颂甜蜜生活，在高原之巅赞美一代天骄成吉思汗、缅怀草原英雄嘎达梅林，更多时候，是健壮的套马汉子、是俊俏的牧羊姑娘，在辽远广阔的天地之间，一边劳作、一边随口吟唱着草原的曼妙景色、心中的美好情愫。

没去草原之前，草原之美，在我的心目中，早已涂抹上了一层梦幻般的色彩，时而载歌载舞，时而忧伤宁静。

自然之美：陪你一起看草原

夏秋之交，受《内蒙古日报》之邀，《中国新闻出版报》与全国 23 家省级党报的媒体人一起，齐聚呼和浩特，开始了为期一周的草原采访之旅。没想到的是，一下飞机，在内蒙古日报社社长王开的陪同下，内蒙古自治区党委书记王君，党委常委、宣传部长乌兰，党委常委、秘书长符太增亲自出来欢迎我们。王君书记一开口便直奔主题：“内蒙古要打造六道亮丽风景线——经济发展、文化繁荣、民族团结、边疆安宁、生态文明、各族人民幸福生活。”记住了王书记生动凝练的话语，我们便从呼和浩特出发，一路向东、向北，走进呼伦贝尔大草原，追寻这一道道亮丽的风景。

“因为我们今生有缘，让我有个心愿，等到草原最美的季节，陪你一起看草原。”《内蒙古日报》的记者们哼唱着《陪你一起看草原》这首歌，在总编辑吴海龙、副总编辑孙亚辉的带领下，与采访团一路同行。我们首先飞抵呼伦贝尔市海拉尔区，然后乘车经额尔古纳市区、陈巴尔虎旗，抵达额尔古纳河东岸、蒙古族的发源地室韦，再向西南折返，最后抵达“东亚之窗”、百年名城满洲里。

一路上，我们与呼和浩特市、呼伦贝尔市、额尔古纳市、蒙兀室韦苏木（苏木，蒙语，指牧区的乡级行政区划单位）、满洲里市的党政领导同志攀谈草原经济，得知内蒙古经济发展的主要指标，从省市到县乡都呈现稳中向好的态势。到伊利乳都科技示范园访问，亲眼目睹了绿色健康乳制品的生产全程，体会草原乳文化的深厚底蕴。在陈巴尔虎旗的蒙古包内，与牧民闲话生态牛羊产业。在高高耸立的敖包四周，祭拜天地先祖，感受“天地人神”和谐共处的民族文化。在草原“那达慕”的现场，近距离观摩经典的蒙古摔跤、套马、赛马活动，品味浓烈真挚的草原歌舞。

一路之上，我们在白桦林栖息，酣畅地呼吸大自然纯净的空气。在亚洲第一湿地流连，与额尔古纳市的官员们探讨湿地保护的话题。在中国草原第一大湖——呼伦湖畔等待夕阳，看烟波浩渺、鱼翔浅底，现场采访呼伦湖的水污染防治情况。在额尔古纳河右岸，看对面河畔，俄罗斯小伙子斜靠在游艇上悠闲地垂钓，友好地向我们挥手。中俄边境线上，一派和睦安详。

在草原深处，牧民们捧出了他们自制的奶制品、牛羊肉食品请我们品尝。浙江日报报业集团的李杲副总编辑当场拍板，把这些纯天然、绿色生态的优质食品放到他们集团电子商务网站上销售、推广。蒙古族牧民白金侃侃而谈："贫穷保护不了草原的美丽，财富也未必就带来幸福，大草原千万不能过度开发，如果草原累了，牧草质量差了，牛羊肉就不鲜嫩了，奶茶就不香甜了，河水会干涸，沙漠就会占领一片片土地。"

在蒙兀室韦，我们接触了一个特殊的民族——俄罗斯族。19 世纪末起，中国淘金和伐木的男子与俄国女子"始而相见以为友，继而相爱以为婚"，一代代繁衍生息，目前华俄后裔已发展到第五代、第六代。我们走进了俄罗斯族的"木刻楞"房屋做客，感受了他们家人之间相濡以沫、其乐融融的生活氛围。在冬妮娅大妈家里，大众报业集团的梁国典社长与房主人攀上了老乡，原来冬妮娅一家的先辈来自山东龙口。在满洲里，市委副书记、宣传部长白晓娟不无自豪地向我们介绍，"上有天堂，下有苏杭，比不上满洲里的灯火辉煌"。华灯初上，站在市中心，简直是置身于一座欧洲的建筑博物馆，恍如在巴黎、罗马或是莫斯科，丝毫想象不出这里是祖国北疆的一座边陲小城。

短暂的一周采访，走到满洲里时，再回头想想王君书记描述的那"六道风景线"，一路的所见所闻，确实其中的"每道风景"都有了不同程度的印证。最为难得的是，我们发现，一路走来，上至自治区党委书记，下到普通牧民，都有一个朴素的共识，那便是：最美的风景，还是草原的自然之美、生态之美，她是一切风景的前提，她是所有风景的载体；所有的亮丽风景，都孕育、包容在大自然的绿色怀抱之中。这共识的存在，真的是内蒙古之福、草原之福。

置身在梦中的草原，置身在歌中的风景，我们还能找寻到内蒙古大草原什么不同寻常的美丽吗？一路草原一路欢歌，安静下来时，才突然发现我们所要找寻的草原之美，似乎还是隐藏在这一首首或者奔放或者深情的草原牧歌里。

生命之美：父亲的草原母亲的河

采访团一行抵达室韦苏木时，夜幕已降临，蒙古族学者向我们娓娓地叙说起了历史：就在这一带额尔古纳河东岸的山林里，居住着蒙古族的先民，靠狩猎为生，《旧唐书》中称他们“蒙兀室韦”；公元 8 世纪中叶，他们南迁到了以呼伦湖为中心的呼伦贝尔大草原；很多年以后，他们又向西迁徙，进入了蒙古高原的肯特山区，逐渐强大。他们的后人成吉思汗率领着蒙古乞颜部经过浴血奋战，把各个部族融合成为一个民族——蒙古族，而呼伦贝尔草原则成为成吉思汗统一蒙古草原的武库、粮仓和练兵场。

说来也巧，当我们伫立在蒙古族的发祥地、呼伦贝尔草原与大兴安岭的交接地、中俄边境口岸的界河边，欣赏蒙兀室韦小镇的夜景时，户外广场的高音喇叭十分配合地适时播出了一首歌曲《父亲的草原母亲的河》：“父亲曾经形容草原的清香，让他在天涯海角也从不能相忘。母亲总爱描摹那大河浩荡，奔流在蒙古高原我遥远的家乡。如今终于见到这辽阔大地，站在这芬芳的草原上我泪落如雨。河水在传唱着祖先的祝福，保佑漂泊的孩子找到回家的路……”

喜爱草原歌曲的人大多都知道，这首歌的作者是蒙古族诗人席慕蓉。诗人祖籍内蒙古，生在重庆，长在中国香港，定居在中国台北。1999 年，席慕蓉回内蒙古祭献敖包，应蒙古族女歌手德德玛之邀，写下了《父亲的草原母亲的河》。经蒙古族音乐家乌兰图嘎谱曲，德德玛与席慕蓉在 2001 年的北京及内蒙古电视台春节晚会上联手演绎了这首歌曲，一时间，祖国的大江南北广为传唱。平时听到这首歌也会感动不已，但此时此地，我们才似乎真正能够理解蒙古族的后裔们背靠着呼伦贝尔草原、面对着流淌千年的额尔古纳河时，那种历尽种种沧桑漂泊、种种生死离别后，终于找到了家的感觉。歌曲里吟咏的草原，也绝不仅仅只是自然的风景，这芬芳的草原、浩荡的江河，已然成为蒙古人血脉的源头、精神的家园与灵魂的皈依。

不仅如此，当我们把历史推回到公元前 50 年左右，会发现拓跋鲜卑族正南迁至大泽（今呼伦湖），进驻呼伦贝尔草原。他们在此生活了 7 代约 200 年，公元 386 年，建立了北魏王朝，公元 439 年统一了北方地区。如果我们把历史再一直推回到 1.1 万年前，呼伦贝尔草原上生活着的古人类扎赉诺尔人，创造了呼伦贝尔灿烂的原始文化。走进扎赉诺尔博物馆，我们还进一步得知：考古学家们在满洲里扎赉诺尔煤矿发现了 16 个扎赉诺尔人头骨化石及其他伴生物。1948 年，我国古人类学家裴文中在《中国史前之研究》一书中就指出，中国北方文化起源于扎赉诺尔文化。另一位古人类学家林一璞更是明确指出，根据现有的发现，中国最远古的文明是从扎赉诺尔起源的。

如果放眼整个内蒙古，考古研究告诉我们，草原文明的源头可以追溯到 70 多万年前的旧石器时代，呼和浩特东部的大窑遗址是当时古人类的石器打制场所，一直到 30 余万年前他们的后裔还在这里生存。3.5 万年前“河套人”在黄河中上游的河套地区创造了“萨拉乌苏文化”，属旧石器时代晚期文化，也成为北方草原主流文化的重要组成部分。而 1.1 万年前扎赉诺尔人已经具有原始蒙古利亚人种的体质特征，活动范围遍布整个北亚草原。5500 年前，内蒙古东部、南部的“红山文化”则是北方草原文化与中原仰韶文化碰撞而产生的优秀文化，属新石器时代。1971 年，内蒙古赤峰红山文化遗址出土的玉龙被考古界称为“中华第一龙”。

如果放眼全中国，当今的文化学者们大都认同草原文化同黄河文化、长江文化一起，共同成为中华文化的源头。几千年以来，内蒙古大地上生存繁衍着以蒙古利亚种华北型为主的人类圈，比如商周的戎狄、秦汉的匈奴、魏晋南北朝的鲜卑、隋唐的突厥、两宋的契丹和女真、元代的蒙古、明清的满族。其间，匈奴人建立的第一个草原王国，促进了草原民族与中原汉族的第一次民族大融合。鲜卑人建立的北魏王朝，促进了农、牧文明的第二次大融合。成吉思汗建立的蒙古汗国，直至元朝统一中国，草原文化与农耕文明实现了第三次大融合。

席慕蓉的歌不仅仅是写给蒙古人，更是写给地球村亿万龙的传人。这歌声已然引领着我们，跨越万水千山，穿越万年千年，探寻生命的根脉，找到回家的路。古老的蒙古高原，深厚的草原文化，古往今来，也正绵延不绝地抒写着一曲壮丽神圣的华夏儿女的生命之歌。

青春之美：为内蒙古喝彩

如果放眼全世界，你会发现，内蒙古大草原正以其独特的历史底蕴与时代魅力，对亚欧地区乃至全球东西方经贸、文化间的深度交流与融合，发挥出愈发重要而不可替代的作用。

我们到达采访的最后一站满洲里时，来自中俄蒙三国的学者以及政府、企业代表，正好在此举办“草原丝绸之路经济带暨中俄、苏满欧班列合作发展论坛”，“2014 中俄蒙国际机械建材博览会”也拉开帷幕。2014 年 3 月，“苏满欧”货运铁路列车常态化开行，从苏州西站出发，经由满洲里口岸，横跨整个西伯利亚，途经俄罗斯、白俄罗斯，抵达目的地波兰华沙，全程运行 13 天共 1.12 万公里，比海运的时间缩短了约 30 天，是当前运行速度最快、运输价格最低、通关服务最优的欧亚货运集装箱班列，而“豫满欧”“粤满欧”班列也将陆续开通。目前，经满洲里口岸的集装箱国际物流线路已经成为国内外众多商家的首选。

2013 年 9 月，国家主席习近平访问中亚四国时提出，共同建设“丝绸之路经济带”。中国古代的丝绸之路主要有四条：一是从洛阳、西安经河西走廊至西域，然后通往欧洲的“沙漠丝绸之路”；二是北方草原地带的“草原丝绸之路”；三是东南沿海的“海上丝绸之路”；四是西南地区通往印度的丝绸之路。草原丝绸之路，是古时自中国中原地区向北越过长城，穿越蒙古高原、南俄草原、中亚西北部，西去欧洲的陆路商道。自古以来，草原丝绸之路东端的中心在内蒙古地区，东来西去、南来北往的经贸、文化潮流在这里交流、汇聚，形成浓郁而又开放的草原文化特征。

东西方文化人类学家们的许多研究成果指向同一个结论：大约 1.1 万年前，中国内蒙古草原的先民们多批次、长距离地迁徙到日本和美洲大陆，带去当时先进的文化与科技，象征着古代草原文明对于亚洲历史、美洲历史乃至世界文明史的重大贡献。数千年来，匈奴、突厥、蒙古人先后向西迁徙，带去东方传统文化与先进技术，融入西方世界，波斯、希腊、罗马、印度文化向东传播。至元代，草原游牧文化、中原文化、西方文化、中亚、南亚文化在大草原上碰撞、交融，形成了草原文化多元、包容的世界性品格。有研究者还把草原文化的当代特征概括为 16 个字：开拓进取、英雄乐观、自由开放、崇信重义。虽是一家之言，但也不无道理。

让我们把镜头重新切回到满洲里。从地图上看，作为全国最大的陆路口岸，满洲里地处亚欧大陆桥的重要节点，向东连接着东北亚枢纽大连、锦州等港口，辐射华北、中原、华东、华南，向西跨越广袤的西伯利亚，直达欧洲腹地荷兰鹿特丹。这条亚欧大陆桥所辐射的国家区域内，能源矿产、旅游文化、农业资源等要素资源禀赋齐全，市场规模、发展潜力独一无二，已经成为一条穿越草原、连接世界的全新丝绸之路。

环顾内蒙古全境，4000 多公里的边境线上共有 19 个口岸，成为了中国向北开放的桥梁和纽带，形成了公路、铁路、航空三位一体的对外开放格局。目前，内蒙古 19 个口岸的总业务量已跃居西部边疆省份之首。2014 年 2 月，国家主席习近平考察内蒙古时再次寄语："把祖国北疆这道风景线打造得更加亮丽。"草原文化，正重新焕发青春；草原丝路，已渐成康庄之衢。

当飞机从满洲里机场缓缓升空之时，俯瞰舷窗外的青青草原、澹澹湖水、莽莽森林、巍巍口岸，我的耳畔不由得又回响起了蒙古族歌手韩磊的歌曲《为内蒙古喝彩》：

飞跃八千里路云和月乘风而来，
近看草原大地青春焕发的光彩，
踏上我心爱的黑骏马踏歌而行，
奔向你的怀抱飞扬你的神采……
内蒙古，大中华为你齐声喝彩。

（2014 年 9 月 25 日《中国新闻出版广电报》）

岱宗夫如何　齐鲁青未了

——全国报业集团社长总编辑齐鲁行

小雪节气刚过，应大众报业集团之邀，中国新闻出版传媒集团联合全国20余家报业集团的社长、总编辑共赴泉城济南，得到了山东省委书记姜异康的亲切接见。在成功举办了首届中国报业集团高层座谈会之后，又相约南下，利用周末时间，先后造访了孔子故里曲阜、运河古城台儿庄和“大汶口文化”的发祥地泰安。此时，正值习近平总书记考察山东一周年。一年前，在历史文化名城曲阜与专家学者座谈时，习近平说：“国无德不兴，人无德不立。”于是，我们将齐鲁文化探访之旅的第一站，选择在了古城曲阜。

内圣外王孔夫子　有教无类万世师

2013年11月26日，习近平总书记专程来到济宁市，参观考察了曲阜孔府和孔子研究院，带走了院长杨朝明参与主编的《孔子家语通解》《论语诠解》两本书，表示要仔细看看。杨院长记住了习近平总书记的话：“中华民族有着源远流长的传统文化，也一定能够创造中华文化新的辉煌。研究孔子和儒家思想要坚持历史唯物主义立场，坚持古为今用，去粗取精，去伪存真，因势利导，深化研究，使其在新的时代条件下发挥积极作用。”

一时间，曲阜市的儒家典籍销售一空。

一年后的今天，冒着淅沥的冬雨，我们循着总书记的足迹走进了曲阜。在孔庙大成殿前，我们和市民们一起参加了11点开始的祭孔典礼。原来，近一个月来，曲阜市举办了首届“百姓儒学节”，正好让我们赶上了。曲阜市为每个村配备了一名儒学讲师，意在“营造健康向上的村风民风，推动中华传统美德创新性发展”。各地游客来到曲阜，背诵30句论语就可以免费游孔府、孔庙、孔林。据刘东坡市长介绍，从2012年8月起，曲阜市就宣布建设“彬彬有礼道德城市”。最近两年，仅当地的一所孔子礼仪文化学校就已进行了几十万人次的儒家八德和现代礼仪教育。

不仅曲阜，整个济宁市过去一年来启动了优秀传统文化六进普及、道德提升、文化惠民、文明创建等活动，实施“爱德、诚德、孝德、仁德”教育工程。济宁市的目标是要“打造弘扬优秀传统文化首善之区”，培育和善向上、友爱诚信、谦和尚礼的儒韵民风，让济宁成为山东乃至全国的道德建设高地。2013年以来，“四德榜”在济宁农村覆盖率达100%，全市有10人入选“中国好人榜”，70人入选“山东好人”，5人入选省级道德模范，入选数量均居山东全省第一。

在山东省范围内，围绕习近平总书记考察曲阜的讲话精神，一系列国学文化活动也正逐项展开：儒学讲堂进社区、齐鲁非遗大讲堂、尼山书院国学公开课、《儒学与艺术学论丛》研讨会、儒学之光书法篆刻展、欧阳中石书中华美德古训展、中华传统家训书法作品展……舞剧《孔子》11月26日在山东省会大剧院上演，此前该剧在G20峰会期间曾赴澳大利亚悉尼演出。看起来，源起于2500多年前孔府之内儒家文化的优秀经典，正沿着从曲阜到济宁、从山东到海内外的传播路径，凭借多姿多彩、生动活泼的形式与载体，向四面八方开枝散叶，弘扬传承。

曲阜虽然只是一座只有 60 多万人口的县级市，却是古鲁国国都，因其丰厚的历史文化资源被尊为“东方圣城”。作为孔子的家乡，其孔府、孔庙、孔林早在 1994 年就被列入世界文化遗产。被称为“天下第一家”的孔府，是孔子嫡系长支世代居住的府第，也是中国现存历史最久、规模最大、保存最完整的衙宅合一的古建筑群。曲阜孔庙则是世界上 2000 余座孔庙中最大的一座，始建于公元前 478 年，完成于明清，主体建筑大成殿为东方三大殿之一。孔林作为家族墓地，也是世界上延时最久、规模最大的一座。

自汉高祖刘邦祭奠孔子墓并封孔子九世孙世为奉祀君以后，历朝历代不断加封，至宋代封为衍圣公。随着孔子后世官爵的升迁，孔府的规模不断扩大，成为中国仅次于明清皇宫的最大府第。孔府大门两边那副著名的对联，彰显了孔子及其学说在历史上的尊崇地位：“与国咸休，安富尊荣公府第；同天并老，文章道德圣人家”，富字上少一点，章字中多一笔，可谓“富贵没顶，文章通天”，意味深长。孔庙内藏着孔子生前所用的“衣、冠、琴、车、书”，初建时只有“庙屋三间”，以后历朝历代不断扩建，同样昭示了儒家文化的日见昌荣。大成殿内供奉着一座高 3.35 米的孔子塑像，大殿上方有康熙、光绪二帝分别题书的匾额“万世师表”“斯文在兹”，殿名曰“大成”，应是赞颂孔子之思想学问，从“内圣外王”到“有教无类”，集古圣先贤之大成。而孔子及其子孙们的墓地所在，即孔林，自汉代以后重修、扩修过 13 次，面积约 2 平方公里，2000 多年来葬埋从未间断，碑石如林，古木森森，成为一座研究我国历代政治、经济、文化发展和丧葬风俗变迁的历史与自然博物馆。“曲阜三孔”，已然成为孔子儒学“德侔天地、道冠古今、删述六经、垂宪万世”的东方文化地标。

2014年11月26日，就在全国各地媒体同行抵达山东的当天，山东省委常委、宣传部长孙守刚在“纪念习近平总书记视察曲阜一周年座谈会”上的讲话中说：“山东省要扎实做好中华传统美德和齐鲁优秀文化的研究阐发，推动优秀传统文化通俗化、大众化、时代化。要把弘扬优秀传统文化融入日常生活和工作中，体现在公民行为养成中，通过系列载体平台，广泛开展思想道德实践活动，真正使中华传统美德在山东大地落细、落小、落实。”

圣城曲阜的传统文化复兴热潮，现在才刚刚起步，任重而道远。

昔日英雄喋血处　今朝碧水绕城流

从曲阜一路向南，夕阳西下之时，又一座古城赫然映入眼帘，仰视巍峨的古城门，但见青灰色的砖墙中间镶嵌着三个白底黑字——台儿庄。史料记载，台儿庄有着2000多年历史，形成于汉，发展于元，繁盛于明清，历史上曾是一座风景秀美的运河古城，有过“商贾迤逦，一河渔火，歌声十里，夜不罢市”的繁荣景象。据称，乾隆六下江南，往来途中多次在台儿庄停留，还曾留下御笔曰“天下第一庄”。

缓步走进古城门，举目望去，只见小桥流水、亭台楼阁、雕梁画栋，酒旗楹联，如在画中。古街、古巷、古店铺鳞次栉比，参差错落，古船闸、古渡口、古运河蜿蜒绵长，恍若隔世。这北方的运河古城，却分明是一派十足的江南水乡韵致。华灯初上时分，运河两岸各色彩灯、射灯交织闪耀，沿街店铺霓虹闪烁。一只只单桨摇橹的小船儿从运河古码头出发了，船头穿过一座又一座拱形的月亮桥，撑船姑娘脆生生的歌声伴着游人的笑语喧哗，由近而远，消失在水岸的尽头。此刻，当你置身其间，真的很难相信这是一座在二战后的废墟遗址上复建的崭新的“古城”。你同样也难以想象 1938 年的春天，就在这座城池里发生的那场事关中华民族生死存亡的惨烈之战。

1938 年春，由国民党将领李宗仁将军指挥的台儿庄战役，历时约 1 个月，中国军队英勇抗击来犯日寇，歼灭日军 1 万余人。此次大捷，是中华民族全面抗战以来正面战场取得的最大胜利。毛泽东、周恩来对台儿庄战役都给予了高度评价。中国军人在此次战役中，有的组织敢死队与日寇进行白刃战；有的用手雷与敌人同归于尽；师长王铭章兵尽粮绝之际绝不投降，用手枪饮弹殉国；滕县县长周同从城墙跳下，一同殉国……数万名中国军人喋血台儿庄，向全世界证明了中国人民是不可战胜的，也让台儿庄古城成为“中华民族扬威不屈之地”！在今天重建的古城里，仍然保留了 53 处抗日战争时期的遗迹，台儿庄现已成为全世界二战史上战争遗迹最多、保存最完好的纪念城市。

当我们从 70 多年前台儿庄英雄喋血的惨烈画面中抽身，重新回到今天这桨声灯影里的水乡古城时，你还是会问：从 2008 年算起，几年之间，这“碧水绕城、亭台楼榭、亦古亦新、如梦如幻”的古城丽景究竟是如何重建起来的?

台儿庄古城所在的地级市枣庄，是一座资源枯竭型城市。历史上，作为煤城的枣庄为新中国的建设做出了巨大贡献，国家从枣庄调出的原煤共约 4 亿多吨，按现价合人民币 4000 多亿元，但也留下了大片的棚户区和严重的污染，并且 20 年之内枣庄将无煤可挖。面对巨大的城市经济发展与就业压力，枣庄市把目光放在了台儿庄——深厚的运河文化和独特的抗战文化在这里交汇，恢复重建古城，有望推动枣庄市包括文化产业在内的现代服务业的振兴。

在启动建设阶段，枣庄市采取市场运作的方式，以50万吨原煤置换出来的资金启动了这一千年工程。在滚动建设中，投资不断升值，从2008年年底到2011年年底，3年时间净资产就已达到153亿元。重建中，枣庄提出了“留古、复古、承古、用古”的原则，对现存遗迹全部保留、严格保护，把大战后幸存下来的古驳岸、古码头、古船闸、清真寺、关帝庙配殿、中和堂、胡家大院等古迹全部保留，保存古城95%以上的道路街巷和水系肌理，在保护53处弹痕累累的古建筑的基础上，规划建设大战遗址公园；挖掘历史，原貌复建，采用原来材料、原有工艺、原籍工匠，遵循“原空间、原尺度、原风貌”的标准，保证重建的古迹成为历史遗迹；承古传今，推陈出新，船形街、步云桥等建筑，既要遵循古建筑文化，又要符合现代审美的要求；古为今用、弘扬繁荣，古城内不仅有茶楼、戏台、药铺、客栈等传统店铺，还有税史、私塾、驿站、奏折、票号等100多个专题博物馆、展示馆，也有酒吧、演艺厅、星级酒店、主题公园等现代休闲业态。

如今，“古城台儿庄”作为民族精神的象征，已经被正式命名为全国“爱国主义教育基地”，大陆首家海峡两岸交流基地。2011年年底，被正式批准为“国家文化遗产公园”“国家非物质文化遗产博览园”。文化学者舒乙在为《复活古城台儿庄》一书所写的序中如此评价：“台儿庄古城重建着重在文化建城上，把城市文化发展放在中心位置上，这是很高明的一步棋，有着重大的战略意义，在当今城市发展实践上有着普遍的指导价值，不愧是城市发展转型的先声。”

挥手作别台儿庄的时候，脑海里蓦然蹦出了两个词：毁灭与重生。1938 年，古城的毁灭，换来的是自 1840 年鸦片战争以来中华民族精神力量的大爆发；2008 年以来，古城的重生，更彰显了经济高速发展的浪潮中，民族精神与历史文化难能可贵的双重复兴。

泰岳瑞雪映日月　齐鲁文化耀古今

由枣庄向北折返，抵达泰山南麓的泰安，这里便是著名的大汶口文化的发祥地。如果说台儿庄闻名天下，是因为 70 多年前的那场抵御日寇的英雄之战，曲阜成为东方圣城受益于 2500 多年前孔老夫子诞生于兹，那么，泰安则是因泰山而得名。“泰山安则四海皆安”，寓国泰民安之意。这里 5 万年前已有人类生息繁衍，6300 年前大汶口新石器文化以泰山地区为中心，绵延繁荣了约 2000 年左右，反映了早期黄河流域氏族部落的活动情况。在大汶口文化时期之后，泰山北麓还发现了山东龙山文化。泰山南北发现的中国史前文化的完整序列，表明了这里早在远古时期就是东方文化的重要发祥地。

泰山别称岱宗、东岳、泰岳等，古代汉族的先民以东岳作为神灵来崇拜，君王们便把泰山作为国家统一和权力的象征来封禅祭拜。周天子以泰山为界建齐鲁，战国时期，齐国沿泰山山脉直达黄海之滨修筑了 500 公里的齐长城，现遗址犹存。传说秦汉以前，就有 72 位君王到泰山封禅。此后自秦始皇至明清，历代帝王们不断到泰山封禅和祭祀共计 27 次，在山上山下建庙塑神，刻石题字。文人雅士也纷至沓来，留下了 20 余处古建筑群、2200 余处碑碣石刻，泰山因此也成为中国历代诗文、绘画、书法、石刻艺术、园林建筑及宗教文化的博物馆，1987 年泰山被联合国教科文组织列为世界自然与文化遗产。

我们首先来到了泰山脚下的岱庙，但见“城堞高筑，庙貌巍峨，宫阙重叠，气象万千”，东西两侧的汉柏、唐槐，见证了此庙创建于汉、辉煌于唐的悠远历史。岱庙是历代帝王来泰山封禅告祭时居住和举行大典之地，也是泰山文物最集中的地方，保存了帝王们祭祀时的大量祭器、典籍、工艺品，主殿内的宋代壁画——泰山神启跸回銮图，所绘山水车马和 697 个不同人物千姿百态、栩栩如生，是弥足珍贵的文物瑰宝。岱庙还有 184 块历代碑刻和 48 块汉画像石，成为西安、曲阜之后的第三座碑林。

登临泰山之巅时，却发现皑皑白雪已覆盖了天街，近观，雪映苍松翠柏；远眺，云笼层峦叠嶂，真可谓“荡胸生层云，决眦入归鸟。会当凌绝顶，一览众山小”。西周初年，姜太公被封于泰山以北的齐国，以治理夷人；周公被封于泰山以南的鲁国，以拱卫周室。姜太公“因其俗，简其理”促成了当地东夷文化向齐文化的转变。而周公之子伯禽在鲁地“变其俗，革其礼”，推行重农抑商的周文化。因而，齐文化尚功利，鲁文化重伦理；齐文化讲革新，鲁文化尊传统。一山南北，两样风俗。

春秋末期，孔子的儒学思想在鲁国广为传播。战国时期，儒学传人、鲁国人孟子二度游学于齐。以此为契机，齐、鲁文化开始融合。无独有偶，儒学大师荀子兼顾齐学，丰富、完善了自身的儒学思想，游学齐国时，又把儒学思想传播给齐国士人。泰山南北，齐鲁文化在战国末期逐渐融于一炉。秦汉以后，齐鲁文化由地域文化逐渐发展传播，成为中华传统文化的主要源头。以儒学为核心的齐鲁文化发展到今天，其基本精神被一些专家学者做了提炼和归纳，包括自强不息的刚健精神，比如《论语·述而》中的“发愤忘食，乐以忘忧，不知老之将至”；崇尚气节的爱国精神，比如，《孟子·公孙丑》中的“富贵不能淫，贫贱不能移，威武不能屈”；还有，经世致用的救世精神、人定胜天的能动精神、民贵君轻的民本思想、厚德仁民的人道精神、大公无私的群体精神、勤谨睿智的创造精神等。

从历史回到现实，今天的泰安人，仍然以泰山为荣，以身居齐鲁文化的南北融合之地为荣。泰山，也不仅是齐鲁文化的象征，更是中华民族文明的象征。据“微软大数据”的调查显示，目前，在“外国人感兴趣的中国景点”中，长城第一，泰山位居第二。

面对老祖宗留下的自然与历史文化遗产，泰安人把“保护与利用”这两篇文章一起做好。市长王云鹏介绍，泰安编制了《历史文化名城保护规划》等系列文件，并对照进行保护与开发，脱开老城建新城；整合传统文化和现代时尚元素，通过旅游经济弘扬齐鲁文化，一年一度的泰山国际登山节、东岳庙会、泰山石敢当文化节、泰山音乐节、中华泰山成人礼、108 好汉闯山东等旅游文化活动令游人目不暇接；整理并列入全国四级非物质文化遗产保护名录项目 355 个，推动地域特色文化与特色旅游的深度融合、保护性开发；以泰山、大汶口遗址、大运河文化遗产保护为重点，在保护中让文化遗产“活”起来，编排了泰山封禅实景演出、音乐剧《泰山情缘之石敢当》……2014 年 2 月 8 日国家海洋局宣布，中国南极“泰山站”正式建成开站。2014 年 11 月 21 日，《中国极地科学考察 30 周年纪念邮票》在泰山之巅首发，遥远的南极“泰山站”邮局同时揭牌。

从济宁、枣庄再到泰安，一路之上，我们把景仰留给了孔庙大成殿，把钦佩留给了睿智的枣庄人，把跋涉、探索的脚印留给了泰岳的雪山之巅。齐鲁之行留在我们记忆里的，是曲阜孔府门口的琅琅诵读声，是台儿庄古城墙上的累累弹痕，是泰山之巅第一封发给南极的信。

（2014 年 12 月 30 日《中国新闻出版广电报》）

龙腾虎跃地　稻菽千重浪

——全国省级党报社长总编辑延边纪行

飞机开始缓缓降落，透过舷窗鸟瞰延边朝鲜族自治州，山脉、丘陵、盆地几乎全都覆盖着郁郁葱葱的森林，我们仿佛来到了一处世外桃源般的伊甸乐园。

这是一片神奇的土地，21 世纪中国大陆的第一缕曙光照耀珲春森林山。这里地处长白山下、图们江畔，是中国、俄罗斯、朝鲜三国交界地带，东临日本海，被誉为“东北亚的金三角”。

这是一片欢乐的土地，每当春天来临，鲜艳欲滴的金达莱花儿开满山野。每逢节假日，这里便会成为欢乐的海洋，朝鲜族男女老少们纷纷走出家门，在田边地头，载歌载舞，从清晨到日暮。

这是一片古老的土地，2.6 万年前的旧石器时期，古老的“安图人”就在这里生存栖息。这里是唐代“渤海国”的所在，还是清朝满族的“龙兴之地”。

这是一片热血的土地，有“血诚纾难、忠君报国”的爱国贤臣、封疆大吏吴大澂的事迹和雕像，也是朝鲜族爱国英雄、诗人尹东柱的故里。在这里，朝鲜民族和其他兄弟民族一起，共同开发建设东北，共同抗击日本侵略者，为国捐躯，血染疆土。

这是一片幸福的土地，4万多平方公里范围内森林覆盖超过80%，深山老林里有虎豹出没，松茸遍地。蓝天白云，碧水青山，完好的自然生态，构成了天然的绿色大氧吧，汉族、朝鲜族、满族等24个民族200多万人和睦地生活在这里。

一下飞机，吉林省委常委、副省长、延边州委书记庄严便把延边的种种美好，如数家珍般地介绍给我们。金秋时节，来自近30个省的党报集团社长、总编辑、资深记者们齐聚一堂，参加了由中国新闻出版传媒集团、吉林日报社联合主办的“省级党报采编工作会议”。尔后，全国各地的媒体人便沿着庄严书记介绍的路线，开始了大美延边的文化之旅。

龙虎阁上：且闻龙腾虎跃声

从延边州首府延吉市出发，一路向东、向南，抵达珲春市所辖的防川村。这里是我国唯一与朝鲜、俄罗斯交界之地，位于祖国雄鸡版图最东端的“鸡嘴尖”上，人称“东方第一村”。站在紧邻边境线、高达64.8米的龙虎阁之上，举目四望，三国美景尽收眼底，真正能够体验到“雁鸣闻三国，虎啸惊三疆；花开香三邻，笑语传三邦”的美妙感觉。不过，随着对防川村了解的深入，我们的心情却逐渐变得沉重起来。

从防川沿图们江顺流而下，经15公里即可进入日本海。由于清末国力衰微，昏聩无能的清政府被迫签署丧权辱国的对外条约，使得大片的中国土地被割让、领海被截断，以至于今天的吉林成了一个离海最近，却没有自己海域的内陆省份。大海近在咫尺，却只能望洋兴叹。站在龙虎阁上，每个人的心里都是五味杂陈。

所幸我们的耳边响起了一个名字：吴大澂。龙虎阁内，防川边防文化展览馆的讲解员向我们绘声绘色地介绍了这位清朝督办边务大臣的爱国事迹。1886 年，中俄重勘珲春东部边界时，吴大澂不屈不挠、据理力争，把沙俄偷立的界碑“土”字碑向前移了 8 公里，不仅捍卫了祖国的神圣领土，还为我国争得了图们江的出海通航权。

吴大澂对珲春的贡献还远远不止于此。清初统治者为保“龙脉”稳固，入关后逐步推行东北封禁政策，致使珲春一带人烟稀少、经济凋敝、交通闭塞、国土动荡。1880 年，吴大澂初入珲春，第一印象是：“我初度地凉水泉，六十里中无人烟。膏腴一片空捐弃，临江四顾心茫然。”对此，以吴大澂为代表的一批有识之士率先提出：“防俄犯境，必先移民实边，开发边疆；不破封禁，断无取胜。”吴大澂通过“设立招垦局，招屯户，实边土；试办屯田，驻军屯垦；改革军队，购利器，讨军实；建桥修路，加强边防；开办学堂、药局、驿站”等一系列措施，打破了清王朝对东北的封禁，开启了中国近代移民大潮与大东北地区的开发热潮。

龙虎阁一层，高大的拱形门洞之下，安放着吴大澂当年亲笔书写的“龙虎”钟鼎文花岗岩石刻。据说，这是他在与沙俄进行边境谈判的间隙所书，意为此地有“龙盘虎踞”，表达了他誓死捍卫祖国疆土的决心绝不动摇。

珲春人在防川沙丘公园为当年“书生报国”的吴大澂立起了一座 9 米高的雕像，面朝大海，威严肃立，倔强的眼神里饱含着不屈与抗争。遥想 100 多年前的清末，国势危如累卵，一介文弱书生能够挺身而出，对外争国土、争航权，对内破封禁、实边土，有胆有识，有勇有谋，如此的血性与担当，堪称中国近代史上铁骨铮铮的一位“民族脊梁”。

今天的珲春人用新的思维与方法来继承和实现爱国先贤未竟的遗愿，那就是开放和开发。

珲春市乃至整个延边州，首先是打破封闭，借助国家加大延边开发开放力度的契机，建立起国内、国际海陆空三位一体的对外通道体系。2011年，开通了珲春经朝鲜罗津港至上海、宁波的内贸货物跨境海运航线。2013年，珲春至马哈林诺铁路恢复了国际联运，打通了连接俄罗斯远东地区的铁路运输大通道。2015年，开通了珲春—扎鲁比诺—釜山集装箱定期航线，打通了连接日、韩及欧美的海上运输通道。延吉航空口岸现已开通至韩国首尔、济州、清州、釜山，日本大阪、俄罗斯海参崴6条国际定期航班，以及至朝鲜平壤，韩国务安、江原道、大邱4条国际包机航线。延边人打破了海域的局限，借港出海，从昔日的“龙盘虎踞”，变成了今天的“龙腾虎跃”，海阔天空。

开放的同时，当然是开发。2010年，延吉高新区升级为国家级高新区。2011年，建立了全国首个对朝工业园——图们工业园。2012年，国家批准了首个国字号国际合作示范区——珲春国际合作示范区，珲春利用木材、海产品等资源进口的渐次扩大，推动了木材加工、海产品境外资源境内加工等产业的大发展。2015年，和龙边境合作区也获得了国务院批准。

延边开发开放的初步成效，表现为名企入驻、高朋满座，表现为贸易繁荣、商贾如云，表现为旅游兴旺、车水马龙。龙腾虎跃之地，开放推动着开发，开发引领着开放。延边人没有辜负当年先贤们的所思所愿，百年前的封闭与落后，变成了今日的开放与崛起。

光东村头：喜看稻菽千重浪

光东村位于延边州和龙市东北部，地处美丽的海兰江畔，村民中朝鲜族人口占98%，全村以种植绿色、有机水稻为主。2015年在北京举行的延边大米推介会上，光东村的“吗西达”（朝鲜族语好吃的意思）牌大米大受欢迎。该村拥有“全国休闲农业与乡村旅游示范点”“省级文明村”以及“延边州民族团结进步示范集体”等亮丽的头衔。

2015年7月，习近平总书记视察光东村时说：“随着农业现代化步伐加快，新农村建设也要不断推进，基本公共服务要多向农村倾斜，向老少边贫地区倾斜。”

金秋时节，当我们驻足于光东村头之时，真切地感受到了“喜看稻菽千重浪，遍地英雄下夕烟”的丰收喜悦与英雄豪迈。站在田间搭建的观光亭上极目四望，细细欣赏各种人工刻画的稻田景观画，诗情画意，胜过鬼斧神工。

走进村里，朝鲜族群众身着鲜艳的民族服装，在欢快的鼓乐声中跳起了活泼优雅的长鼓舞，欢迎远道而来的客人。自从总书记视察了光东村，这里游客大增，仅民乐与民俗表演一项，参演村民每人年收入4500元，村集体收入近4万元。

光东村还成立了“民宿旅游农家乐”专业合作社，与旅游公司合作，全方位发展休闲观光农业与民俗风情旅游。游客们住进农家，可以换上绚丽的民族服装，学习制作打糕、腌制泡菜，品尝米肠、冷面，采摘苹果梨，弹奏伽倻琴，在朝鲜族锣鼓的伴奏下翩翩起舞；了解朝鲜族的抓周礼、交拜礼、花甲礼，体验朝鲜族的六大节日。在朝鲜民俗村里，换个心情，品味人生，感受四季。

习近平总书记在光东村还提出了“旱厕改水厕”的具体要求。如今，村里有 201 户家庭的室内卫生间完成了改造，还有 105 户家庭的生活污水处理进行了试点改造，乡村卫生条件大为改观。

在总书记到访过的村民宋明玉、李龙植家里，窗明几净，客厅墙上悬挂着村民们与总书记盘腿围坐话家常的大幅彩色照片，走廊上晾晒着红辣椒、黄玉米；小院的菜地里，一片绿油油的丰收光景。家家户户的房前屋后，几乎都开满了一丛丛的红粉花朵。

村委会兼农家书屋办公室里，总书记说过的话用红色的行楷写在了白墙之上：“全面小康一个也不能少，哪个少数民族也不能少。”

如今光东村已经编制了朝鲜族民俗村旅游规划，水稻博物馆明年秋天投入使用。第八届金达莱文化旅游节期间，光临金达莱民俗村的各地游客达 18 万人次。和龙市 40 个贫困村都依照各村旅游资源的类型特点，各有侧重地实施了乡村旅游扶贫工程，通过农家乐、民俗表演、民俗美食、地窖辣白菜文化体验园、黄牛养殖基地、民俗旅游工艺产品开发、新农村土特产电商等各种方式，增加贫困户的经营性收入。

光东村的风景，只是延边州建设美丽乡村的一个缩影。凭借绿色美好的自然风光、多姿多彩的民族风情、独特神秘的边境风貌以及图们江冰清玉洁的雪国风韵，延边州结合农林、文化、交通、养生、网络等资源与手段，拓宽思路，发展“大旅游”。近年来，全州的旅游产业，如同海兰江畔的千重稻菽，早已香飘万里。“中国十佳食品安全城市”“中国十佳空气质量城市”“最美中国民俗风情旅游目的地城市”“国际游客满意度最高旅游城市”“最美中国魅力休闲之城”……面对一顶顶桂冠，延边州当之无愧，实至名归。

历史深处：同唱千秋正气歌

如果说，2.6 万年前旧石器时期的安图人、新石器时期满族的祖先肃慎人，都是延边当地的土著居民的话，那么，朝鲜族确实是外来的迁入民族。从 17 世纪初的明末清初开始，朝鲜族人从朝鲜半岛，越过图们江、鸭绿江迁到我国东北地区，以延边为中心逐渐形成了广阔的朝鲜族聚居区域。他们把这片当年荒无人烟的黑土地，开发成了稻香四溢、物足年丰的富饶之地。

在延边朝鲜族博物馆，“朝鲜族迁入史”展区的资料显示：清末东北地区“移民实边”政策启动，1875 年，朝鲜族农民在通化江甸子一带开发水田试种水稻成功；1906 年，14 户朝鲜族农民在龙井大教洞开掘水渠 1308 米，引河水灌溉水田 33 垧，这是延边地区最早的水利灌溉工程。由此看来，有了 100 多年前迁入东北的朝鲜族农民的勤劳与智慧，才让我们今天有幸观赏到海兰江畔的稻花香，有幸品尝到好吃的“吗西达”牌延边大米。

20 世纪初，随着日本帝国主义把侵略的魔爪伸向朝鲜半岛和我国延边地区，不屈的朝鲜族民众开展了各种形式的反日运动。1906 年，以龙井“瑞甸书塾”的创办为开端，延边朝鲜族启动了以反日为主题的近代学校教育运动。1919 年，数千名朝鲜族群众在龙井举行声势浩大的“三一三”

反日示威，牺牲 17 人，反日示威游行迅速波及到东北朝鲜族聚居区，并发展成为全民族的反日运动和武装斗争。

根据延边博物馆的一份统计数据，从抗日战争前到新中国成立，延边州牺牲的革命烈士有 17735 人，其中朝鲜族 16582 人，占 93.5%。面对民族危难，朝鲜族人民不仅拿起枪杆子反抗侵略与强权，还拿起笔杆子控诉民族灾难，主张民主、民权思想，唤起万千民众的觉醒。20 世纪初，朝鲜族作家金泽荣、申采浩以笔为枪，举起反帝的旗帜。20 年代，许多文艺人士投身于革命诗歌和歌曲的创作中。30 年代，延边发行的 50 多种朝鲜文报纸中，绝大多数在为抗日斗争鼓与呼，姜敬爱、金昌杰、李旭、尹东柱、李陆史等著名朝鲜族作家，通过作品揭露日本帝国主义的罪行，号召民众投入到民族解放的斗争中。

延边州龙井市的东山墓地，安葬着朝鲜族爱国诗人尹东柱。因为参与反日民族独立运动，在日留学期间，他被日警逮捕并折磨致死，年仅 28 岁。时至今日，每年还有成千上万的游客来到他的故居凭吊，他的诗歌被镌刻在龙井市大成中学的石柱上。他的乡愁诗句，仍在延边地区广为传诵："穿一双破草鞋，为何偏偏来到这里，当年渡过图们江，跨上了这片凄清的大地……"

延边朝鲜族画家韩乐然，在艺术上有"中国毕加索"的美誉。他 1923 年入党，是朝鲜族中的第一个共产党员。1924 年，他参与了东北第一个党组织的建立。赴法勤工俭学期间，他积极参加世界反法西斯斗争。1939 年，他被派到国民党战地委员会担任少将指导员，从事抗日宣传和统一战线工作。1947 年，他乘坐国民党军机遭遇空难逝世。新中国成立后，韩乐然被追认为革命烈士……

走进历史深处，回首百年沧桑。无论是清朝末年在东北开水田、种水稻、修水渠的朝鲜族农民，还是揭竿而起、抗击侵略与强权的朝鲜族战士，抑或是尹东柱、韩乐然这样的朝鲜族诗人、艺术家，他们要么披荆斩棘，拓荒垦殖；要么舍生取义，为国捐躯；要么以笔当枪，唤醒民众。他们开拓、斗争、呐喊、牺牲，在如此艰难困苦的漫漫奋斗历程中，朝鲜族与汉族等民族一道，胼手胝足，守望互助，共同建设和捍卫美好家园，同唱一曲千秋正气歌，共同融入了中华民族的大家庭。

步入21世纪，和平与建设年代的延边州，十分重视发展朝鲜族的民族教育，在中小学大力推行朝汉双语教学。目前，全州人均受教育程度和每10万人中具有大学文化程度的人口都高于全国平均水平。延边被誉为"教育之乡"，朝鲜族则被誉为"全国教育发展水平最高的少数民族"。

与此同时，延边州还十分注重朝鲜族文化的保护、传承和发展，累计搜集整理了非物质文化遗产300项，建设了中国朝鲜族非遗馆等标志性文化设施，大型歌舞《放歌长白山》《阿里郎》等民族文化精品屡获国家金奖。

身为朝鲜族的延边州委常委、宣传部长金基德告诉我："在延边，朝汉群众之间同唱一首歌、同跳一支舞、同吃一桌饭，已经是再普遍不过的一个生活场景了。"漫步在延边繁华洁净的街道上，路边的招牌上一律书写着朝汉两种文字。人群之中，汉语、朝语交错混搭在一起使用，那么的亲切、自然。从历史回到现实，心中的感受就只有一句话：在延边，朝汉及各族人民在一起，同唱一首欢乐的歌。

（2016年11月17日《中国新闻出版广电报》）

遇见富春江

——全国省级党报社长总编辑富阳纪行

时值岁末，全国省级党报的社长总编辑们齐聚杭州，参加由中国新闻出版传媒集团与浙报集团联合主办的“媒体融合研讨会”。闭会之际，来自全国近30个省（区、市）的媒体人乘车来到杭州第九区——富春江畔的富阳古城，探寻这方江南福地的山水人文。

我们徜徉于天下独绝的青山绿水之间，追寻黄公望飘逸放达的归隐仙踪，感受郁达夫浪漫诗性的文学情怀；我们流连在龙门古镇的明清古建筑群中，品味孙权故里浓郁厚重的三国文化，在水平如镜的江面上泛舟，在林桑成荫的江心新沙岛上做一回“快乐农夫”。我们知道，这些诗情画意的美景背后，是富阳人历时10年的“壮士断腕、治水治污”，才换来如今的“一江春水向东流”。置身这一片江流沃土，才能够望得见山，看得见水，记得住乡愁。

遇见黄公望　遇见山水宣言

660多年前，元代大画家、一峰道人黄公望隐居富阳。他以富春江两岸的山水实景为原型，以年近八秩之高龄，历时多年创作出了被誉为“中国山水画第一神作”的《富春山居图》。黄公望将此画赠与无用师道人，不久便驾鹤西去。后世的中国本土艺术家们就常常以公望先生的生平与画作为毕生的楷模和追求，比如清代艺术家八大山人，来富阳追寻一峰道人的足迹，直抒胸臆："净云四三里，秋高为森爽。比之黄一峰，家住富阳上。"当代画家张大千自杭逆水行舟途经富阳时赋诗明志："平生低首黄公望，结宅应须住富春。"

如今的富春江畔，枕山面水，矗立起了一座名为"富春山馆"的建筑。遥遥望去，屋脊绵延，似唱和远山，群墙晕染，犹天地倒影，像极了苏东坡诗词里"远山长，云山乱，晓山青"的空灵意境，又宛如黄公望写意山水的天然景致。原来，这是当代国际建筑名家、普利兹克奖获得者王澍向富春山水致敬的作品。5 年前，富阳人为了请来王澍，三赴北京，一句"富春江还在，两岸的山还在，山居何在"的喟叹，激发了建筑设计大师的创作激情。王澍反复研读黄公望的《富春山居图》和他传世的"山水诀"，获得了"近山、次山、远山"的创作灵感，形成方案后，历时 5 年建设而成。

承建之初，王澍立下三个规矩：拿出一个村，同时进行山馆建造和新农居改造；建筑师必须有完整的设计决定权；允许建筑师全程跟踪施工，并按照建筑师的要求随时进行修改。

建设者就地取材，从附近乡镇拉来杭灰石、毛竹、夯土样本、缸厂的边角料，将自然材料与现代技术相结合。所有墙体在混凝土浇筑的基础上，采用传统的"瓦爿"手工砌筑技术，让错落有致的"瓦爿墙"再次出现于当代建筑之中，大师灵感与匠人精神相得益彰。

黄公望在《写山水诀》中描述"山论三远"曰："从下相连不断谓之平远，从近隔开相对谓之阔远，从山外远景谓之高远。"今人王澍则用他的建筑语言，以“三远法”造境，打造了一幅当代建筑版的《富春山居图》——富春山馆，一座在山水之间“有着谦逊态度”的文化地标，向富春江畔绵延千年的中华传统山水文化致敬，向公望先生致敬。

山馆已成，盛会即至。2016 年的金秋时节，富春山馆中的“公望美术馆”正式向公众开放，美术馆由西泠印社社长、99 岁的国学大师饶宗颐亲题馆名。

开馆展包括两个部分，第一部分是“公望富春”名画回故乡特展，展出了从故宫博物院、南京博物院等请来的 30 多件元明清名画，其中包括以黄公望为首的“元四家”名作、明清两代艺术家对黄公望《富春山居图》的追摹，还有黄公望本人的另一名作——创作于富阳、描绘富阳山景的《富春大岭图》真迹等，每一幅画作均是难得一见的艺术瑰宝。

展览的第二部分名曰“山水宣言”，由 20 多位当代艺术家以“响应”为主题，借助水墨、油画、影像、建筑、音乐、综合材料以及实验写作等多种表达方式，以一次当代艺术的跨界实践，面向富春江提交的一份中国山水文化的当代宣言。毫无疑问，开馆展更是在向 660 多年前的黄公望致敬。

中国美院教授张捷如此表达他作为参展艺术家的感悟：“山水是我们安身立命之处。它包含着三种境界：笔墨、人文和生命。在富阳的公望美术馆中，都可以实现。”

“天下佳山水，古今推富春。”当我们从西湖之滨，走进富春江畔的富春山馆，当我们在公望美术馆“遇见黄公望”，终于从他 660 多年前的沧桑笔墨里，读懂了富春山居美景的背后，中国人寄情于山水之间、天人合一的人文情怀，回归自然、物我两忘的生命境界，还有当代富阳人承续这千百年文脉、薪火相传的文化自觉。

遇见郁达夫 遇见文学尊严

12 月 7 日，是富阳乡贤、现代作家郁达夫的生日。或许是缘分，我们就在这一天来到了富春江畔的郁达夫故居。时值冬季，站在故居的二层中式小木楼上眺望远处缓缓流淌的富春江水，仍然可以想象得出当年郁家门前的撩人春色。正如郁达夫的一首《自述诗》中描绘的那样："家在严陵滩下住，秦时风物晋山川。碧桃三月花如锦，来往春江有钓船。"

郁达夫生于斯长于斯，赴日留学后，其志向先后由医学、经济学转而最终致力于文学。1921 年 10 月，他出版了我国现代文学史上第一部白话短篇小说集《沉沦》，由此奠定了他在新文学运动中的地位。郁达夫首创了抒情浪漫的自传体小说的文学形式，深刻地影响了一批青年作家。

郁达夫故居的一楼，悬挂着鲁迅题赠的《自嘲》七律诗轴，"横眉冷对千夫指，俯首甘为孺子牛"两句可以说既是鲁迅先生的自况，也是两位文坛知己之间的砥砺互勉。1936 年 10 月鲁迅先生逝世，郁达夫在《怀鲁迅》一文中写道："没有伟大人物出现的民族，是世界上最可怜的生物之群；有了伟大的人物，而不知拥护、爱戴、崇仰的国家，是没有希望的奴隶之邦。"在郁达夫的心中，鲁迅已经被放置在了民族英雄的高度；而他自己，一生可歌可泣，也堪称我们民族的英雄人物。

抗战时期，郁达夫全身心投入到抗日救亡运动中。1938 年，应《星洲日报》之邀，他来到新加坡参加抗日宣传工作，前后编辑过 10 余种报刊，发表抗日文章 400 余篇，激励海外华侨捐钱捐物支持抗战、回国参战。

1942 年，他还被选为新加坡文化界抗日联合会主席。新加坡沦陷后，流亡到印尼的郁达夫还暗中救助、保护了大量文化界流亡难友、爱国侨民和当地居民。1945 年，郁达夫被日军杀害于苏门答腊岛。1952 年，郁达夫被中央人民政府追认为“革命烈士”。

胡愈之先生评价说：“在中国文学史上，将永远铭刻着郁达夫的名字；在中国人民反法西斯战争的纪念碑上，也将永远铭刻着郁达夫烈士的名字。”

富阳人用自己的方式来缅怀这位“富阳之子”。自 1986 年起，富阳市把本市文学艺术的最高奖项命名为“郁达夫文艺奖”。30 年来，郁达夫文艺奖的名单里走出了一批又一批的文艺精品，一位又一位的文艺人才，丰富了富阳的文化内涵，夯实了富阳的人文底蕴。比如，方格子的小说《上海一夜》入选《2005 年中国小说年度选》，姜建林的国画《空谷》获得全国第九届美展银奖，羊晓君的作品《红树桃花》获得了首届“中国书法兰亭奖”创作奖，吴虹胭改编的电视剧《英雄虎胆》在央视热播……30 年的积淀与耕耘，富阳人拥有了自己的文化底气与自信。

2010 年起，富阳市政府与浙江省作协合作设立了两年一届的“郁达夫小说奖”，永久颁奖地为郁氏故里富阳，评选范围扩大至全球华语中短篇小说。根据时任富阳市委宣传部长赵玉龙的介绍，这个奖项以弘扬郁达夫的文学精神为主旨，鼓励浪漫诗性的性情写作，注重汉语叙事传统的继承和创新；最为特别的是，该评选首创了实名投票、评语公开的评奖方式，做到了公开、公正、透明。

2010 年 12 月 7 日，中国作协主席铁凝提前结束了访日行程，赶至富阳接受“首届郁达夫小说奖”。作家毕飞宇到现场领奖时发表感言：“你们这个奖诚实、干净。”“干净”二字陡然增加了这个准“民间”文学奖的含金量，也代表了当代中国文学界的态度：“这个干净的奖项，会使一个写作的人真切地体会到文学的尊严。”

2016 年 12 月 7 日，来自全国省级党报的社长总编辑们，被隆重地邀请到了富春江畔“第四届郁达夫小说奖”的颁奖晚会现场。浙江省作协主席麦家从老母亲的病榻旁赶来致辞，表达了他对文学、对生命以及对这个奖项的尊重和感悟。阿来、张楚等 8 位作家从海内外赶来领奖，评委席上重量级的文学评论家悉数到场。赵玉龙对我说：“评委中还有一位，他叫郁达夫。”是的，郁达夫“评委”对获奖作品的选择标准也只有一条，要像门前静静流过的富春江水一样浪漫、清澈。

遇见富春江　遇见乡愁记忆

短短的一天时间里，在“拜会”黄公望、瞻仰郁达夫的间隙，我们在富春江畔漫步，在江心泛舟，在“江中绿叶”新沙岛上参观有机生态农业，欣赏富阳山水在经过了“治水治污”10 年历程后的生态之美。

富春江全长 68 公里，其中富阳境内 52 公里，南北朝文学家吴均对于富春山水的描写最为著名：“风烟俱净，天山共色，从流飘荡。自富阳至桐庐一百许里，奇山异水，天下独绝。”富春江与钱塘江一脉相连，实为钱塘江水系的上下游，鱼贯杭州而过。地处上游的富阳，是杭州的水源地。

历史上，富阳是全国闻名的造纸之乡。鼎盛时期，当地造纸厂多达 500 余家，产量超过浙江全省的 1/3。其中，白板纸产量占全国总产量的近一半。造纸业导致了富春江沿线一度污水横流，遭人嫌弃，富春美景不再。污水沿着富春江奔腾而下流入钱塘江，流入杭州。

2005 年起，富阳痛下决心，整顿造纸业、治污治水。经历了 10 年艰辛、6 轮治理，到 2016 年，富阳造纸企业缩减到 125 家。富阳还同步对区域内的化工、金属行业的污染企业进行了全面治理。富春江水质终于在 10 年后重回“优秀”，富春江“水皆缥碧，千丈见底；游鱼细石，直视无碍”的美景，重归富阳。治水治污倒逼富阳的产业布局转型升级，持续向好的生态环境又吸引了大量绿色环保、高成长性的高端产业落户富阳，走山水路、打山水牌、建山水城，富阳人开始描绘新时代的富春山居图。

2008 年，富阳境内发掘出了“泗洲造纸作坊遗址”。遗址反映了从沤料到制浆、抄纸的古代造纸工艺流程，可以与明代宋应星《天工开物》等文献记载的资料相印证。国内权威专家认定，该遗址是我国现已发现的年代最早、规模最大、工艺流程最全、拥有先进造纸工艺的古代造纸遗址，为研究宋代中国南方乃至世界造纸工艺的传承和历史提供了重要实物资料。

2009 年起，富阳启动了对该遗址的保护工作，并规划建设国内首个全景综合反映造纸业状况的“中国造纸博物馆”，以造纸遗产保护、文化展示、文化体验、旅游休闲、科技博览、艺术创意、科技研发为其主要功能。造纸之乡，在治水治污的同时，还不忘对中国传统纸业文化的传承与弘扬。

“山水为纸，文化为墨。”富阳在明山秀水的底色之上，以“文化”为笔墨，再绘产业发展新景观。2009 年以来，富阳先后扶持文创产业项目 196 个，投入文创扶持资金 6000 多万元。随着 2014 年富阳撤市设区，成为杭州第九区之后，同城化进程加快，富阳文化创意产业发展大幅提速。

富春山居文创园、新沙岛玫瑰园等重点园区个个初具规模，东梓关设计小镇、龙门手艺小镇、金竺笔伞小镇、硅谷小镇、药谷小镇等渐次精彩亮相，“文创 + 科技”“文创 + 资本”“文创 + 旅游”“文创 + 新型城镇化”构成了富阳近年来“山水 + 文化”的一道道亮丽风景线。

“山水为根，文化为魂。”漫步在龙门古镇孙权故里的明清建筑群中，我们得知，这个孙氏家族扎根至今的古村落已有 2000 多户、7000 多人。更让我们惊异的是，当年曹、刘、孙三分天下，现如今他们的后裔却不约而同地聚居于富阳，非但做了邻居，还结成了亲家。

在黄公望先生隐居的庙山坞一带，我们邂逅了几位来自美国加州和宝岛台湾的华人艺术家。四目相对，几句闲谈，便不自觉地聊起了严子陵、孙权、谢灵运、孙过庭，聊起了李太白、苏东坡、黄公望、郁达夫……这一个个名字，都和富春江水融在了一起，融入了氤氲的历史画卷，无法清楚地分割。千百年来，他们的存在与过往，使得富阳山水成为名士隐居的山水，成为英雄崛起的山水，成为诗人吟咏的山水，成为画家倾情的山水。相同的肤色，相同的语言，相同的文化渊源，聊着聊着，不知不觉，暮色已经笼罩了整个富春江畔。

是的，走得再远，在每一位黄皮肤、黑眼睛的中国人心中，都有一幅属于自己的山水家园。遇见富阳，遇见富春江，在明媚的青山绿水间，在缤纷的历史人文中，我们遇见了自己的乡愁记忆，我们有了回家的感觉，温暖如初。

（2017 年 1 月 17 日《中国新闻出版广电报》）

甘肃提速：新丝路上新长征

走进甘肃省读者出版集团大门，总经理陈泽奎快步迎了上来，递过一本集团刚出的新书《铁血红旅——红军陇南战斗与三大主力会师》。陈泽奎介绍说，读者出版集团年内要出齐 9 本关于长征的主题图书，从不同角度讲述红军长征途经甘肃时发生的种种可歌可泣的故事。

《中国新闻出版广电报》记者来到甘肃重走长征路，探访沿途新闻出版广播影视行业发展与改革的状况。飞机刚一落地兰州，扑面而来的便是“长征宣传”的滚滚热潮。

不仅读者出版集团，甘肃省的其他媒体也早已行动起来。比如，《甘肃日报》从 7 月起就陆续开设了“永远的长征”“红色足迹”“红色抒怀”三大专栏，分别用新闻报道、史料摘编、文艺作品等方式再现 80 年前的长征记忆，讴歌百折不挠的长征精神，还会同全国的报刊、广电及互联网媒体，一起重走长征路。

甘肃省广播电影电视总台总编室副主任王安则把他在甘肃境内重走长征路、拍摄长征故事的感受概括为两句话：战事不多，十分关键；要事不少，意义重大。

在甘肃省新闻出版广电局召开的“长征与甘肃”主题座谈会上，副局长范延军把甘肃传媒业同行们的发言进行了概括：红军在甘肃境内行程3500余公里，占领了10余座县城和30多个县的部分乡村，扩大了中国共产党和红军在甘肃的影响，播下了革命火种，弘扬了长征精神，也促进了甘肃人民的觉醒。

从首届丝绸之路（敦煌）国际文化博览会筹备会现场赶回来的甘肃省委宣传部副部长、省新闻出版广电局局长管钰年接受采访时说："我们把长征精神，与'人一之、我十之，人十之、我百之'的甘肃精神，与'诚实做人，用心做事，科学传播，服务大众'的甘肃新闻出版广电行业精神一并结合起来，转化为推动甘肃新闻出版广电行业发展的强大动力。"

告别兰州，采访小分队兵分两路，一路赴甘南藏族自治州、陇南市、定西市，一路赴白银市、庆阳市，沿着当年红军的长征路线实地采访，昼夜兼程。

打通高原天堑　小康路上送文化

甘南藏族自治州是当年红军由川入甘的第一站，我们驱车来到了迭部县旺藏乡茨日那村。1935年9月13日，毛泽东在这里的一幢藏族小木楼上，下达了"以3天的行程夺取腊子口"的战斗命令。9月17日凌晨，红四团经过一昼夜的浴血奋战，终于拿下了这一高原天堑，聂荣臻在战斗胜利后说道："腊子口一开，全盘皆活。"

如今，腊子口的硝烟早已散尽，饱经风雨的藏族小木楼保护得依然完好，风貌依旧。当年屋主的后人桑洁，一边照看着他活泼好动的小孙子，一边与我们热烈攀谈，还主动打开他的手机屏保，向我们展示"长征时期毛主席的照片”。

在腊子口战役纪念馆，副馆长朱胜军告诉我们，红军过境甘南时严格执行党的民族政策，在每个村寨张贴标语“反对伤害回、藏族群众的风俗习惯和宗教感情”，得到了沿途藏、回各族人民的拥护和支援。卓尼土司杨积庆为红军修路借道、开仓供粮30多万斤，保护掉队红军，藏族群众腾出房屋让红军暂住，各寺院僧侣也向红军提供粮食。

80年过去了，迭部县的老百姓行进在脱贫致富奔小康的路途上，衣食无忧之后，他们的精神文化生活又如何呢?

迭部县位于青藏高原东部边缘，海拔最高处4920米，总人口5.6万人，也是藏族聚居地。迭部县广播影视体育局副局长任文忠介绍说：“全县52个行政村，村村都有农家书屋，每月都能看上至少一部电影，每户农牧民家里都能收到30多套电视节目。”

不仅迭部县如此，在整个甘南州7区1县4万多平方公里范围内的农牧民，都能享受到这些公共文化服务。

在甘南州碌曲县文广新局副局长桑吉草的带领下，我们来到了藏传佛教西仓寺的一间寺庙书屋。宽敞明亮的书屋里共有3万多册藏、汉语图书，供僧侣们日常阅读；书桌上摆放着一些汉语版的小学生课本，供刚入寺的年轻僧人学习汉语之用；高大的书架上方还加挂了一块“农牧民书屋”的牌匾。寺管会副主任尕藏加措介绍说，这里也向周边的农牧民开放图书借阅服务。翻看着书屋里填写得密密麻麻的借阅记录本，仿佛能够感受到淡淡的书香，从寺庙弥漫到了四周的农牧民之家。

“甘肃现有农家书屋16860个，2014年、2015年建成藏区、非藏区藏传佛教寺庙书屋共266个。”全程参与此次采访的甘肃省新闻出版广电局宣传处处长廖健太说起全省的情况如数家珍，他不无自豪地告诉我们，覆盖全国的农家书屋工程最早的起源地就在甘肃，由甘肃一省推广至全国各地。不仅如此，甘肃还首创数字农家书屋，首批试点就选在了红色老区庆阳市。

在红军三大主力胜利会师的白银市会宁县，红色文化资源得天独厚。如今，在红色基因的带动下，公共文化服务也办得风生水起。据会宁县文体影视局局长李继军介绍，目前会宁县已初步形成了城区有文化馆、图书馆、博物馆、体育馆，乡镇有综合文化服务中心、标准体育场，村级有农家书屋、乡村舞台、“一村一场”的基本公共文化体育服务网络。

据统计，截至目前甘肃省广播人口综合覆盖率98.01%，电视人口综合覆盖率98.47%；城市数字影院123家，影厅220个；农村电影放映队928个，农村固定电影放映点135个，农村电影年放映20万场次以上，实现了“一村一月一场”公益电影的目标。

在“精准扶贫奔小康”的路途上，甘肃省新闻出版广播影视行业的基层公共文化服务，也已经打通了高原天堑“腊子口”，许多方面走在了西部地区乃至全国同行的前列。

讲好甘肃故事　攀登“高峰”望北京

腊子口战役之后，1935年9月18日，红一方面军抵达陇南市宕昌县哈达铺，整编为“中国工农红军陕甘支队”，部队得到了休整和给养。同时，毛泽东从一张《大公报》上得知了陕北根据地和陕北红军的消息，立即开会决定：向陕甘革命根据地进军。

今天的哈达铺，是红军在甘肃长征途中革命文物陈列最多、原貌保存最完整的一处旧址。宕昌县委宣传部副部长周谢兰介绍说，陇南市和宕昌县利用哈达铺的红色资源，配合中央电视台先后拍摄了《红军长征在哈达铺》《珍藏的红色记忆——长征轶事》《解读长征》等电影、电视片；整理出版了《红军长征百将墨迹》《宕昌县红色文化史料》等主题图书；印制了1935年“一张报纸定乾坤”的那份原版《大公报》；创作了情景史诗剧《红色圣地》和红色歌曲《情留哈达铺》《哈达铺红军长征组歌》。陇南人民把红色重镇哈达铺的故事，讲到了省会兰州，也讲到了首都北京。

甘肃最东部的城市庆阳，民俗文化独树一帜，香包、陇绣、民间剪纸、道情皮影和陇东民歌被称为庆阳“五绝”，这里还是甘肃唯一的革命老区。曾为中国革命作出“两点一存”（红军长征的落脚点、八路军开赴抗日前线的出发点，土地革命战争后期全国硕果仅存的革命根据地）贡献的甘肃华池县南梁镇，正以红色文化为根，全力打造南梁小镇旅游，名气越来越大，甚至吸引了不少外国友人前来参观。

近年来，基于甘肃“丝绸之路三千里，华夏文明八千年”独特的历史文化资源，蕴含着中国精神的甘肃故事，也不断走出陇原，传遍了全中国。比如，图书《莫高窟的精灵——一千年的敦煌梦》获得“五个一工程”奖，《敦煌石窟寺研究》获得中华优秀出版物奖；秦腔数字电影《锁麟囊》获得中国电影华表奖，电视连续剧《大营救》、数字电影《甘南情歌》获得“五个一工程”奖；“纪录片大省建设”项目推动佳作频出，一批以《河西走廊》《敦煌伎乐天》为代表的甘肃优秀本土纪录片，在央视等主流媒体播出并受到广泛好评。

长征精神带动甘肃新闻出版广电业深挖本地红色文化和历史文化

资源，推动精品力作的策划与创作。甘肃人既要上“高原”，更要攀登“高峰”。

跨过万水千山　新丝路上再提速

沿着红军北上路线，我们来到定西市通渭县。在榜罗镇会议纪念馆副馆长梁金胜的引导下，我们找到了当年“榜罗会议”革命遗址和红军长征文娱晚会遗址。1935 年 9 月 29 日，毛泽东率领红军陕甘支队到达通渭县城。当晚，毛泽东在县城文庙街小学接见部队先锋连时，豪情满怀地首次朗诵了不朽诗篇《七律・长征》：“红军不怕远征难，万水千山只等闲……更喜岷山千里雪，三军过后尽开颜。”

红军走过的定西市，古称“陇中”，是古代丝绸之路上的重镇，素有“甘肃咽喉、兰州门户”之称。途经陇西县，我们发现在滔滔渭河岸边，居然有一座名为“古莱坞”的影视城正在边建设、边拍摄影视作品。步入影视城，才发现这里是一个集影视拍摄、时尚娱乐、养生休闲于一体的大型文化旅游创意园区。

定西市广播影视新闻出版局副局长张继荣介绍，今天的定西市，文化产业总量也在不断壮大之中，2015 年全市实现文化产业增加值 6.5 亿元，增速 45.5%。

再看甘肃全省的文化产业。作为省内文化龙头企业的读者出版集团，从 2006 年 1 月成立时算起，也经历了长达 10 年的艰苦“长征”。2009 年 12 月牵头发起设立读者出版传媒股份有限公司，2015 年 12 月 10 日成功挂牌上市，成为甘肃省乃至整个西北地区第一家在国内主板市场上市的出版传媒类企业。其金字招牌——《读者》，也被誉为“中国文化第一品牌”。紧跟在读者出版集团后面开始了文化体制改革新长征的，还有新组建的甘肃省广播电视网络股份有限公司、飞天出版传媒集团等。

更值得关注的是，9 月中旬，首届丝绸之路（敦煌）国际文化博览会在甘肃成功举办，两天时间现场签约影视类、文化创意类、文化科技类、文化旅游类等国内外合作重点项目总计 89 个。其中 88 个涉及甘肃省，投资规模在 10 亿元以上的就有 55 个。这些项目的签署和引进，将填补甘肃文化产业的空白。

全程 6000 多公里的古丝绸之路，自东向西横贯甘肃全境 1600 多公里，“一带一路”倡议与甘肃的区位优势高度契合。首届敦煌文博会上发布的《敦煌宣言》也明确提出：丝路沿线国家将广泛开展文学艺术、新闻出版、广播影视、人文社科等领域合作交流，举办各类主题鲜明、彰显特色的文化活动，共同推进重大合作项目。

80 年前，中国工农红军自南向北穿越莽莽陇原，创造了人类历史上不畏牺牲、共赴理想的旷世奇迹。80 年后，甘肃人民自东向西开启丝路新长征，开创丝路新辉煌，连接甘肃与全国、促进西部地区进一步开发开放，贯通中国与世界、推动东西文化进一步交流互鉴。

我们看到，长征胜利 80 周年之际，敦煌号“文化高铁”正沿着新丝路提速前行，而甘肃省新闻出版广电事业也乘着这飞驰的列车，开始新的征程。

（2016 年 10 月 19 日《中国新闻出版广电报》）

纵酒贺兰山麓　放歌塞上江南

——全国省级党报社长总编辑宁夏行纪实

这是一片古老的土地。早在三万年前的旧石器时期，就有古人类在此繁衍生息。这里是中华民族远古文明的发祥地之一。

这是一片神奇的土地。滔滔黄河纵贯南北，高山、湖泊、大漠、绿洲交织错落，河套文化与丝路文化彼此融合，中原文化与游牧文化相互碰撞，回族文化、西夏文化、移民文化、边塞文化交相辉映，绚烂的自然景观、厚重的历史文化与多彩的民族风情，铸就了这片土地的神奇禀赋与独特气质。

这还是一片热血与激情的土地，处处充满了勃勃生机。这里的人们，在废弃的沙石矿区上打造了园林式的中国酒庄，酿造出可能是中国最好的葡萄酒；在茫茫的戈壁滩上自主研发了世界顶尖的煤制油项目并建成投产，专利技术远销海外；利用独特的地理、区位、资源优势，在过去被称为“天上不见鸟，风吹石头跑”的沙漠之城，建造“沙漠硅谷”——中国版的“凤凰城”。这里的人们，在移民村的农家书屋里，把“泥土书香”读书社的活动搞得红红火火，通过读书识字、学习技能，村民们逐渐领悟到了“读书改变生活，知识改变命运”的秘密。走进村子，我们看到，这里的一个个家庭，一位位妇女、儿童，在地方政府文化教育扶贫和产业扶贫的推进过程中，尝到了真正的实惠和甜头。

这里，就是“塞上江南，神奇宁夏”。

恰逢宁夏回族自治区成立60周年的喜庆日子。初秋时节，跟随由中国报业协会主办、宁夏日报报业集团承办的“全国省级党报社长总编辑宁夏行”活动来到了这里。百闻不如一见，随着采访活动的深入进行，一个个真实而神奇的宁夏故事，一幅幅鲜活而感人的塞上画卷，便渐次在我们耳畔、在我们眼前舒展开来、清晰起来。

贺兰山麓的葡萄熟了

“驾长车，踏破贺兰山缺。”从抗金名将岳飞《满江红》的诗句里，可以遥想当年古战场的千沟万壑、烽火硝烟。今天，当我们驻足在满目青翠的贺兰山东麓，却发现四野已是一望无际的葡萄海洋，一座东方园林式的中国酒庄，就坐落在葡萄园中。

这里原是一片废弃的矿山沙坑，志辉源石葡萄酒庄的老庄主袁辉一家几代人用了30年的时间，在这里种植了将近300万株树木，把4000多亩荒地改造成了硕果累累的葡萄绿洲，把废矿山变成了生态园。三年前，女儿袁园大学一毕业便子承父业，成为宁夏最年轻的酒庄掌门人。她不无自豪地告诉我们，酒庄每年可以生产各类酒庄级葡萄酒10万余瓶，荣获了“国家文化产业示范基地”的称号。

事实上，志辉源石酒庄只是近30年来宁夏葡萄酒业神奇般崛起的一个缩影。据宁夏回族自治区葡萄产业发展局副局长徐军介绍，宁夏现已成为中国最大的酿酒葡萄集中连片产区，酿酒葡萄面积占全国的1/4。宁夏产区也是中国第一个真正意义上的酒庄酒产区，先后有 40 多家酒庄的 500 多款葡萄酒在国际大赛中获奖，而贺兰山东麓也被业界公认为全球最适合种植酿酒葡萄和生产高端葡萄酒的黄金地带之一。《纽约时报》评选出全球必去的 46 个最佳旅游地，宁夏入选的理由是“在宁夏可以酿造出中国最好的葡萄酒”。

“葡萄美酒夜光杯，欲饮琵琶马上催。”如果说古代战争时期的葡萄美酒常常用于激励和抚慰出征的将士们，那么，和平年代的今天，宁夏人民的葡萄园和葡萄酒庄，更用于建设美好的生活和幸福的家园：宁夏全区葡萄种植面积 57 万亩，酒庄 86 个，年产葡萄近 10 万吨，综合产值超过 200 亿元；每年为生态移民提供 12 万个就业岗位，工资性收入近 9 亿元，占当地农民纯收入的 28%；有 22 个酒庄建成了旅游酒庄，年接待 40 万人次以上；荒地利用、酒庄绿化及防护林建设，大大提高了森林覆盖率，葡萄园“浅沟种植”成为贺兰山东麓最大的洪水拦蓄工程，减少了水土流失。

当微风拂过山脚下的葡萄海洋，翠绿的枝蔓如同碧波荡漾，好客的庄主捧上紫色的果实、红色的美酒，芳香四溢，唇未沾，心已醉。

荒原上的煤制油项目投产了

站在神华宁夏煤业集团厂区的高台上，环顾四周，但见高塔林立，管道蜿蜒，不见烟尘，不闻噪声，空气清新美好。步入煤制油项目展示室，展台上就像变魔术一样，摆满了无色透明的柴油、石脑油、粗白油、合成液体蜡等，让人在拍手称奇的同时，很难相信这是由黑漆漆的煤炭转化而来的。

该项目总工程师黄斌耐心地为大家讲解："具有我国自主研发知识产权的煤制油技术目前已经是世界顶级的，神华宁煤 400 万吨的煤制油项目，不仅是全球单体规模最大的同类项目，也是保障国家能源安全的战略项目，相关技术还出口到海外。"

神华宁煤集团在人才、技术欠缺的不利条件下，联合国内多家科研院所和企业，顽强攻关，完成了 37 项重大技术、装备及材料的研发任务，多项指标达到世界领先水平。

10 年前，这里是一片亘古荒原；10 年后，这里的煤制油项目拔地而起。2017 年 12 月，项目实现了满负荷运行，每年可转化煤炭 2046 万吨，占宁夏煤炭年产量的 20%，产出 405 万吨合成油品，带动社会就业 10 万余人，而且项目还做到了节能环保，冷却水循环使用率达 99.1%，工业尾气硫回收率 99.96%，工业废水接近零排放。毫不夸张地说，这是宁夏大地上的又一个人间奇迹。

让神华宁煤人最感自豪的是，2016 年 7 月，习近平总书记在相隔 8 年之后第二次来宁煤，看到煤制油项目就要在一片荒漠上建成了，心生感慨，发表即席讲话，说出了"社会主义是干出来的"这句掷地有声的话语。

中国版的"凤凰城"跃上了"云"端

"大漠孤烟直，长河落日圆。"唐代大诗人王维出使边塞途中脱口而出的一句诗，如今成了宁夏中卫市沙坡头国家级沙漠生态自然保护区的最佳广告语。

与此同时，位于腾格里沙漠东南边缘、号称"沙漠城市"的中卫，还拥有着诸如“迪拜国际改善居住环境最佳范例奖”“中国人居环境建设杰出贡献奖”“中国最佳绿色生态城市”等耀眼头衔。一追根溯源，故事就要从20世纪50年代说起。国家修建包兰铁路要穿越腾格里沙漠，为了防止风沙覆盖铁路，中卫人发明了“麦草方格治沙法”，通过人工扎设一个个1米×1米的麦草方格围墙，屏障风沙。每个方格的中间再撒下花棒、柠条等沙生植物的种子，与四周麦草形成一个小生态系统，3至5年实现生态逆转，横穿沙漠的包兰铁路两侧，形成了500米宽、55公里长的绿色生态屏障。

如今，“麦草方格治沙法”在中外治沙实践中得到了广泛应用，中卫人在腾格里沙漠东南完成扎设草方格42万亩，营造灌木林42万亩，乔木林25万亩，种植以枸杞、苹果、红枣为主的特色生态经济林16万亩，建设光伏产业园区6万亩，中卫北部168万亩沙区，已治理利用面积达147万亩。中卫市区也因此从离沙漠最近6公里，到现在变为20多公里，实现了世界治沙史上人进沙退的奇迹。

中卫人的智慧绝不止步于此。他们审时度势，又给自己设定了一个惊人的目标，要在沙漠中建设一个中国版的“凤凰城”。

美国西南部的一座沙漠城市凤凰城，历经20年，打造成为科技之城、美国第六大城市，被誉为“新硅谷”。与之对比，中卫人发现自己有着更大的优势：中卫地处中国陆地的几何中心，到全国各大城市距离均在2000公里以内，是光纤网络覆盖全国的最优路径选择点；丰沛的黄河水资源、电力资源，清洁能源占比50%以上，气候条件适宜，发生7级以上地震的概率几乎为零等。

来自人民银行的挂职干部李彬，在中卫市担任云计算和大数据发展服务局副局长已经 1 年多，他激情澎湃地向我们介绍说，中卫以云计算盘活大数据，把沙漠变为聚宝盆，正在走出一条由地理交通枢纽向数据枢纽转变、能源储备向信息储备转变、能源输出向信息输出转变的可持续发展道路。

按照近期规划，中卫建设 30 万台服务器，总投资 120 亿元，预计年收入 90 亿元，税收 8 亿元；远期规划建设 100 万台服务器，总投资 380 亿元，预计服务收入 300 亿元，税收 30 亿元。届时，中卫将成为立足西部、面向全球的国家云计算和大数据产业综合集聚区。目前，亚马逊、阿里巴巴、华为、微软、浪潮等龙头企业或应邀而至，或闻讯而来，纷纷布局中卫，仅 2018 年一季度，中卫市信息传输、计算机服务和软件业增加值就增长了 47.7%，对 GDP 增长的贡献率达 15.9%。

2016 年 2 月，李克强总理在宁夏考察时就对中卫引进亚马逊等互联网企业、打造云基地的实践探索作出肯定："为新旧动能转换，为中西部地区，为我国的工业化、现代化进程提供新鲜的经验。"

苏发大嫂的脸上乐开了花

吴忠市红寺堡区红寺堡镇玉池村农家书屋，"泥土书香"读书社的第四次读书活动正在热热闹闹地进行着，社长马慧娟和 20 多位农村妇女围坐在一起读书识字、交流阅读心得。

在众人的鼓励下，50 岁的苏发大嫂接过话筒，向记者们讲起自己一家和玉池村的故事，"我的老家泾源县雨水多，一年几场雨粮食就瞎到地里了"，家里三个孩子嗷嗷待哺，苏发只得挨门挨户地去要粮食。20 年前，在政府的帮助下，苏发一家搬迁到了红寺堡区，日子一天一天好起来，家里慢慢富裕，家家户户都开上了小车。苏发最为骄傲的事情，是在政府文化扶贫、教育扶贫的政策支持下，她的三个孩子陆续都考上了大学，如今全都毕业了，一个做医生，一个当教师，小儿子在北京的一家机器人公司工作。“我儿子会造机器人呢！”苏发嫂子说着，脸上乐开了花。

农家书屋里，有一面墙的书柜塞满了各种书籍，文化长廊上挂满了农民艺术家们的书画作品，隔壁的多功能活动室里孩子们在笑语喧哗地玩棋牌、打乒乓球。玉池村的村级文化服务中心还拥有新时代农民讲习所、巧媳妇手工制品合作社、篮球队、棋牌队以及 4 个文艺团队，像苏发这样的农村妇女们农闲时也一起来坐坐，参加这里的文体活动。更多的时候，她们是来农家书屋学习读写汉字，每一位参加活动的妇女都有自己的作业本。

玉池村作为一个移民村，是宁夏“异地扶贫搬迁”工程的一个小小缩影。20 世纪 80 年代以来，宁夏累计搬迁移民 110 多万人，通过实施产业扶贫、文化与教育扶贫、社会扶贫多轮驱动，实现“搬得出、稳得住、管得好、逐步能致富”的目标。

苏发大嫂和她的孩子们则是文化与教育扶贫政策的具体受益者。目前，宁夏已全面建成自治区 606 个贫困村综合文化服务中心，率先在全国实现省级全覆盖。教育方面，宁夏完善了基础教育的办学条件和教学质量，对于贫困家庭的学生实施教育资助，不让任何一个农村的孩子因贫困而失去受教育的机会。2017 年，宁夏各级财政累计资助贫困家庭学生近 50 万人次。

告别玉池村，当我们驱车行走在黄河岸边时，车窗内是欢歌笑语、兴味盎然，车窗外是良田阡陌、瓜果飘香，恍若徜徉在美丽的江南水乡，正所谓“白日放歌须纵酒，青春作伴好还乡”。

回首几天来一路之上的宁夏见闻，无论是贺兰山麓美酒的芬芳，煤制油项目神奇的产品以及厂区清新的空气，还是中卫人“麦草方格”的治沙本领、中国版“凤凰城”的凌云之志，都让我们充分领略到了宁夏大地上创新、创造的活力。不过，要说此次宁夏采风之旅，留给我本人印象最深刻、记忆最美好的，却是玉池村苏发大嫂一家的故事，还有她始终挂在脸上的那份灿烂淳朴的笑容，因为这笑容的背后，是宁夏儿女更加幸福美好的未来。

（2018 年 9 月 14 日《中国新闻出版广电报》）

天地有大美　人间竞芳华

——全国省级党报社长总编辑多彩贵州行纪实

说起贵州，许多人会用三个“一”来描绘她的独特魅力，那便是“一棵树、一瓶酒、一座楼”：树是黄果树瀑布，代表着贵州 17.6 万平方公里碧水青山的秀美瑰丽；酒是茅台美酒，意味着贵州千百年来农耕文明的天地精华与华夏文明诗酒文化的浪漫升华；楼是中国工农红军 1935 年遵义会议的庄严会址，象征着贵州文化里强大的红色基因与深深的长征烙印。毫无疑问，这绿树、白酒、红楼，构成了贵州历史文化记忆里最为鲜活的基础色调。

值此庆祝改革开放 40 周年之际，金秋时节，当我们跟随着由贵州日报报业集团组织的“走基层 强四力”全国省级党报社长总编辑多彩贵州行活动，疾步走进贵州青翠山水与沧桑历史的最深处时，我们脚下、眼里、脑海中的贵州变得越发色彩缤纷、姿态摇曳。接触得越多，了解得越细，感悟得越深，就越发怀疑自己手中这杆笨拙的笔，能否原汁原味地绘出这天地之无言大美，能否生动传神地写尽这人间的沧桑巨变与青春芳华。

飞机刚刚落地贵阳，从热情好客的主人嘴里，我们便迅速熟悉了三个“大”字：大扶贫、大数据、大生态。这是新时代贵州发展的“三大战略”。从三个“一”，到三个“大”，贵州人要在这青山绿水、美酒飘香和红色基因叠加的文化记忆之中，增添什么样的新色彩、描摹什么样的新图景呢？

花茂村精准扶贫：红色誓言引领绿色发展

走进红色遵义，在遵义会议旧址的小红楼前重温了入党誓词之后，我们便乘车来到了遵义市播州区枫香镇东北部的花茂村，远眺山环水绕，近观瓜果飘香。驻足于一处一万多平方米的蔬菜大棚里，头顶、脚下是各式各样兼具观赏与食用价值的瓜果、蔬菜、食用菌、花卉、中药材，红橙黄绿，色彩绚丽，赏心悦目。

来自山东的园区经理马士清介绍说，2014 年起，花茂村引进了山东寿光九丰公司，采取“公司 + 基地 + 专业合作社 + 村委会 + 农户”的合作模式，探索村民以土地入股、平时务工、年终分红机制，用市场力量带动脱贫致富。

如今，花茂村绿色农业基地已成为集生产科研、集约化育苗、技术培训、试验示范、加工物流、生态休闲、旅游观光为一体的现代农业特色产业示范园区，园区亩产值达到 1.5 万元以上，带动了全村外出务工人员返乡创业，外出务工人员从 3 年前的 2000 余人减少到不足 300 人。

在花茂村街头的母氏陶艺馆，48 岁的馆主人母先才告诉我们，他一家四口响应村里的号召，主动花 5 万元将污染严重的老土窑改造成电窑，搞起了陶艺体验吧，借助农村电商平台，他家的土陶远销全国各地，每年纯收入超百万元。母先才指着墙上的照片说，习近平总书记还来过这里，花 12 元亲手买了一件土陶做的瓶子。现在，母氏陶艺已经成功入选了市级非物质文化遗产名录，母先才本人也成为土陶技艺的传承人。

长征时期，红军行军路过花茂村，曾经在村民王治强家的小院住过。2014年，在村党支部的帮助下，王治强开起了全村第一个农家乐，取名“红色之家”，平均每天竟有上百位游客登门。近两年，全村又新增12户农家乐、28家乡村旅馆、18家特色小吃店，带动就业400余人。

花茂村党总支书记彭龙芬介绍说：“2014年以来，围绕精准扶贫，花茂村累计整合2亿多元资金，新改建黔北民居880栋，新建20公里通村路，给300多农户装上天然气，全村的水、电、路、讯、气、污水垃圾处理等基础设施全面改善，建成陶艺文化创意一条街、游客服务中心，核心区域还实现了免费WiFi和天网工程全覆盖，村容村貌有了历史性的变化，既改善了群众生活，又为乡村旅游奠定了基础。”

漫步花茂，小青瓦、坡屋顶、穿斗坊，屋前花枝繁茂，屋后竹林青葱。乡愁文化、红色文化、农耕文化、土陶文化相互烘托映衬，引发了花茂村特色旅游井喷式增长，仅2017年全村就接待游客130万人次，实现旅游综合收入9.8亿元。2012年花茂村人均年收入只有6478元，2017年便增加到1.6万元。

曾经那个“出行难、饮水难、村民增收难”的典型贫困村“荒茅田”，变成了如今“青山绿水公园、花香硕果田园、返乡创业家园、休闲旅游乐园”的美丽乡村。2015年，习近平总书记来花茂村考察时就有感而发：“怪不得大家都来，在这里找到乡愁了。”“党中央的政策好不好，要看乡亲们是哭还是笑。”

红色誓言引领着绿色发展，精准扶贫守住了生态与发展两条底线。可以说，花茂村的成功实践，是贵州全省实施“大扶贫”战略落地生根、开花结果的一个小小缩影。

大数据筑巢引凤："无中生有"带来"后发赶超"

有一句形容贵州的老话："天无三日晴，地无三里平，人无三分银。"可当我们走进国家大数据产业技术创新贵阳试验区参观时，才了解到，过去贵州在地理、气候等方面的所谓先天不足，如今却变成了打造"中国数谷""大数据之都"和"云上贵州"的先天优势。

贵州平均海拔1100米，地处北纬24度到29度之间，冬无严寒，夏无酷暑，气候温和，可以大大降低数据中心能耗；电力资源丰富，价格便宜；地质结构稳定，不在地震带上，多山洞的喀斯特地貌，适宜建设理想的数据灾备中心。这些都构成了贵州建设首个国家级大数据综合试验区的天然优势。2014年，贵州省贵阳市被评为"最适合投资数据中心的城市"。

事实上，2013年，贵阳就借鉴北京中关村的经验，开始发展大数据产业。2014年，贵阳提出着力发展数据中心与呼叫中心。2015年2月，贵阳被工信部列为全国唯一的大数据发展试点示范区。2015年4月，贵阳挂牌成立了全国首个大数据交易所。2016年1月，贵州省人大常委会表决通过《贵州省大数据发展应用促进条例》，这是全国第一部大数据地方法规。2016年2月，国家三部委批复同意贵州建设首个国家级大数据综合试验区。2017年10月，"贵州省以大数据为载体推动传统产业转型升级"的典型经验被国务院在全国通报表扬。2018年2月28日起，苹果手机中国内地客户的"云端服务"（ICloud）由中国互联网公司"云上贵州"运营。

贵州是个能源、矿产资源丰富的省份，历史上曾经一直以煤、磷、电、酒、烟为支柱产业，但产业技术含量低，经济效益差。直到 2009 年，贵州 GDP 仅占全国百分之一，人均生产总值只相当于全国平均水平的 1/3。

俗话说，种好梧桐树，迎来金凤凰。自从贵州选择了大数据产业作为弯道取直、后发赶超的突破口，苹果、高通、微软、阿里巴巴、华为、腾讯、百度等海内外互联网、大数据领军企业纷纷入驻，货车帮、白山云、朗玛信息、易鲸捷等一大批本土企业也迅速成长。4 年多的时间里，从“无中生有”到“山花烂漫”，贵州省内大数据相关企业从 2013 年的不足 1000 家增长至目前的 8900 多家，大数据产业规模超过 1100 亿元。如今，在全国范围内，“谈大数据必谈贵州，谈贵州必谈大数据”也已成为业界共识。

从贵阳驱车向南 138 公里，就来到了“中国天眼”之城——平塘县。群山环抱的一片喀斯特漏斗洼地之中，安放着具有中国独立知识产权的世界最大 500 米单口径射电望远镜（英文简称 FAST），远看像一口银色的巨锅，足有 30 个足球场那么大。据平塘县外宣办介绍，这个被称为“中国天眼”的庞然大物 FAST，是人类直接观测遥远星系行星、寻找类似太阳系或地球的宇宙环境以及潜在智慧生命的重要设施，它将使中国未来二三十年间在同领域设备中保持世界一流的地位，平塘基地还将可能是未来在全世界诞生诺贝尔奖最集中的摇篮。从 2016 年 9 月大国重器——“中国天眼”落成启用以来，已经在浩渺的宇宙间发现了 59 颗优质的脉冲星候选体，其中 44 颗已被确认为新发现的脉冲星。在基地现场，我们还有幸透过耳机，清晰地聆听到了“中国天眼”捕捉到的、来自外太空神秘而悦耳的天籁之音。

FAST 选址贵州，除了缘于贵州喀斯特地形地貌的天然优势外，还因为 FAST 初期计算性能需求就在每秒 200 万亿次以上，存储容量需求更是十分巨大，而贵州国家大数据试验区超过 30 万台服务器的强大计算能力，存储和分析 FAST 采集的太空数据绰绰有余。于是，中科院国家天文台 FAST 射电望远镜数据中心，就顺理成章地安放在了贵州省贵安新区的“中国数谷”之中。大数据加大射电，“中国天眼”如虎添翼，变得更加智慧与深邃。

短短几年的培育，2017 年贵州数字经济增速 37.2%，位居全国第一。以大数据为引领的电子信息制造业增加值增长 86.3%，成为贵州工业经济的第三大增长点。2018 年上半年，贵州经济以 10% 的增速领跑全国，是全国唯一一个实现两位数增长的省份。李克强总理说，贵州在大数据产业上走在了前面，在不断地挖掘生成着“钻石矿”“智慧树”。

筑巢引凤，换道超车，从经济穷省到科技强省，借助大数据战略，贵州驶上了一条“无中生有”的神奇快车道。

会“呼吸”的城市：山水文章助力高端产业

贵州多雨水。秋雨初歇，缓步行走在贵安新区星月湖公园的道路上，却看不到一点积水。贵安新区管委会副主任余尚贵介绍说，这都归功于贵安新区拥有了像“海绵体”一样的城市地表，遇上下雨就会吸水、渗水、蓄水。仔细观察你会发现，星月湖公园许多绿地已经设置了蜂窝状的蓄水池，慢行步道还有生态砂基透水砖，路面使用人字坡设计，雨水落下后进入下沉式绿化带，再经过植被、土壤的吸收和净化，最终渗入土层下的渗水管。

2015 年 4 月，贵安新区启动了作为全国首批 16 个海绵城市之一的试点工作。经过 3 年建设，新区内无论是步履公园里的林荫小道，还是车行主干道，实现了“小雨不积水，大雨不内涝，水体不黑臭”。即便遭遇瓢泼大雨，新区主干道也没有出现过一次内涝。

在贵安新区海绵城市建设监测中心，我们看到这里的 225 台海绵城市大数据监测设备，对区内的主要河湖水系进行实时在线监测，最高频率达每分钟一次，实时掌握各断面的水环境质量，便于及时发现污染风险并及时处置。依托大数据监测，贵安新区的水环境质量最近 3 年来年年提升、年年达标。

走进贵安新区星湖云社区，社区服务中心负责人告诉我们，社区按照海绵城市理念合理铺设地下管网，每月大约可节约 6000 吨水，相当于社区居民 10 天的用水量。居民们自豪地向我们介绍：“我们社区有直饮水、自来水和中水 3 种管道入户，自来水作为生活用水，中水用来冲厕、养花、养鱼。”

雨天内涝少了，街道整洁了，河湖水系干净了，城市环境舒适了，居民生活成本降低了，海绵城市——这座会“呼吸”的城市，让人喜爱。

贵安新区是 2014 年 1 月国务院批复建立的第八个国家级新区，规划面积 1795 平方公里，地处长江、珠江分水岭，区内重峦叠嶂，水系如网，树木葱翠，飞鸟不绝，是两江上游极为重要的生态屏障，建设海绵城市的初衷，正是为了推进流域水系综合治理，提高环境安全保障，控制城市面源污染风险，确保下游水源安全，从而真正构筑起两江上游的良好生态屏障。

2015年，习近平总书记视察贵安新区，要求新区规划和建设一定要高端化、绿色化、集约化，要建设成为西部重要经济增长极、内陆开放型经济新高地、生态文明示范区。同年，李克强总理对贵安提出明确期望："贵安预示着贵州未来，不远的将来这里一定会是一座超乎想象的现代化园林城市。"

依照新区编制的"绿色贵安三年会战"计划，三年来贵安新区开展了"十河百湖千塘"水系和"五区八廊百园"生态绿地建设，造林绿化近5万亩，森林覆盖率累计提升了7%。为打造会"呼吸"的城市，在新区内规划19.1平方公里土地，总投入46.7亿元，建设八大类75个海绵城市项目，构建山水林田湖"生命共同体"，书写了一篇"全域生态化、全城景观化"的山水文章。

与此同时，在绿色生态的底色上，贵安新区布局了以大数据为引领的电子信息、大健康医药、文化旅游、高端装备制造、现代服务业等五大战略性新兴产业入驻，以大生态助力大数据和高端产业，以开放创新拥抱绿色共享。显而易见，放眼全国，海绵城市试点的"贵安样本"已跃然纸上、呼之欲出。

贵安新区在追求绿色、高端定位的同时，并未忘记秉承传统贵州的人文底蕴。通过对贵州17个世居少数民族文化元素的提炼，形成了独特的新区建筑风貌导则，坚持道法自然、以人为本、天人合一的城市规划理念，同时不忘发掘新区内经过600年发展传承仍然保留着的建筑风貌与文化习俗。在探索贵州昨日历史文脉、研究中华民族历史文化的回顾与前瞻中，描绘新区城市文化崭新的明天。

贵州的多彩，体现在万里长征的血脉里延续至今的红，从遵义红楼延续到了美丽花茂，从峥嵘岁月走向璀璨未来；体现在 17.5 万平方公里土地上四季如春、不曾凋零的绿，从黄果树的原生态，转化为海绵城市会“呼吸”的绿色生态，从自然山川走向现代文明；体现在农耕时代赤水河畔茅台醇酿百年的芬芳，从品味华夏民族诗酒文化“举杯邀明月”的浪漫幻想，升华为在平塘古县透过“中国天眼”寻找宇宙奥秘、捕捉天籁之音的自尊与自豪，升华为漫步“云上贵州”、探索“中国数谷”、建设“大数据之都”的光荣与梦想。

“赤橙黄绿青蓝紫，谁持彩练当空舞？”让我们举起茅台美酒，祝愿多彩贵州的天地大美与人间芳华，装点此关山，明朝更好看。

（2018 年 11 月 23 日《中国新闻出版广电报》）

旅顺口的阳光

夏日午后，旅顺口的阳光格外灿烂。这一天恰巧是7月24日，中国大连高级经理学院把文化名家暨“四个一批”人才国情研修班的现场教学，搬到了大连市的旅顺口区。此刻，53位来自全国各地新闻出版、广播影视、舞台艺术等领域的“文化名家”一同站在了白玉山南麓、旅顺口北岸的军港公园内。

面对着海风轻抚、风光旖旎的旅顺军港，不能不遥想起公元1894年7月24日。假如时光可以倒流，让我们穿越回到那一天：风和日丽的夏日午后，大清帝国的北洋水师正在军港里威武地操练，阳光一如今天一样的灿烂。日落日升，7月25日来临时，厄运便降临到了这个貌似强大的腐朽王朝和她的海军部队，日本人悍然发动了侵略中国的甲午战争，历时近9个月。中国战败，北洋水师全军覆没。一个王朝的根基坍塌了，一个民族陷入了黑暗。

1894年11月21日，日军攻陷旅顺口。面对手无寸铁的百姓，灭绝人性的日军在旅顺进行了4天3夜的血腥屠城，18300多名无辜群众惨遭杀害，整个旅顺口仅36人得以幸存。英国牛津大学著名国际法学教授艾伦特在论文《清日战争中的国际法》里，谴责日本是“披着文明外衣有着野蛮筋骨的怪兽”，“旅顺虐杀行径暴露了日本人野蛮本性的真面目”。一座城市湮灭在了血泊之中，生灵涂炭，惨绝人寰。全世界有良知的人们无不为之错愕，为之愤慨。

清政府自 1880 年起，就开始在旅顺口兴办北洋水师，建军港、修炮台、筑船坞、扎营盘，前后苦心经营了 10 余年的旅顺军港，顷刻之间就落入了日军的魔爪。在以后的几十年里，旅顺口一直被日、俄先后侵占。1898 年 3 月 27 日，沙俄以干涉还辽有功，迫使清政府与之签定条约：把军港旅顺口、商港大连租借给沙俄 25 年。1904 年 2 月 8 日，日军偷袭驻旅顺口的俄国舰队，日俄战争爆发，日俄双方在中国的土地上经过极其惨烈的厮杀，最后，日军夺取了旅顺口军港，无辜的城市和她的百姓再度蒙难。

此时，我们面对着的旅顺军港，当年北洋大臣李鸿章曾经花费了 139 万余两白银精心修建，成为当时世界闻名的军事要塞、五大军港之一。清末，日寇的两次入侵和占领，留下了其野蛮行径的许多铁证。在我们的身后，海拔 130 米的白玉山上，立着一座白塔。这是日俄战争之后，日军为炫耀其战功、表记其死亡将士而修建的“表忠塔”，现名“白玉山塔”。当地政府之所以没有拆除它，就是为了保留这份日本帝国主义侵华的罪证，让中国人的子孙后代永志不忘。

中国大连高级经理学院的老师领着我们，来到了日俄战争遗址所在地东鸡冠山。从 1898 年开始，沙俄在旅顺城区周围 10 公里的防线上大修防御工事，东鸡冠山北堡垒是其东线重点工程之一。日俄战争打响，1904 年 6 月，沙俄为防泄密，在堡垒竣工后残忍地将参与施工的 1000 多名华工统统杀害。战争期间，旅顺百姓的房屋、庄稼、森林和果树成片成片地遭到毁灭性破坏。异族人在自己的领土上斗殴，清政府却只能窝囊透顶地“保持中立”，任由日寇与沙俄蹂躏着我们自己的家园。日本战胜后，还趾高气扬地在各个山头的战争遗址上，修建起了炫耀其“神威与武功”的纪念碑。100 多年过去了，面对着眼前弹痕累累的古堡残垣，我们真的庆幸，如今的自己生长在阳光下，生活在一个日益强盛的国度里，才可以不再遭受如此这般的侮辱与欺凌。

现场教学的最后一站，在旅顺“日俄监狱旧址”。这座监狱由沙俄于 1902 年始建，当年为了加快监狱施工进度，俄国人还从修建东鸡冠山北堡垒的华人劳工中抽调了几百人过来。1904 年 2 月，日俄战争爆发时，监狱还没有完全竣工，于是充当了俄军的野战医院和马队兵营，并没有关押犯人。日本人占领后，接管和续建了这座监狱，主要用来关押反抗其殖民统治和侵略战争的抗日志士、爱国同胞，除中国人外，还有朝鲜人、日本人、俄罗斯人、美国人、埃及人等。刺杀日本高官伊藤博文的朝鲜英雄安重根就在这座监狱慷慨就义，临刑前，他写下了八个大字“为国献身 军人本分”。今天，在韩国的街头还能看到刻着这八个字的石碑。

日本人扩建后的监狱，围墙内面积 2.6 万平方米，各种牢房 275 间，可同时关押 2000 多人，加上围墙外的窑场、菜地、林场等，总面积达 22.6 万平方米，成为当时东亚地区最大的一座监狱。据研究人员估算，从 1906 年到 1942 年，这里总共关押过 92000 人。而 20 世纪 30 年代，整个旅顺大连地区的总人口只有约 10 万人。可以说，日俄监狱在日寇手里成为一座不见天日的“人间地狱”。

1941 年太平洋战争爆发后，日寇预感到末日即将来临，开始对共产党人等“政治犯”进行疯狂屠杀。据不完全统计，1942 年到 1945 年 8 月，就有 700 多人在旅顺监狱被绞杀或迫害致死，何其丧心病狂。

1945年8月15日，日本天皇宣布日本战败、无条件投降。第二天，典狱长田子仁郎亲自指挥绞杀了5位抗日志士。刘逢川、何汉清和其他几位共产党人含笑走上了刑场。他们已经知道：抗战胜利了，旅顺口将重回祖国的怀抱，阳光将赶走这“地狱”的黑暗。被沙俄侵占7年，被日寇奴役40年，这座苦难的城市终于要重见天日。“一个旅顺口，半部近代史。”每一位中国人如果有机会面对旅顺口这本大书，都应该静下心来，好好地读一读，为的是让这段历史永远不再重演。

默默地，从囚禁过安重根的牢房走过，从专门迫害中国人的“火”字形的刑具旁走过，从杀害共产党人刘逢川的绞刑架旁走过……盛夏的旅顺口，在这阳光灿烂的日子里，我们却感受到了这座阴森的建筑内四处充溢着的透骨的寒冷和无边的罪恶。站在这里，不由得又让我想起了艾伦特的论断：“如此自誉‘文明国’的日本人，仍需要一个世纪以上的文明进化。”

走出监狱旧址的大门，看见满街的游人中，有很多年轻的父母领着活泼的孩童，在阳光下悠闲地漫步。今天的旅顺口，山、河、湖、海、森林、湿地，各色美景交相辉映，早已是名副其实的人间仙境。

夕阳悄悄落向海平面，告别的时候到了。人群中，我们开始默默地为这座城市祈祷：当每一天的太阳冉冉升起时，愿灿烂的阳光永远照耀着美丽的旅顺口，照耀着祖国每一寸和平而文明的土地。

（2015年9月2日《中国新闻出版广电报》）

亦真亦侠亦温文

——鲁迅先生北京故居探访记

今年是鲁迅先生诞辰135周年、逝世80周年，中央党校进修部第66期文化班的30多位同学，相约来到了位于北京市西城区阜成门内大街的鲁迅故居，集体凭吊这位20世纪中国最著名的文化巨人。

这是一座青瓦灰墙的小型四合院。穿过开满丁香花的前院，走进鲁迅先生的书房兼卧室，一间朝北的小屋，不足9平方米。东墙下是一张三屉桌，上面摆着笔砚、烟灰缸、茶杯、闹钟等，最醒目的是一盏老式的高脚煤油灯，桌前放着一把旧藤椅。东墙上方挂着两幅图片，一幅是画家司徒乔的速写《五个警察一个〇》，描绘的是5个如狼似虎的警察正在追打一位衣衫褴褛、牵着幼儿的孕妇。鲁迅在一次画展上买来这幅画后，便一直挂在书房里。虽是小小的一幅速写，却十分清晰地表达了书房主人鲜明的爱憎与关切：同情贫弱百姓的疾苦与不幸，憎恨黑恶势力的欺凌与压迫。另一幅则是鲁迅的恩师——藤野先生的照片，据说是留学日本的鲁迅决定弃医从文时藤野先生所赠，背书“惜别”二字。在日本仙台医学专科学校，青年鲁迅在内心深处完成了人生理想与价值观十分重要的一次转折：医学并非一件紧要事，凡是愚弱的国民，即使体格如何健全，如何茁壮，也只能做毫无意义的示众的材料和看客，病死多少是不必以为不幸的；最要紧的事在于改变精神的，而善于改变精神的，当然要推文艺。

与藤野先生辞别后，终其一生，鲁迅都夜以继日，手持着文艺的“手术刀”，不停地解剖着愚弱的国民性，以求“改变其精神”，强健其魂魄。在这间简陋的斗室之内，鲁迅生活了800多个日日夜夜。每当夜深人静，在昏黄的煤油灯下奋笔疾书之余，当他抬头凝望藤野先生消瘦的面庞时，除了涌上心头的敬重与怀念，还当从恩师镜片后面透出的温煦的目光里，感受到恳切的期待与嘉许。正如鲁迅自己的文章所言：“每当夜间疲倦，正想偷懒时，仰面在灯光中瞥见他黑瘦的面貌，似乎正要说出抑扬顿挫的话来，便使我忽又良心发现，而且增加勇气了，于是点上一支烟，再继续写些为‘正人君子’之流所深恶痛疾的文字。”

1912年5月5日，鲁迅自南京北上，在北京一共生活了14年。其中，1924年5月25日至1926年8月26日，两年又3个月的时间，鲁迅居住于此。在这座小小的四合院里，他先后创作了200余篇作品，包括《野草》《彷徨》《朝花夕拾》《华盖集》《华盖集续编》《坟》等著名文集中的大部分以及大量的翻译作品。作为现代中国现实主义文艺的奠基人和开路先锋，鲁迅在文学与思想上的成就，当足以告慰藤野先生的厚望与期许。

斗室的北窗下面，是鲁迅先生的床铺，两条长凳搭着一副床板，床上垫着薄薄的一层褥子。床下还放着一只竹篮子，工作人员告诉我们，那是鲁迅先生为防不测而备，一遇危险，可以装些必要的日常用品立即离去。北方冬天的严寒是先生不得不面对的，而民国初年京城严苛的政治与文化气候，更是先生所不得不防的。

在阜成门内的小院居住期间，究竟发生了哪些事？查鲁迅先生年表，得知1925年8月14日，鲁迅先生因支持女师大学生运动，被教育总长章士钊免去教育部佥事职务；1926年3月18日，“三一八惨案”发生，这是“民国以来最黑暗的一天”；1926年3月25日，赴女师大参加“三一八惨案”死难者刘和珍、杨德群追悼会；1926年3月26日，因《京报》披露段祺瑞政府在学界通缉鲁迅等50人之密令，离家往莽原社躲避，后由莽原社转移至山本医院、德国医院、法国医院等处，继续避难；1926年3月30日，作《记念刘和珍君》；1926年4月15日，因直、奉联军入北京，政治气氛进一步恶化，在各外国医院避难，至5月2日返家，恢复正常生活。

与之相关的事件还有：1926年4月26日，《京报》创始人邵飘萍被枪杀；1926年7月8日，北大校长蔡元培辞职。

面对章士钊的加害，鲁迅向北洋政府平政院递交诉状，控告其违法，终得胜诉；面对军阀的屠刀，鲁迅怒不可遏地控诉：“墨写的谎说，决掩不住血写的事实。血债必须用同物偿还。拖欠得愈久，就要付更大的利息！”面对屠刀下40多位青年的尸骸，鲁迅出离了愤怒：“惨象，已使我目不忍视了；流言，犹使我耳不忍闻。我还有什么话可说呢？我懂得衰亡民族之所以默无声息的缘由了。沉默呵，沉默呵！不在沉默中爆发，就在沉默中灭亡。”在武夫当道、血雨腥风的白色恐怖年代，身为作家和讲师的鲁迅，一介书生，怒目挺身，用果敢决绝的行动和言语，呈现出真的猛士与英雄侠客之风采：敢于直面惨淡的人生，敢于正视淋漓的鲜血。

走过“从百草园到三味书屋”的纯真年代，品尝过“从小康坠入困顿”的世态炎凉，少年时期的鲁迅仍然意气风发地以“戎马书生”自许，曾用笔名“戛剑生”，以战国时期“弹铗长歌”的齐国义士冯谖自况；23

岁时，鲁迅在东京断发明志，加入了光复会的前身、反清团体“浙学会”，写下“寄意寒星荃不察，我以我血荐轩辕”的热血壮歌；26 岁时，鲁迅在仙台退学，弃医从文；38 岁时，第一次署名“鲁迅”，在《新青年》发表中国现代文学史上第一篇白话小说《狂人日记》，用“吃人”二字揭示中国几千年宗法制度与旧礼教的本质；1918 年夏，发表杂文《我之节烈观》；1918 年冬，作短篇小说《孔乙己》；1919 年春，作短篇小说《药》；1919 年秋，发表杂文《我们现在怎样做父亲》，对于中国的婚姻、家庭、伦理等问题进行了深刻分析与批判。40 岁以前的鲁迅，已经初步实现了他在仙台告别藤野先生时立下的青春誓言：以笔为刀，仗剑天涯；路见不平，拔刀相向。

40 岁时，鲁迅已身兼北京大学、北京高等师范学校等多所高校的讲师。此后，又迎来了他文学创作的一个巅峰期：41 岁，中篇小说《阿 Q 正传》开始在《晨报副刊》连载；42 岁，作小说《端午节》等；43 岁，小说集《呐喊》出版；44 岁，作小说《祝福》《在酒楼上》等；45 岁，作小说《伤逝》等；46 岁，离京赴厦门大学任教，作《从百草园到三味书屋》，小说集《彷徨》在京出版。40 岁以后的这 7 年间，鲁迅的笔锋越发犀利睿智，时而冷峻，时而激昂，嬉笑怒骂皆成文章。先生笔下讽刺、批判过的军阀和文痞们，对鲁迅先生忌惮、憎恶之极，咒骂先生为“学匪”“土匪”。鲁迅听闻，索性把自己不到 9 平方米的书房兼卧室称为“绿林书屋”。幽默之外，仍是豪侠之气。

阅读北京时期鲁迅先生的作品，其小说中的人物如狂人、孔乙己、阿 Q、祥林嫂等，举手投足真切鲜活，音容笑貌宛在眼前，而“哀其不幸，怒其不争”的复杂情感总是充溢于先生作品的字里行间。可以说，鲁迅是中国现代第一位真正以贫苦百姓为故事主角的文学家。小说之外，其杂文常常如投枪和匕首，刺向恶势力，横眉冷对，毫不容情。其散文却每每发出“至诚与温煦之声”，批判之外，常有对于民族、时代、社会、人生等深微的关怀与慈悲。一言以蔽之，“亦真亦侠亦温文”——虽然不尽全面，似乎也能概括出鲁迅先生为人、为文的几个侧面。

从鲁迅先生卧室的北窗望出去，小小的后院，花木葱茏。工作人员介绍，这里也曾是鲁迅的学生们嬉戏玩耍的地方。当年鲁迅还在这里养了一只刺猬，学生许广平和同学们也曾在此一起逗弄小刺猬。因为许广平在学生运动中的勇敢表现，鲁迅还即兴为她画了一幅小刺猬的漫画。此刻，风儿吹过后院的榆叶梅，唰啦啦的枝叶声里似乎还夹杂着当年师生们轻快的笑语欢声。

一同瞻仰故居的30余位同学，每个人青少年时期几乎都读过鲁迅先生的作品。如今走进这方小小的院落，花花草草，角角落落，总觉得如此的熟悉和亲切，仿佛曾经来过。走出故居时，突然萌生了一个念头：回到书房，重新温习一遍鲁迅先生的著作。斯人已逝，文章千古；八十春秋，民魂永驻。此时此刻重温先生的思想与文字，也许正是我们这个民族复兴的时代所迫切需要的，也正是我们这一代人对先生毕生之理想与遗愿最好的继承和缅怀。

（2016年8月2日《中国新闻出版广电报》）

各美其美　美人之美

——传媒集团培训班美国纪行

经过 13 个小时的飞行，国航班机平稳地降落在美国纽约肯尼迪机场。此时是当地时间 9 月 13 日上午 11 点，星期日。自此，我们为期两周的美国培训生活便拉开了帷幕。此次培训的主题是“传媒集团现代化企业制度管理与数字化转型”，学员主要由国家新闻出版广电总局从全国范围内选拔出来的“新闻出版行业领军人才”组成，共 20 人。

稍事休整，第二天清早，我们便步行来到了赫斯特国际集团的全球总部——位于纽约市曼哈顿区 57 街与第八大道交汇处的赫斯特大厦。这是一座 46 层高、玻璃不锈钢结构的摩天大楼，从外观上看，像一颗晶莹剔透的巨型宝石，在秋日的阳光下熠熠生辉。走进三层挑高的大堂，乘着电扶梯徐徐上行，可以欣赏到身边三层高、被称为“冰瀑”的瀑布水景。“冰瀑”通过循环使用雨水，减少废水排放，夏天为大堂降温，冬天起到加湿作用。这座节能环保的现代化建筑，被称为纽约历史上的第一座“绿色”写字楼。

赫斯特集团国际部总裁邓肯·爱德华（Duncan Edwards）与赫斯特杂志中国公司首席执行官杨玟（Lena Yang）在大厦 44 层的行政会议室分别发表了热情洋溢的欢迎辞，第一阶段的培训课程便告开始：从“赫斯特集团的历史沿革”到“集团的发展战略”，从“出版人在美国的角色”“美国杂志市场概览”到“传媒业的行规和趋势”，从“跨平台的内容制作”“移动科技时代的内容策略”到“全球化内容的生产与传播”，从“赫斯特的数字化战略与产品”到“平板发行、数字发行”，从“如何在当今世界做好一个总编”到“如何发行一本新杂志”。赫斯特集团在3天时间里派出了15位高管，详细剖析了集团从传统媒体向新媒体的数字化转型过程中的战略判断与选择、管理运营模式、内容与产品策略、技术平台架构、市场营销方案、行业趋势分析等。从宏观到微观，培训内容丰富而实际，令人深思感悟；从课件准备到课堂互动，授课态度专业而严谨。赫斯特集团还专门为20人的培训课程准备了同声传译，细节上的体贴周到，更令人温暖感动。

同样令人感动的是，落地美国后，负责接待我们的张矩老师陪同我们完成了所有培训内容，才急忙赶回北京去看望病重的老人。在美期间，通过微信，我们还不时接到来自国家新闻出版广电总局的问候与叮咛。

培训间隙，在大厦可以容纳168名观众的约瑟夫·厄本（Joseph Urban）剧场（以赫斯特原总部建筑师的名字命名）里，学员们观看了纪录片《公民赫斯特》，更为直观地了解了赫斯特集团的诞生与成长历史。1887年，集团创始人威廉·伦道夫·赫斯特从旧金山的报业起家，一步步发展成为与普利策齐名的美国报业大王，1903年起介入杂志业务，如今在全球已拥有超过300家杂志。20世纪20年代进入广播业，1948年入主美国第一家电视台，如今其电视业务覆盖了18%的美国观众。从旧金山到纽约，赫斯特集团在不断的进取和创新中成长为美国乃至全球最大的多元化媒体和信息公司之一。2011年，赫斯特集团从法国拉加代尔集团收购了

100 多种期刊，当年还开发了几十个新的 APP 应用，并成立了赫斯特 APP 实验室。今天，郝斯特集团已逐步在互联网和移动新媒体领域建立了新的竞争优势。梳理赫斯特集团 100 多年来的传媒业发展历程，可以说，激情、魄力、包容、兼收并蓄、敢于尝试、敢为天下先的文化品质，引领着赫斯特集团始终保持着全行业的领先地位。

在赫斯特大厦 29 层的好管家研究所参观，这里是赫斯特旗下《好管家》(Good Housekeeping) 杂志的最新消费品实验室。自 1901 年以来，研究所对消费品进行最严苛的科学实验，颁发给最佳产品——著名的“好管家承诺”(Good Housekeeping Promises)。凡是在自己的杂志上刊登广告的商品，都要事前经过研究所检验，证明其品质真实可靠，方可刊登广告。100 多年来，一直坚持这样做。仅此一例，我们就能体会到，赫斯特的成功在“敢想敢干”的企业家品质之外，靠的还有这份坚持与执着——对传媒内容与服务质量几近严苛的自我管理、自我要求。100 年的诚实，带来 100 年的信赖，方能造就这间“百年老店”。虽然“乱花渐欲迷人眼”，在炫目多彩、变化多端的数字新媒体时代，成功的秘诀，永远不变的是对内容品质的坚守、对诚信服务的追求。

1926 年至 1928 年，威廉・伦道夫・赫斯特委托戏剧舞台艺术家和建筑师约瑟夫・厄本设计并建造了一座 6 层高的“赫斯特国际杂志大楼”。大楼的外墙由人造石块砌成，8 个富含寓意的雕像与凹槽立柱融为一体，分别代表喜剧、悲剧、音乐、艺术、工业、运动、科学和印刷。与众不同的创意设计，似乎也代表了赫斯特作为传媒集团的企业禀赋与追求。1988 年，这座大楼被评选为纽约的“地标建筑”。

2001 年“9・11 事件”之后，当年 10 月，赫斯特集团董事会决定，申请建设 46 层高的新赫斯特大厦。申请很快得到纽约市的批准并迅速办理完各项手续，赫斯特大厦在保留原有历史建筑基座与外墙造型的基础上拔地而起，将传统与现代风格完美结合，成为新的世纪来临后纽约市第一座新批新建的摩天大楼。对于纽约市民而言，这座城市新地标似乎更有着诸如勇气与信心等的象征意味。对于传媒行业而言，赫斯特大厦新、旧建筑之间的完美结合，又可以预示出一个美好的前景：传统媒体与新媒体时代的顺利融合。《纽约时报》评价说："传统与现代在这里不是无缝衔接，而是以巨大的能量碰撞出火花。"换言之，不仅仅是新大厦的横空出世，纵观历史，赫斯特集团做成的每件大事似乎总是在时代需要和机遇召唤的紧要时刻发生。每当机遇来临，便毫不犹疑，挺身而出，华丽绽放。

告别赫斯特大厦的时刻到了，邓肯总裁为我们打开了香槟酒，我们则从总局培训中心精心准备的礼品中，挑选了一本印刷在丝绸上的中英文对照版《孙子兵法》奉上。没想到这份礼物正是邓肯先生的最爱，他早已读过这本书的英文版。学员李永生还把一份意外惊喜——来自古都南京的精美工艺品、被联合国授予"人类非物质文化遗产"称号的云锦，赠送给了邓肯的夫人。当我们沿着三层高的"冰瀑"走下扶梯时，赫斯特的一位高管悄悄告诉我，赫斯特大厦的设计理念里，融入了来自中国古代哲学中"金、木、水、火、土的五行学说"。环顾四周，我们会心一笑，挥手作别。

培训的第二站，在纽约新世贸大厦的 24 层。等候我们的同样是一场有关传媒理念与实践创新的"饕餮盛宴"，"主厨"的则是美国乃至全球传媒业的另一位巨人——康泰纳仕集团。

康泰纳仕集团由美国传媒大亨纽豪斯（Newhouse）家族经营，整个集团由美国公司和国际集团两部分构成。2015 年纽约新世贸大厦建成以来，康泰纳仕美国公司是第一家、目前也是唯一一家已入驻新世贸的企业，而其国际集团的总部则设在伦敦。康泰纳仕美国公司首席执行官查克·汤森德（Chuck Townsend）在致辞中说："50 年前，康泰纳仕曾帮助纽约重新恢复活力；如今，康泰纳仕第一个搬到曼哈顿下城区，为周边的重新塑造提供一个机会。"

查克的致辞中充满了自信："我们提供最好的杂志内容，吸引全世界最好的广告商和最好的广告客户。我们所处的媒体时代是令人振奋的，公司具备在不同环境中应对的能力。"他介绍说，公司更好地采用新科技，把最好的体验带给顾客。在美国，其杂志业务现有客户 8750 万人，是历史的最高峰。纸质与数字媒体加起来，有 1.2 亿客户，全球则拥有 2.7 亿多客户。

查克还专门说道："感谢中国国家新闻出版广电总局，帮助我们在中国这个最大的市场建立起康泰纳仕的品牌。"

康泰纳仕在中国市场崛起的话题引起了大家的浓厚兴趣，而专程从上海赶回纽约授课的康泰纳仕中国区总裁伊丽莎白·施梅尔（Elizabeth Schimel）则充分满足了学员们的愿望。康泰纳仕作为杂志国际版权合作伙伴，先后与多家中国知名出版机构版权合作。2005 年的《服饰与美容》（Vogue），2007 年的《悦己》（Self），2009 年的《智族》（GQ），2011 年的《安邸》（AD），2013 年的《悦游》（Condé Nast Traveler），上述 5 本杂志以两年一本的频率在中国先后面世。她介绍，康泰纳仕进入任何一个市场之前，都要进行大量市场调查，选择最精准的市场与产品定位，依托康泰纳仕丰富的时尚行业资源，给当地读者最好的消费体验。

康泰纳仕品牌杂志引进中国后为什么都能够获得成功呢？课堂内外的讨论极其热烈，归结起来，至少有这么几条：其一，高品质内容加本土化策略；其二，充分市场化的营销推广加公益性活动的品牌形象再塑造；其三，充分的政府政策利用加友善亲和的媒体沟通；其四，纸质媒体与数字平台、数字化产品的同步创新，与读者实现良性互动。伊丽莎白总裁在担任现职前，有着多年数字出版的从业背景。课堂上，我们获悉伊丽莎白又被提升为康泰纳仕国际集团的副总裁，这也许意味着康泰纳仕会在时尚数字平台更加积极作为。也是在课堂上，伊丽莎白女士的一句评价让我们印象深刻："中美对比，在数字出版方面，中国市场的微观产品创新更加活跃，在数字平台的基础建设上相对薄弱。"如何扬长补短，中国传媒业的确需要抓紧拿出切实的思考和行动。

伊丽莎白在国际集团总部的同事邓肯·艾萨克（Duncan Isaac）还专程从伦敦飞来纽约，给我们作了"全球数字媒体的趋势""传媒集团的全球化管理——运营与金融""如何建设多平台之上的国际品牌"连续三场讲座，令人耳目一新。康泰纳仕国际集团采取非集中化的管理模式，全球各区域公司各自独立运营媒体内容编辑与广告经营，内容与广告部门严格分开管理。国际总部进行预算控制、市场研发、分享各区域市场经验、促进各区域间的沟通与合作机制建设，出版环节统一管理，既保障了各区域公司的经营主动权，又确保了国际集团整体投入产出的良性循环。

受同学们的委托，我把一本《论语》送给了艾萨克。伊丽莎白则主动要我们送她一本林语堂先生翻译的中英文对照版《道德经》，她和她的中国丈夫最喜欢的典籍就是这本老子的哲学著作。康泰纳仕中国公司战略发展总经理蔡荣生老师陪同我们听完全部课程后，带上了一本《弟子规》，要送给他住在新泽西州的美国女婿，让小女婿感受一下来自中国的文化与礼仪。

日子过得飞快，我们还在纽约拜会了法国阿歇特出版集团旗下美国和法国公司极其优秀的同行，交流了国际版权及数字出版业务合作的业务细节；在雪城大学纽豪斯新闻学院聆听了品牌战略课程，探究了新媒体技术最新应用的成果；在哥伦比亚大学，瞻仰了普利策新闻奖的颁奖现场。

除了课堂上的学习与交流，我们还有一些意外收获。一位学员不小心丢了手机，赶回遗失处寻找时，发现两个美国小姑娘已在手机旁守候了半个多小时。同年同月同日生的两位学员李郁、老秦，和全班同学一起聚餐时集体唱起了生日歌，邻桌两位来自美国阿拉巴马州的男士送上了几瓶红酒以表祝贺。于是，互换礼物，觥筹交错，笑语喧哗，歌声飞扬，异国他乡的友情的确令人难忘。最幸运的一刻是，当我们参观完几家博物馆，乘坐大巴走到一个十字路口时，恰逢在美国访问的习近平主席的车队即将经过。我们迅速下车，和当地的华侨华人一起，高举着五星红旗，加入到街道两边的欢迎人群中。当车队经过、欢呼声响起，我们感受到虽在异乡，我们的心脏正和着祖国的脉搏一起跳动。我们手中的五星红旗，也是无比的鲜艳美丽。

在圆满结束一个阶段培训课程后的午餐会上，我代表同学们致答谢辞时引用了费孝通先生的一句名言："各美其美，美人之美，美美与共，天下大同。"的确如此，异国他乡短短两周的培训，我们从来自纽约、伦敦和巴黎的同行们的身上，学习和领悟到了很多。我们也从相互尊重和彼此欣赏的目光与言谈中，感受到了相互了解、相互帮助、共同分享与成长的快乐。

（2015 年 10 月 29 日《中国新闻出版广电报》）

四年三聚首　两岸一家亲

——大陆出版发行业代表团赴台交流纪实

4 月 23 日至 30 日，中国书刊发行业协会理事长艾立民率领由 37 人组成的代表团，赴宝岛台湾进行了为期 8 天的业务交流和专题研讨，代表团全体成员参加了 2019 海峡两岸“未来书店——新场景、新业态、新服务”研讨会，进行了 6 场主题演讲与讨论，参访了台湾多家特色书店、文创企业及文创园区，参观了一场台北书展，还先后召开了以文创产业、书店业创新发展为主题的两场座谈会，团长艾立民把这 8 天的收获概括为：“借鉴了台湾在特色书店和文化创意产业方面的发展经验，探讨了两岸的出版社及书店实现互利共赢的新路径，促进了两岸出版发行业在实体书店经营管理领域的深度交流与互动。”

事实上，从 2016 年算起，4 年间大陆出版发行业已经 3 次应邀组团赴台访问。2016 年 5 月 25 日至 6 月 2 日，大陆出版发行业 40 人组成的代表团赴台参加了“阅读经济与两岸实体书店转型发展”研讨会并举办了大陆美术、艺术类图书展销活动。2018 年 5 月 14 日至 21 日，中国书刊发行业协会理事长艾立民率领由 51 人组成的代表团，赴台湾参加 2018 海峡两岸“未来书店——新场景、新业态、新服务”研讨会，部分成员还参加了华文出版物书目标准化数据海峡两岸交流座谈会，代表团成员与台湾出版发行业相关人员就未来书店理念创新模式、书店文创业务合作、行业数据标准合作等方面进行了充分的沟通，参访工作取得了明显的成果。2019 年，艾立民理事长再次带团访台。

在研讨业务、参观考察的同时，海峡两岸出版发行业同行之间的合作与友谊，也在一次次的交流中不知不觉地密切和深化，可谓是“四年三聚首，两岸一家亲”。

守住文字内容，别守住打字机

4 月 24 日，在台北市淡江大学校友联谊会馆，出席 2019 海峡两岸“未来书店——新场景、新业态、新服务”研讨会的台方代表先后作了 3 场演讲：时报文化出版企业股份有限公司董事长赵政岷的演讲主题是“从台北书展推广全民阅读”，友善书业合作社理事主席郑宇庭介绍了《台湾独立书店发行联盟的书业合作》，凌网知识科技公司副总经理林柏村阐述了《数位出版对传统书店的影响》。通过演讲，台湾同行传达给参会者的第一个信号是：台湾出版业正面临着转型升级的严峻挑战。

据介绍，台湾目前有 3000 多家出版社、5000 多个出版单位，平均每天出版 106 本新书。最近 5 年来，台湾出版业产值从 400 亿新台币下降到 180 亿新台币，可以说，台湾的图书市场已经告别了“黄金时代”，互联网、新媒体对于纸质阅读的冲击巨大。

面对挑战，台湾同行也分享了他们对于出版业出路的思考，赵政岷从 8 个方面重新定义出版社的市场：在售后服务方面，建设读者俱乐部、生活俱乐部；在作家互动方面，建立讲座训练公司、活动公司；在作家经纪方面，完善出版、活动、代言、商演规划；在自制内容方面，拓展自制书与自制非书及知识生产线；在产品规划方面，布局自主议题书刊、自媒体、声频；在经销系统方面，兼顾图书经销、商品经销；在销售网络方面，强调独立连锁书店、个体户销售网；在生活形态方面，强调发挥阅读规划顾问师、策展公司的作用。

与出版发行市场的重新定义相匹配，台湾同行也同步重新定义了出版社，在兼顾内容、产品、作家的同时，注重读者与顾客的需求与感受；还要重新定义书展、重新定义阅读与书，书展在兼顾卖书、版权交易、产业研讨、作家交流的同时，一定要让读者与顾客逛得愉快。

以 2017 年台北书展为例，书展进行了降低展位费用、延长开放时间、改造展场空间、扩大阅读场域、强化出版专业等五大改革，推出了十几项书展新亮点——天天星光夜，18 岁以下儿童及青少年免费入场，增加“阅读小角落”，咖啡馆服务，新设最佳展位设计奖，设立青年创意出版区，鼓励小型专业出版聚焦情境阅读、时代阅读、数位阅读、分享阅读等策展主题，设定 60 多场阅读分享活动的现场直播，开办“编辑力论坛”，增设“年度编辑奖”，增设国内外文学作品改编影视剧、版权销售等专业领域成功案例分享，恢复“金蝶设计奖”奖金，鼓励图书设计制作，提升出版专业形象。

如何拓展出版疆界？台湾同行把目光瞄准了全球中文出版市场，据台方统计，全球华人总数约 15 亿，每年中文出版新书约 12 万种，销售总值约 74 亿美元，其中中国大陆 50 亿美元、台湾地区 18 亿美元、港澳地区 5 亿美元以及星马美加地区 1 亿美元，其中，出版社自行研发创新内容占 10.2%。在台湾同行看来，岛内出版衰退的同时，中国大陆的市场空间巨大，仅次于英文、法文的世界第三主要出版语言中文，在全球范围内正面临复兴。

如何调整营运逻辑？台湾同行提出了4条思路：开创新商业模式、改变收益结构、应对数字化冲击而转型经营、坚守内容制胜并扩充内容运用。以音乐产业为例，流行音乐在实体唱片的营收衰落、数码科技兴起后，开创音乐展演、著作授权等新兴商业模式。2015年台湾流行音乐产业总产值约为161.11亿新台币，比上年度增加19.35亿新台币，其中有声出版业者收入67.89亿新台币，数码音乐经营业者收入27.58亿新台币，音乐展演业者收入43.13亿新台币，卡拉OK业者收入6.29亿新台币，流行音乐著作权管理业者收入16.22亿新台币。

台湾同行在演讲中特别强调，出版社的核心角色定位还是内容，应心无旁骛地做好内容，立足内容，靠内容取胜并推广运用，“要守住文字内容，别守住打字机”——赵政岷代表台湾出版发行界给出了这样的结论。

在2016年的两岸实体书店研讨会上，台湾博客来网路书店创办人、TAAZE读册生活总经理张天立以《实体书店何去何从——从网路书店的观点来看》为题进行了演讲，台湾独立书店文化协会理事长、唐山书店负责人陈隆昊的演讲题目是《独立书店的未来生存术》；2018年的研讨会上，台湾文创书店咨询顾问周钰庭、联合发行公司总经理林建仲、联宝国际文化事业公司总经理吴政鸿分别作了题为《文创产业发展趋势与具体实践》《台湾零售通路市场现状与未来发展》《台湾童书市场现状与未来发展》的演讲。过去4年来，在连续3届两岸出版界的研讨会上，台湾同行坦陈实体书店业面临的困难与原因，给出台湾实体书店力图走出困境的创新思路与举措，与大陆出版发行业同行共勉。可以看出，岛内同仁面对问题的思考与对策，在逐年的研讨中不断地丰富、细化和深化，越来越具有面向行业实际的针对性和可操作性。

两岸携手，为中华文化繁荣尽一份心力

短短 8 天时间里，记者跟随大陆出版发行业代表团，近距离地与台湾同行进行了深入的交流互动。

58 岁的台北市出版商业同业公会理事长、艺殿国际图书有限公司董事长卢钦政，是 2019 年度两岸研讨会的台方发起人，他本人 40 多年的职业生涯，似乎可以看作台湾出版发行业变迁的一个缩影。

卢钦政出生于台湾宜兰县，中学毕业后北上求学，就在同学家里开设的出版社半工半读，赚取学费及生活费。他从校对、编辑干起，逐步成长为台湾出版发行业最年轻的业务经理，屡创佳绩。上世纪 70 年代，他开始自行开业批货，与百货公司合作，规划了全台湾首屈一指的“全楼层书店”。

不料因为员工卷款潜逃，卢钦政欠下千万元债务，灰心之余，他一度放弃图书，改行贩卖牛肉面。经历了一段沉寂，在业界同仁的鼓励下，他重整旗鼓，创立薄利多销的书展销售模式，短短 3 年就偿清债务。之后，卢钦政更是一鼓作气，于 2006 年 8 月打造台北大众捷运公司中山至双连站书店街，建设了当时全台湾地区乃至全世界“最长地下书街”。位于交通枢纽之上的书街由数百家知名出版社联合供书，并与当代艺术馆合作，开设橱窗展示台湾最新的文化艺术成果，一时间成为台北知名的公共文化空间与文创艺术新地标。

卢钦政又接连于2018年在新北市、台中市开设大型书店，复制地下书街的成功经验。走进新北市树林区秀泰广场四楼的“艺殿小书房”，货架上除了琳琅满目的书刊外，还有各种新潮文创用品和影音产品。这里有宽敞的阅读空间，有演讲厅及充满童趣装饰元素的儿童图书陈列区及阅读区，整层的图书卖场周边还搭配了各色时尚百货专卖店铺。

陪同参观的卢钦政介绍说，书店会经常开办面向中小学生的阅读讲座，邀请医师、食谱作家开办面向市民的专题演讲，举办电影促销活动、儿童故事会等；艺殿图书公司打算把这种复合型书店在台湾各地陆续拓展，希望书店能够遍地开花，成为读者与出版社之间最好的桥梁，提供最齐全、最多样、最方便、最贴心的购书服务及出版，提升社会阅读风气，为台湾知识力、竞争力及文创产业的成长与未来尽一份心力。

卢钦政还把书展办到台湾的各个市县，从大中小学到图书馆、商场、火车站，他还不断地赴韩国、越南、日本、泰国、美国等国和中国香港地区办展或参展。过度的劳累和巨大的经济压力下，卢钦政一度因心肌梗塞而昏厥，老母亲劝他收手，但身体稍稍恢复后，卢钦政又马不停蹄地为书业四处奔走。

台北市出版商业同业公会成立于1975年，登记会员约1500家，是台湾最大、最重要的出版产业商业团体。台湾出版产业虽然人才济济，出版品质也不断提升，但因台湾图书市场太小，经济规模有限，阻碍了业界的发展。谈及两岸交流的意义，卢钦政认为：“台湾图书出版擅长策划选题，企划创意经验丰富；大陆出版人才众多，基础教育扎实，资源雄厚，市场庞大。自1988年至今30多年来，两岸出版业携手克服各种困难向前迈进，就是为了共同推进出版事业的发展壮大，为中华文化的繁荣尽一份心力。”

艾立民回应说：“过去 4 年来，两岸的出版发行交流取得的成果离不开国台办及中宣部进出口管理局等有关部门的指导与支持。中国书刊发行业协会、国台办九州文化传播中心与台北市出版商业同业公会、台湾图书发行协进会等台湾出版与发行、物流机构携手推动两岸出版发行界的交流研讨，既立足于取长补短，共同做好大陆和台湾市场，更着眼于深化合作，形成共同的中文市场，积极参与国际出版市场竞争。”

共创海峡两岸出版发行业的崭新未来

来而不往非礼也。在 2019 海峡两岸“未来书店——新场景、新业态、新服务”研讨会现场，来自中国大陆的出版发行业同行也分享了他们的观点与思考，中国新闻出版传媒集团总经理、中国书刊发行业协会副理事长李忠作了题为《书店业创新发展与全民阅读推广》的演讲，新华文轩出版传媒股份有限公司零售连锁事业部经理陈勇作了题为《新零售下实体书店的商业基因》的演讲，广州购书中心有限公司董事长白宜纳则介绍了广州实体书店业的创新实践。

借助连续 3 届两岸实体书店研讨会的平台，大陆出版发行业也得以充分地向台湾同行展示自身业务的创新与发展。2016 年，四川省发行协会秘书长王俊波的演讲题为《转型升级是民营实体书店求生存、求发展的必由之路》，黑龙江省新华书店董事长曲柏龙以《实体书店当前面临的形势与发展对策》为题进行了演讲；2018 年，河北省新华书店总经理于慧丰、贵州省新华书店副主任郭怀龙、北京市顺义区新华书店经理张秀梅分享了他们在实体书店改造、“智慧书城”建设方面的心得。

2016 年，从台湾研讨归来，40 位大陆出版发行业同仁梳理了由研讨而产生的思考：其一，依照 2016 年 11 部委《关于支持实体书店发展的指导意见》文件精神，继续稳步推进和扩大两岸文化交流合作，继续组织两岸实体书店展开业务联合研讨、图书联合展销；其二，加强两岸出版界的联络互动频率，提高民间文化互动的品位与质量，形成两岸寻根溯源的民族文化共识；其三，以实体书店平台为载体，进一步挖掘两岸文化交流的新选题、新项目、新内容。

2018 年，51 位参加两岸研讨的大陆书业同行提出了后续两岸合作的建议：巩固交流成果，筹备建立海峡两岸书店业和书目数据标准化工作交流的长效机制；选择适当时机，组织举办海峡两岸文创产品博览会；吸收愿意加入出版发行信息公共服务平台的台湾出版发行单位，成立工作小组，推动海峡两岸书目数据交换的落实工作。河北新华发行集团在访台结束后再次派员访台，采购台湾文创产品，交易额达 100 余万元人民币。

2019 年 4 月，从台湾研讨归来，结合两岸的实践与思考，代表团成员们对研讨交流成果进行了梳理与总结，归纳为“三个一致”——两岸同行对于实体书店面临困境的原因剖析是一致的：互联网营销的方便快捷、读者阅读习惯的改变等；两岸同行面向未来探索创新的思考方向是一致的：将实体书店销售与互联网 +、主题讲座、拓展培训、文创产业、影视内容、数字娱乐、餐饮服务等有机结合起来，从形象升级、功能升级、服务升级等方面来提升书店自身建设，实体书店的定位从做图书提升到做文化、做公益，遵循市场机制，全方位提升客户的消费体验，实体书店成为集信息流、物流、资金流为一体的社会化综合服务平台；两岸出版发行业的愿景与目标是一致的：两岸人民同文同宗、血脉相连、文化相融，书业同仁优势互补、资源共享、团结互助、携手共赢，共同迎接全球中文出版发行事业的复兴和中华文化的伟大复兴。艾立民表示，要把海峡两岸出版发行业的研讨交流活动持续进行下去，并推动两岸在合适时机联合举办阅读与文创产品博览会等合作项目，把文化交流与产业合作推向深入，共创两岸出版发行业的崭新未来。

（2019 年 6 月 20 日《中国新闻出版广电报》）

下篇——行到水穷处　坐看云起时

徜徉书海细说阅读　播撒书香点亮梦想

——浅析全民阅读“红沙发”系列访谈活动的成效与愿景

由中国新闻出版传媒集团发起、中国全民阅读媒体联盟承办的全民阅读“红沙发”系列访谈活动，历时两年多，走过10座城市，举办访谈55场。相关新闻及专题报道，从《人民日报》到央视《新闻联播》，从省、市党报到新浪、搜狐，遍及全国及地方各相关报刊、网络、电台、电视台。日前，《书香中国万里行——全民阅读“红沙发”访谈录》第一辑也正式结集出版。“红沙发”的阶段性成果，可以用联盟名誉理事长柳斌杰的话来概括：“所到之处，都有力地带动了当地的阅读活动，发扬了读书风尚，掀起了阅读热潮。这是媒体推动全民阅读的生动实践，不仅为全民阅读的推广做出了榜样，也创出了自己的品牌，提升了影响力。”

2015年度，随着“倡导全民阅读”再次写入政府工作报告，举国上下，全民阅读活动的热潮持续升温。当此之时，简要回顾一下两年多来举办“红沙发”活动的内容与成效，梳理和描绘一下策划、实施系列访谈活动的宗旨与愿景，形成更加系统、全面的思路和操作方案，以便于下一步更加扎实、有效地开展活动，更好地服务于“书香中国”与“学习型社会”的建设成长，服务于我国出版业的繁荣发展。

2012年6月，全民阅读“红沙发”系列访谈活动在宁夏银川全国书博会上首次亮相；2013 年 4 月，“中国全民阅读媒体联盟”由中国新闻出版传媒集团联合全国 78 家新闻机构发起，在湖北武汉召开成立大会，约 200 家媒体踊跃参与；2014 年 4 月，在国家新闻出版广电总局的直接指导下，“书香中国万里行”大型巡回采访活动在北京正式启动。

从 2012 年的银川开始计算，2013 年在北京、武汉、杭州、海口，2014 年又走进襄阳、苏州、贵阳、福州、三门峡。截至 2015 年 4 月，“红沙发”活动跟随着中国新闻出版传媒集团和中国全民阅读媒体联盟走过了 10 座城市。随着 2015 年度全国范围内全民阅读活动的蓬勃开展，“红沙发”活动再次拉开了巡回全国的帷幕。

现在，我们从活动的内容构成与活动成效相结合的角度稍作梳理，对“红沙发”从以下五个方面进行分析和总结。

阐释文化国策　弘扬阅读理念——建构“头脑与灵魂”

党的十八大首次把“开展全民阅读活动”写进了党的政治报告；2014 年全国人代会上，“全民阅读”首次被写入政府工作报告；2015 年全国人大代表大会审议通过的政府工作报告中，再次提出了“倡导全民阅读”……显然，全民阅读已经成为推进社会主义文化强国建设的一项重要国策，被正式提出并大力倡导。作为媒体人，推动全民阅读文化战略的实施，是我们义不容辞的责任。中国新闻出版传媒集团联合全国新闻界同行，倾力打造了“红沙发”访谈平台，借助此平台“阐释文化国策，弘扬阅读理念”，进而通过媒体的广泛传播，营造习近平总书记所倡导的“爱读书，读好书，善读书”的浓厚文化氛围。这一内容定位，应该是“红沙发”访谈的首要社会责任。

2013年1月，时任新闻出版总署署长的柳斌杰同志做客北京图书订货会“红沙发”现场，提出了“全民阅读正处于大提升最好时期”的论断。他指出，深入开展全民阅读活动，“对于营造良好的社会文化氛围，推进社会主义核心价值体系建设，推动社会主义文化强国建设，推进学习型社会、学习型党组织建设，提高公民素质都有重要的意义”。

2013年4月，柳斌杰做客海南全国书博会“红沙发”现场，指出“全民阅读为文化强国夯实基础”。2014年1月，北京图书订货会的“红沙发”访谈节目中，柳斌杰提出“全民阅读为实现中国梦夯实文化基础”。2014年8月，在贵州全国书博会的“红沙发”现场，柳斌杰盛赞“书香中国万里行”是带动全民读书的一次“文化长征”，要求全民阅读媒体联盟做好以下几项工作：营造全民阅读社会氛围；介绍全民阅读书香市县镇建设的典型经验；介绍当代的读书经验，让更多的人自觉地读书；推广新书、新作，引导人们阅读。

2014年7月，时任国家新闻出版广电总局副局长的邬书林、民进中央副主席朱永新应邀来到江苏书展的“红沙发”现场，围绕正在制定的《全民阅读促进条例》，提出了“阅读立法为公民基本文化权益提供保障”“在国家法律的调整下把全民阅读放到基础性的文化建设地位来认识，通过阅读很好地实现个人成长、家庭幸福、社会和谐、国家富强”等鲜明观点。

从全民阅读的“最好时期”到“全民阅读与文化强国”“全民阅读与中国梦”的关系，从“文化长征”到“阅读立法与公民基本文化权益”……做客“红沙发”的高层官员、学者们，既高屋建瓴又深入浅出地系统阐述了有关全民阅读的文化理念、国家政策、重大意义、战略思考及其实现路径，在全局和宏观层面，对于全民阅读活动的内涵与外延给予了清晰、完整的界定。可以说，上述内容奠定了“红沙发”的思想文化基础，建构了访谈内容的“头脑与灵魂”。

推介名社大家 举荐精品力作——供应“血液与营养”

全民阅读活动的另一项基础性工作，应该是鼓励、扶持精品力作的创作出版，引导、举荐精品力作的广泛阅读。为此，“红沙发”团结了一批出版人、作家、学者、文化名人，共同为倡导“写精品、出精品、读精品”而出谋划策。知名出版人李岩、潘凯雄、陈海燕、殷忠民、李学谦、李久军、李家巍、陈纯跃、黄国荣，著名作家王蒙、高洪波、刘醒龙、严歌苓、范小青、白烨、王海鸰、李宽定、车延高，知名文化学者王立群、孙绍振、郦波，知名主持人倪萍，儿童文学作家金波、曹文轩、沈石溪、白冰、王一梅等，先后做客“红沙发”，可谓群贤毕至，高朋满座。

中国出版集团副总裁李岩、浙江出版联合集团副总裁陈纯跃共同接受“红沙发”访谈时表达了一致看法：出版因阅读而繁荣，出版人的责任是提供更多精品图书，而畅销的却不一定是精品。黑龙江出版集团董事长李久军、北方联合出版传媒集团董事长李家巍面对国民阅读率偏低、数字阅读的挑战等问题，提出了出版社的“两个转变”——发展模式由传统模式向全媒体、全平台转变，由过去的以编辑为中心向以读者为中心和以需求为中心转变。韬奋基金会理事长聂震宁和凤凰出版传媒集团董事长陈海燕认为，精品力作是作家与出版人共同创作的作品，名人荐书既要有目标更要注重专业性，这样才能专业化。人民教育出版社社长殷忠民则强调出版社要保证产品质量，彰显出版人的社会责任，“根植教育、服务教育”，把人教社打造成国际著名、国内领先的教学内容资源提供商和教学解决方案提供商。少儿出版界的领军人物李学谦、白冰表示，“希望老师和家长们能引导孩子读一些看起来没用，但能为他们的精神世界打底子的书”。

这些负责任的出版人，他们“面向读者出精品，服务教育，对孩子负责”的观点，很容易在“红沙发”的舞台上找到共鸣。2013 年，王蒙携 70 万字的巨著《这边风景》和中短篇小说集《明年我将衰老》来到海南全国书博会“红沙发”现场，他寄语青年——“希望青年人坚持阅读，坚守经典，通过阅读增加智慧、热情与动力”。2014 年，王蒙又带着近作《八十自述》来到贵州全国书博会“红沙发”现场。他这样与读者分享阅读的快乐：“最大的快乐就是把书读活，把生活读成书，建议大家多读体悟人生之书。”2013 年 1 月，北京图书订货会的“红沙发”访谈中，文学评论家潘凯雄、白烨分别向读者推荐了贾平凹的新作《带灯》、基辛格的《论中国》以及莫言的代表作《红高粱》《丰乳肥臀》。文化学者王立群推崇“阅读历史，明智明理”。吴青教授则以母亲冰心先生的作品《小橘灯》为例，呼吁青少年“阅读经典，埋下真善美的种子”。2014 年 1 月，作家严歌苓带着新作《妈阁是座城》来到北京图书订货会“红沙发”现场，还向读者推荐了她认为可以一读再读的好书，如英国作家乔纳森·弗兰岑的《自由》、麦卡勒斯的《心是孤独的猎手》等。中国印刷博物馆副馆长张连章则以明本《永乐大典》为例，向读者描绘了“古书之美，熠熠生辉”。儿童文学作家张之路、沈石溪向青少年朋友推荐了《草房子》《第三军团》《狼王梦》《永远的合唱团》等优秀童书。

负责任的作家、学者们借助“红沙发”访谈的平台，向广大读者朋友传播出“阅读经典，体悟人生”的正能量。让越来越多的优秀出版人、优秀出版社做客“红沙发”，让越来越多的名家大师、精品力作进入全民阅读的大众视野、百姓书单；唯其如此，全民阅读的文化理念才能从观念迈向实践的第一步。而这部分内容，也就构成了“红沙发”访谈的“血液与营养”的源泉。

聚焦草根明星　讲好读书故事——塑造“骨骼与躯干”

全民阅读的主角是“全民”，是人民群众，是普通百姓。有好书，还要找到好的读者，而“草根”里的读书明星，才最容易成为民众阅读的榜样，这样的榜样，才有无穷的力量。向草根明星学习，人人都可以阅读，人人都可以成为好读者。基于以上理念，“红沙发”在普通百姓中寻找到了一个个读书人物和一桩桩读书故事，把这些身边人、身边事，原汁原味、朴实生动地讲述给读者朋友们。

2013 年 4 月，曾经在北京大学当保安的甘相伟在“红沙发”节目现场，讲述了自己一边在北大站岗，一边通过自学考上北大的读书故事。上海市民邱平卫，因病到山清水秀的广西巴马县疗养，发现那里的孩子没有书看时，经过捐书、募书等种种艰苦的努力后，终于为山里的孩子建起了好几座图书馆。2014 年湖北襄阳市的“红沙发”访谈现场，襄州区龙王镇农民周春兰，讲述了曾经从卖废品的老人手里得到一本《骆驼祥子》，是阅读让她从艰难穷苦的生活中挣扎起来，成为一名远近闻名的农民作家。双目失明的青年薛雷，通过学习盲文，阅读张海迪翻译的盲文读物《少年维特之烦恼》，重新找回自信和继续活下去的勇气。村里第一个考上大学的农村青年李晓波，17 年来坚持资助像他当年一样面临辍学和无书可读的孩子们。湘西农民诗人宋庆莲，初中辍学回家务农，坚持读书、写作，还为孩子们写了一部长篇童话《米粒芒拉》。村子里找不到书店，也没有书屋，她还腾出自家一间卧室办了一个农家书屋。

当普通百姓当中的读书人物来到“红沙发”，与官员学者、名家大师围拢在一起，畅谈全民阅读之时，我们试图构建的是一个平等和谐、阳光温馨、向上向善的精神文化共享的环境。而且，我们还是要强调，阅读的主体是人，全民阅读的主角是百姓。所以，这部分内容又恰恰构成了“红沙发”访谈的“骨骼与躯干”。

研讨城市阅读　创造良好生态——优化“空气与水质”

阅读可以塑造人，可以改变一个人的命运。阅读同样可以塑造城市，可以改变一座城市的命运。“红沙发”访谈的第四方面内容，是探讨“城市阅读”。

2013 年 4 月，“红沙发”来到湖北武汉，第一次从书展走向社会。武汉作家、茅盾文学奖获得者刘醒龙和武汉市委常委、纪委书记、鲁迅文学奖获得者车延高，与中国新闻出版传媒集团的代表，一起畅谈了对于江城武汉打造“读书之城”的看法：一个城市的读书量，决定着这个城市的未来，人的素质的提高会促进城市的发展。

2013 年 9 月，“红沙发”走进杭州。杭州市副市长陈红英介绍说，杭州有很多节日，唯独西湖读书节前后有半年时间，是杭州全年最长的节日。在杭州市政府的大力推动下，杭州形成了浓厚的书香氛围。按照 2011 年的数据，杭州城乡居民综合阅读率高于全国平均水平 14.3%，报刊阅读率是全国平均水平的 3 倍。

在“红沙发”访谈现场，时任上海市新闻出版局副局长的阚宁辉介绍说，在全民阅读活动的强力引领和推动下，上海的阅读氛围、阅读环境发生了积极的变化，实体书店开业的越来越多，关闭的越来越少。他认为，有了知识和文化，一座城市就有可能成为伟大的城市。

时任重庆市新闻出版局副局长雷平认为，重庆经常被形容为“小马拉大车”，大量的是农村，城市这匹马很小，但是要让它精神起来，就必须注入文化实力。硬实力可以打造形象，软实力可以丰富内涵。

2014 年 6 月，“红沙发”走进襄阳。襄阳市委副书记虞国旗介绍说，襄阳借助其 2800 多年的古城文化、汉水文化和三国文化，用当代的文化建设使襄阳各项事业的发展更加具有精神动力。而“书香溢襄阳”的全民阅读活动，则被襄阳市当作提高市民素养、建设城市文化的基础工程。柳斌杰在现场评点说：“城市之间最大的区别不在于高楼大厦，而是镌刻于心、始见于行的历史和文化。”

2014 年 7 月，“红沙发”走进苏州。苏州市文化广电新闻出版局局长陈嵘在访谈中说，苏州作为文化名城，不仅拥有园林之美和山水之盛，更在于几千年历史积淀所造就的独特地域文化。其经济因为文化内涵才发展得更健康，苏州百姓也因为文化而更加儒雅。阅读，已经成为苏州人的一种生活方式。

每一座城市，都有着自己独特的历史文化、自然禀赋和阅读生态。“红沙发”访谈作为城市之间的窗口、桥梁和纽带，让彼此之间相互审视、取长补短，从而实现交流融合、齐头并进、美美与共，共同优化各自的全民阅读文化生态环境，进而从书香城市走向书香中国。这部分内容应该是“红沙发”访谈所关注的“阅读空间”与“阅读环境”，代表着阅读人的“空气和水”。

探究问题答案　书香点亮梦想——播撒“雨露与阳光”

“红沙发”访谈在展示阅读成果的同时，也不回避探究全民阅读活动中凸显的问题与矛盾。

针对读者需求的急剧变化，出版业是否准备不足、该如何应对的问题，柳斌杰给出三点提示：其一，中国图书出版去掉再版书、教科书一年才10多万种，只相当于国外中等国家水平，要满足13亿人的读书需求还不够，这对出版人提出了更高的个性化需求；其二，不同职业、不同文化的读者需求越来越倾向多元化，对出版界也提出了更多方面的需求；其三，国内出版的图书太过侧重传统文化的复制，科学素养不够，面向学生的出版物偏重于应试、升学，功利性较强。为此，希望社会各界大力推广宣传科普类图书，更加崇尚新知，提高全民的科学素养。

针对碎片化阅读可能带来的副作用等问题，做客“红沙发”的嘉宾们更是畅所欲言。王蒙认为，网络浏览有利于信息的民主化，有助于文化的普及，有助于信息的传播；但同时会使人对信息的摄取变得肤浅、平面，简单的量化，缺少深度和思考。王海鸰认为，读者对网络和手机的过度依赖，对文学的冲击是很大的。聂震宁则比较乐观，他认为要善待碎片化阅读，用碎片化的时间读完整的书或者读碎片的文章都是好事情。

针对数字出版对于传统出版冲击的问题，李久军提出要突破“三重门”：观念门、人才门、渠道门，而首要是观念门。传统出版还有市场，及时转型，将来大有可为。针对电商对于实体书店剧烈冲击的问题，来自四川文轩在线电子商务有限公司的张践认为，实体书店要用特色经营、体验活动等留住读者，同时可以携手网络共谋发展；来自京东商城的石涛则认为电商和新华书店并不是竞争关系，有大量的机会可以共赢。

从传播阅读理念到举荐名家名作，从聚焦草根明星到研讨城市阅读，如果说“红沙发”访谈前四个方面的内容与成效有益于“营造氛围、推动阅读、总结经验、优化生态”的话，那么，第五个方面“聚焦矛盾、发现缺点、探究问题、寻找答案”，更表明了“红沙发”访谈面对全民阅读文化工程的成绩和问题时，理性与建设性的健康心态。毫无疑问，每提出一个问题，每推动一个问题的解决，全民阅读的伟大事业就会向前迈进一大步。怀着这样的信念，“红沙发”也会不断勇敢地发问。用健康的心态发问，用建设的心态寻求答案，更应成为“红沙发”访谈活动的一个核心内容，也可以把这部分内容看作是推动全民阅读活动成长、完善的“雨露与阳光”。

短短两年多时间里，“红沙发”访谈活动基本按照上述五大内容构成策划与实施，不断实践探索，不断取得实效，正在努力成为全民阅读活动的“晴雨表”、出版事业繁荣的“风向标”。2014 年 12 月，时任国家新闻出版广电总局党组书记的蒋建国同志在新出版的《全民阅读“红沙发”访谈录》一书“代序”中写道：“我们要点亮中国梦，需要用阅读打牢国家文化根基，用阅读造就民族心灵高地，用阅读提升人民精神气质。”这句话，大而言之，道出了全民阅读对于实现中华民族伟大复兴中国梦的价值与意义；小而言之，道出了“红沙发”访谈活动的宗旨与愿景：播撒书香，点亮梦想。

（2015 年 4 月 20 日《中国新闻出版广电报》）

行到水穷处　坐看云起时

——“书香中国万里行”活动的实践探索与思考

2014年4月至2015年4月，在国家新闻出版广电总局指导下，由中国新闻出版传媒集团牵头，联合中国全民阅读媒体联盟约200家媒体成员单位，共同发起和实施了“书香中国万里行”大型巡回采访活动。一年时间里，来自《人民日报》、新华社、中央人民广播电台、中央电视台、《光明日报》《经济日报》《工人日报》《农民日报》《中国青年报》《中国新闻出版报》《中国教育报》《中国文化报》《中国妇女报》、新华网、光明网等全国130多家媒体的新闻记者，不辞辛劳，先后走进北京、青岛、襄阳、贵州、福州、三门峡、苏州等7个城市和省份，行程3万公里，采访70余个单位、200多个人，发表新闻作品200多篇，共计34万字。

“书香中国万里行”活动所到之处，通过众多媒体机构多角度的现场采访、全媒体手段的立体报道，使得全民阅读工程的方方面面，从国家文化强国的战略部署，到诸多名家大师的经典推介，从书香城市建设的典型示范，到读书励志人物的榜样引领，在全社会都得以生动、全面地展现与传播。可以说，借此活动，从城市到乡村，从政府机关到田间地头，营造出了一派热烈浓郁的书香文化氛围；从校园到家庭，从莘莘学子到白发长者，民众的阅读兴趣得以提升，百姓的阅读热情得以激发。由中国传媒业同仁共同发起的“书香中国万里行”活动本身，也毫无疑问地成为全国范围内知名度最高、影响力最大的传媒业“书香文化传播第一品牌”。

2013 年 4 月，中国全民阅读媒体联盟成立之时，确定的联盟宗旨便是“聚合媒体力量，倡导全民阅读，打造书香中国，建设和谐社会”。经过 2014 年度 130 多家媒体行程 3 万公里采访报道的实践检验，“书香中国万里行”在全民阅读活动中，究竟扮演了一个什么样的角色，发挥了什么作用，下一步还应瞄准什么样的方向与目标呢?

营造书香氛围　掀起阅读热潮

2014 年 4 月 11 日，“书香中国万里行”首站在北京启动，国家新闻出版广电总局副局长孙寿山在启动仪式上致辞：要通过遍布全国近百个城市、由 200 余家媒体单位组成的全民阅读媒体联盟，深入宣传报道书香中国，推动全民阅读活动更广泛地落地生根，开花结果。媒体在“书香中国万里行”活动中要践行“走基层、转作风、改文风”的要求，把关注视角、报道重点聚焦到基层，对准普通百姓，力争采写出一批具有鲜活生命力的新闻作品，总结出一批开展全民阅读活动的好做法和经验，从而在全国范围掀起全民阅读活动的新高潮。这段话准确地概括出了“书香中国万里行”活动的第一个角色与功能定位：营造书香氛围，掀起阅读热潮。

在“书香中国万里行·青岛站”暨青岛全民阅读工程启动仪式上，国家新闻出版广电总局党组成员宋明昌将“书香中国万里行·青岛站”的大旗授予了青岛市文广新局局长王纪刚。青岛市委书记李群在贺信中指出：“书香中国万里行”活动来到青岛，必将进一步推进书香飘满岛城，让“爱读书、读好书”的文明风尚成为市民生活的重要内容和自觉行动；希望领导干部带头读好书、多读书，少一些浮躁，多一些笔墨书香。启动仪式上，全国总工会副主席许振超、海尔集团首席执行官张瑞敏、农民孙香娥、小学教师林打打等各界代表，通过讲述自身的阅读经历向青岛市民发出阅读倡议。在青岛，一次简短的启动仪式，通过媒体的聚焦报道、放大传播，引起机关干部、企业家、工人、农民、教师、学生等社会各界人士对于全民阅读的关注，可谓事半功倍。

全国人大教科文卫委员会主任委员、中国全民阅读媒体联盟名誉理事长柳斌杰专程出席了“书香中国万里行·襄阳站”的启动仪式，并在“全民阅读襄阳文化论坛”上，为近千名干部、市民作了题为《文化创新与城市品牌》的主题报告。他在报告中指出：“一座城市，她的建筑历经千年可以变得斑驳腐朽，面目全非；但她的文化内涵和精神品质却可以薪火相传，绵延不绝。”

在福建省福州市，国家新闻出版广电总局副局长吴尚之在“书香中国万里行·福州站”启动仪式上致辞说，福建省委、省政府高度重视全民阅读活动，2007 年至今已成功举办 7 届“书香八闽”全民阅读月活动，创新模式，培育品牌，成效显著，形成了“党委领导、政府负责、部门联动、社会支持、群众参与”的全民阅读长效推广机制，希望“书香八闽”成为每个福建人的阅读节日、生活方式，吸引更多读者加入到读书行列。

2015 年 3 月 28 日，“书香中国万里行”走进江苏省苏州市。国家新闻出版广电总局党组成员宋明昌在活动现场致辞指出，近年来苏州市委、市政府高度重视书香城市建设工作，持续推进全民阅读，开展了一系列有益探索和成功实践，在苏州市营造出了“多读书、善读书、读好书”的良好氛围。2015“书香中国万里行”首站活动选择在苏州启动，将对推进建设书香中国发挥重要的示范带动作用。

作为一项为推广全民阅读而精心策划、实施的全国性大型巡回采访活动，“书香中国万里行”所到之处，首先借助地方政府搭台，请中央部委领导和地方党政官员在活动现场带头宣讲全民阅读，倡导书香文化，再通过现场宣读《“书香中国万里行”活动宣言》、授旗、赠书、表彰阅读先进、社会各界人士现身说法、发出阅读倡议、阅读主题书画笔会、展览以及作品捐赠等环节，营造出浓郁的书香城市文化氛围。借助全民阅读媒体联盟成员单位的广泛报道，激发广大市民百姓的关注和兴趣，同时让全国各地书香城市之间相互关注、相互感染、相互激发，共同营造出书香中国的阅读文化氛围。回顾一年来的实践探索，这第一项角色与功能定位，基本得以实现。

挖掘阅读典范　带动读者成长

榜样的力量是无穷的，在全民阅读推广的公益实践中，这个道理同样适用。在北京，《光明日报》记者李苑采写的《李岩家庭：我家有个第二书房》，引起了不小的社会反响。从窑洞里走出来的李岩一家人都堪称阅读的楷模，都因读书改变了自身的命运，李岩的妻子成为家庭教育专家，女儿成为小作家，还考进了北京大学中文系，李岩本人也得以投身到他喜爱的社区图书馆事业中去。北京市海淀区文委根据报道找到了李岩，一番考察之后，决定要扶持李岩，并在海淀区更多社区复制“第二书房”的模式。北京朝阳师范附属小学开办的开放式图书馆，大兴区西红门镇的益民书屋，海淀区全国首创会员制、面向女性读者的雨枫书馆，也都经过全民阅读媒体联盟成员单位的联合报道，成为书香城市建设的一道道亮丽的风景；这些机构成功的探索与经验，也得以在全国范围内传播与推广。

《工人日报》记者刘建民在他题为《书香中国万里行采撷青岛书香》的报道里，讲述了初中毕业的全国劳模许振超通过读书，从一名二级工成长为高级技师的故事，讲述了著名企业家张瑞敏至今仍然坚持每周读两本书的故事，还讲述了青岛港各基层单位普遍设立的“职工书屋”，给包括工人发明家乔仑、全国五一劳动奖章获得者皮进军在内的青岛港职工们带来种种益处的故事。

40多家中央及地方媒体走进古城襄阳之后，《人民日报》《光明日报》《农民日报》《中国新闻出版报》《天津日报》《云南日报》等纷纷报道了农民作家周春兰的事迹，时任国家新闻出版广电总局党组书记的蒋建国在第七届读者大会的致辞中专门讲到湖北襄阳农村妇女周春兰，她从拾荒者手中得到一本《骆驼祥子》，由此对阅读产生了兴趣，并一步步走上文学创作之路，出版了长篇小说《折不断的炊烟》。在当今时代，我们每个人都要善于通过阅读不断增强生活本领，“穷则独善其身，达则兼济天下”，在管理好自身、照顾好家庭的同时，尽可能服务社会、奉献国家。

在福州，《新华每日电讯》记者尹平平集中笔墨，报道了退休老人陈松年回村创办“台屿老人协会图书馆”的故事，从2006年的10平方米、五六百本书，发展到2014年的170多平方米、1.8万册图书。2012年，这家书屋从福建省4400多个农家书屋中脱颖而出，成为全省9个先进农家书屋之一，并获得了“全国示范农家书屋”的称号。如今，陈松年老人的书屋成了附近中小学生课外阅读的“天堂”，而书屋固定的工作人员是7位年过七旬的白发志愿者。

《人民日报》记者虞金星在该报《金台随感》栏目发表了一篇言论《“学而时习之”新解》，文中描述了河南三门峡市一家县级医院的护理工作者胡瑞燕“终身学习”的故事：护校毕业后，她一边工作，一边参加自学考试并考取本科学历，又在业余时间攻读心理学博士。临近退休，她出于兴趣，开始从头学习医疗专业，年届五十，她还在时时追求“学而时习之”产生的那份愉悦。

李岩一家三口、许振超、张瑞敏、乔仑、皮进军、周春兰、陈松年、胡瑞燕……他们中有全总副主席、著名企业家、全国劳模，也有退休老人、家庭妇女、普通工人、农民、学生、进城务工青年，经过全民阅读媒体联盟记者们的深入挖掘和广泛报道，成为“书香中国万里行”活动中涌现出来的鲜活生动的读书榜样。对于每一座城市的百姓而言，从他们的乡亲、邻居中，从他们的身边人中发掘出的读书人物和读书故事，更加朴实、生动，可亲可敬，更加具有说服力和感染力。一个爱书人，可以带动一个社区，促进居民阅读兴趣的不断提升；一群爱书人，可以带动一座城市，加速群众阅读习惯的养成。

阅读推广，说到底要落实到“全民”，落实到“人”，“挖掘阅读典范，带动读者成长”作为“书香中国万里行”活动的另一个角色与功能定位，正是要寻找百姓身边的榜样。通过榜样带动，扩大读者群体数量，提高读者群体质量，从而推动实现“读者推广”的全民阅读战略基本目标。从政府到民间，在不同机构和人群中，种种推动全民阅读的手段和方法，经过媒体的挖掘、报道后，也被不断传播和积累，作为有效的思路和经验，在不同城市间被模仿、借鉴和推广。这也同样成为另一种“榜样的力量”。

整合多方力量　建构推广平台

营造书香氛围，掀起阅读热潮，挖掘阅读典范，带动读者成长——“书香中国万里行”活动在基本实现了上述角色与功能定位的前提下，根据全民阅读推广的目标要求，还有很大的提升与完善的空间。

国家图书馆出版社 2013 年 6 月出版的《阅读推广理念·方法·案例》一书中，结合中外学者们的意见，对“阅读推广”的概念进行了如下描述：所谓阅读推广就是激发人们对阅读的热爱，其目的在于使读者更好地阅读，推广个人阅读经验，发现阅读的快乐。阅读推广主要包括书籍推广、读者推广、阅读意识推广。

就“书籍推广”而言，全民阅读媒体联盟也已连续三年参与了由国家新闻出版广电总局发起和主办的年度“大众喜爱的 50 种图书”评选活动，2014 年度参与投票的读者超过 2500 万人。“书香中国万里行”活动所到之处，也向当地读者代表赠送了历届入选的“大众喜爱的 50 种图书”。

就“读者推广”而言，“书香中国万里行”活动每到一个城市，都要按照“进农村（牧区）、进社区、进校园、进军营、进企业、进机关、进家庭”的“七进”目标，针对不同读者群体进行采访报道，用典型带动读者的阅读参与。

就“阅读意识推广”而言，“书香中国万里行”所到之处，结合当地的书展和全民阅读工程等平台，举办“红沙发”系列访谈活动，借学者、政府官员、作家、读书明星之口，宣扬阅读理念，分享阅读心得，增强大众的阅读兴趣，培养读者的阅读能力。

如何在已经取得的收获与经验基础上扩大成果？随着 2015 年度“书

香中国万里行”活动的再次启动，更高的角色定位与目标选择摆在了中国全民阅读媒体联盟的面前。为了进一步拓宽视野，廓清方向，下面，笔者从《阅读推广理念·方法·案例》一书中挑选几个国外阅读推广的典型案例，与“书香中国万里行”项目进行对比分析。

如何加大“书籍推广”的力度，让更多的好书吸引读者，以带动阅读。

案例 1：奥普拉读书俱乐部

1996 年 9 月，美国著名电视节目主持人奥普拉·温弗瑞开播了一档名为《奥普拉读书俱乐部》的脱口秀节目，每月向电视观众介绍一本书，并邀请书的作者到节目中与现场观众交流，每本图书都由奥普拉自己挑选，不受商业因素左右。节目开播后，连续促成了几十本书畅销，销售量达几千万册，将近 1300 万人定期观看这档节目。美国由此也掀起了一股图书俱乐部热潮，在不同的社区乃至大学校园，形成了以文学为凝聚力的读者群体。同时，以商业利益为目的的图书俱乐部，也成为电视节目追随的时尚。

对比分析：“书香中国万里行”走到的城市，相关政府部门、党政领导、出版社、图书销售机构、电商等，纷纷从不同角度推出不同的图书榜单；中国全民阅读媒体联盟也已参与了年度“大众喜爱的 50 种图书”推荐活动，联盟成员单位中，报刊、电台、电视台、网站、移动媒体，大多也都有自己定期推出的图书榜单，联盟主办的“红沙发”系列访谈中，也常推介名人名作；为什么没有像奥普拉读书俱乐部那样，既带动了读者的阅读热潮，让文学成为时尚，又带动图书的热销，产生了巨大的市场价值？

借鉴奥普拉读书俱乐部的思路与做法，中国全民阅读媒体联盟在图书推广方面还可以发挥更大的作用。在“书香中国万里行”下一步的工作中，将联手作者、书评人、出版人、图书销售机构，借助广播、电视、报刊、网络、移动媒体的联合传播平台，通过联合品书、评书、荐书，聚焦于发掘、传播好书、好作者，有针对性地推荐给不同城市、不同类别的读者群，以期带动阅读，繁荣传统及数字出版，也扩大文化消费，让高雅文化成为一种时尚。在此过程中，积累经验，逐步形成一个或多个传媒平台上的著名荐书品牌栏目，在书籍推广方面发挥出不可替代的巨大作用。

如何针对不同的读者群体采取更加有效的阅读推广策略，实现“读者发展”的目标。

案例 2：“读吧！新加坡（Read! Singapore)”全民阅读推广活动

2005 年起，每年 5 月底到 8 月举行，每年侧重一个阅读主题，每年侧重面向不同的群体。比如，2005 年的主要推介对象是出租车司机，2006 年是美发师，2007 年是公务员和医药界人士，2008 年是医护人员、服务业人员及他们的顾客，2009 年是家庭与青年，2010 年是 15 岁及以上的国民，2011 年是 8 至 10 岁的儿童，2012 年是 7 至 14 岁的儿童。阅读书目的产生由网下精选和网上投票相结合，由专家和大众联合甄选。活动宣传则动用全媒体手段覆盖全民，并邀请部长、议员、播音员、歌手等担任阅读大使，比如 2008 年有声光碟中英文版本的前言由新加坡总理李显龙亲自录制，2010 年则由歌手孙燕姿来带动青年人阅读。同时，活动组织者还通过社交网站、移动媒体、电子书网站等与普通读者开展交流互动。

对比分析：“书香中国万里行”活动侧重于结合每个城市已有的阅读

推广活动和平台，围绕不同读者群，展开“七进一访谈”的采访报道活动，但目前还没有专门针对青少年、妇女、老人、企业员工、社区居民以及其他不同职业群体进行专门的推广活动。随着“书香中国万里行”活动的深入推进，一方面，我们仍然坚持以城市为单位，一站一站接力式地进行书香城市的采访、报道，营造书香氛围；另一方面，还可选择条件较为成熟的领域，比如大中小学校园，有针对性地组织相关学者、作家、出版人和作品，组团进入校园，开展主题性的“全民阅读校园行”活动。以此类推，还可以有全民阅读乡村行、社区行、企业行、军营行等等，带去针对性的阅读服务，进行针对性的采访报道，将书香文化传播与读者推广相结合。这样，在细分的读者群体中，媒体报道也更能挖掘有示范性的典范与经验，阅读服务也更具专业性和有效性。

如何整合社会力量，借助传媒手段，通过更加专业化的培训、研讨、交流和推广，激发读者阅读兴趣，使读者在选择文献、理解内容、阐释、分析、创新等方面的能力获得提高。

案例 3：阅读火箭（Read Rockets）

在美国，“阅读火箭”是一个利用多媒体进行文学素养教育的行动。它通过电视台、网络向人们提供信息和阅读资源，教导孩子如何学习，教导父母如何帮助孩子阅读。“阅读火箭”的活动内容通过华盛顿公共电视台播出，也可以通过网站在线观看或购买 DVD 观看。

“阅读火箭”充分利用电视媒体的力量来帮助家长、老师，使孩子成为一个更好的读者。“启动小读者”是“阅读火箭”在电视上播出的一个系列节目，面向 7 ~ 12 岁的儿童。其中，有一个节目通过真实记录几个孩子学习阅读的过程，为家长、老师提供辅导孩子的建议。

作为一个多媒体阅读推广工程，“阅读火箭”充分利用网站和手机进行宣传。读者可以在网站上看到研究性文章、教育专家给父母及老师的建议，还有各种关于阅读的在线视频，读者也可以订阅电子月刊，及时获取最新消息。“阅读火箭”还通过一些公共社交网站与读者互动。2011 年起，“阅读火箭”推出了手机版，读者可以通过手机随时访问其官网，获取服务信息。

对比分析：“书香中国万里行”活动开展一年来，先后邀请了柳斌杰、邬书林、聂震宁、朱永新等几位学者型官员、专家出任总顾问，邀请了姜军、张福海、张毅君、王岩镔、李军等中央部委主管新媒体、图书出版、数字出版、印刷发行及报刊业的相关司局负责人对活动策划和执行给予了指导，还邀请了一批作家、教育家、学者、出版家、媒体专家、阅读明星参与活动策划，并先后接受了“红沙发”高端访谈的采访。上述人士对于如何帮助读者提高阅读兴趣和阅读能力，都有着丰富的知识和经验。“书香中国万里行”活动走过了 7 个城市，同样也接触和采访到了大量对不同读者群的阅读兴趣与阅读能力进行培训的成功案例。如果我们把这些知识和案例通过文字、音频、视频等方式加以分类记录、整理，借鉴“阅读火箭”的推广模式，采用网络、移动媒体、电视及纸媒相结合的多媒体平台，针对不同读者群进行系统、分类传播；在此基础上，结合不同城市的具体情况，在各个城市巡回开展以“阅读兴趣与阅读能力”为主题的讲座、培训和研讨、交流活动，并逐步纳入“书香中国万里行”整体活动之中，坚持下去，应该可以取得不亚于“阅读火箭”的阅读推广成效。

概括起来，“书香中国万里行”活动在成功营造了浓郁热烈的书香氛围的基础上，需要进一步帮助读者找到好书，用“书籍推广”去带动阅读。在成功推出了一批批鲜活生动的阅读典范的基础上，需要进一步细分和扩大读者群，帮助好书找到好读者，用“读者推广”来扩大阅读。在“联合采访、联合报道、联合推介、联合评选”的基础上，进一步扩大战果，将学者、专家资源与不断积累的文字、音视频资料充分利用起来，围绕“读者阅读兴趣与能力的提高”这个关键点，同步开展专项培训与交流活动，帮助读者人群在扩大阅读数量的同时提高阅读质量。惟其如此，“书香中国万里行”活动才可以从一个书香氛围的营造者、书香文化的传播者，逐步成长为一个全民阅读推广的策划者、组织者、实施者和管理者，成为书香中国建设的一个综合服务平台。

万里书香路，青春伴我行。“行到水穷处，坐看云起时。”在万里征程的正前方，文化强国的梦想已如初升的旭日，在目光所及的地平线上喷薄而出，云蒸霞蔚，灿烂辉煌。

（2015 年 5 月 13 日《中国新闻出版广电报》）

连接阅读与童心的“天使之桥”

——“微笑彩虹·关爱特殊儿童公益活动”案例剖析

“你走过我们的眼睛，我们看见你仰望天空。天空是雨过天晴，晴天里还有一道彩虹。彩虹里有花朵，花朵里有笑容……”满头银发的儿童文学作家金波先生耄耋之年创作的这首公益歌曲《微笑的彩虹》，2017 年开始在少年儿童中广为传唱。从年初的北京图书订货会唱到了 4 月 23 日的世界读书日，从 7 月 14 日的江苏书展唱到了 8 月 24 日的北京国际图书节，时间和地点不停地变，不变的是唱歌和听歌的人充盈在心间的那份满满的感动。

伴随着这动听的旋律，“微笑彩虹·关爱特殊儿童公益活动”也从春到秋，从北京到江苏，出现在各个大型书展的现场，以出版带动公益，用阅读连接童心，构筑起了一座美丽温暖的“彩虹桥”。

从 2006 年开始，全民阅读活动走过了 10 周年，如今已上升为国家文化战略。中国新闻出版传媒集团 2011 年挂牌成立后，在国家新闻出版广电总局全民阅读活动组织协调办公室的指导下，牵头组建了中国全民阅读媒体联盟，并与联盟携手，陆续创办和承办了“书香中国万里行”巡回采访活动、全民阅读“红沙发”系列访谈活动、年度“大众喜爱的 50 种图书”推荐活动、“大众喜爱的 50 个阅读微信公众号”推荐活动。2016 年，在国家新闻出版广电总局规划发展司指导下，集团创办了“妈妈导读师”亲子阅读大赛系列活动。2017 年，在全民阅读活动持续蓬勃开展的第 11 个年头，集团与全民阅读媒体联盟再度联手，打造一个崭新的公益文化品牌——“微笑彩虹·关爱特殊儿童公益活动”。

2017 年年初至今，短短 8 个月时间，“微笑彩虹”活动从确定宗旨、设计方案到整合资源、落地实施、异地推广，初步形成了一套完整的公益文化理念和活动实施与传播方案，赢得了政府部门、传媒业、出版界、教育机构、社会公益与专业机构以及广大少年儿童和家长们的广泛认同、大力支持和积极参与。为了进一步提升“微笑彩虹”活动的品牌价值，扩大其社会公益服务效果，让更多的健康儿童和特殊儿童共同受益，有必要及时剖析一下迄今为止“微笑彩虹”活动相关案例在实施过程中的主要环节，总结经验与不足，以利于此项多彩而又温馨的公益文化活动逐步形成长效机制，让“微笑彩虹”走得更长久、笑得更灿烂。

出发点：用阅读的阳光温暖每一颗童心

国家新闻出版广电总局在 2016 年 12 月 27 日发布的《全民阅读“十三五”时期发展规划》中明确提出要大力促进少年儿童阅读：“推动全社会共同创造、维护少年儿童良好阅读环境……支持和帮助中小学生参加校外阅读活动，开展少儿阅读推广活动。”规划还专门指出，要“切实加强针对残障人士等困难群体、特殊群体的阅读服务，保障其基本阅读需求”。

根据规划的要求，少年儿童是全民阅读活动重点服务的对象，而少年儿童中的特殊群体——残障儿童，满足他们的阅读与文化交流需求，就更应该是我们举办公益文化活动的任务、目标了。按照这个思路，“微笑彩虹·关爱特殊儿童公益活动”初步方案的出台就水到渠成了。

我们把目光首先聚焦在了被称为“来自星星的孩子”——自闭症儿童群体的身上。研究报告显示，我国目前自闭症患者总数超千万，其中有约200万名儿童，他们的生活、学习情况堪忧，非常需要社会的接纳与关爱。

这么多患有自闭症的少年儿童，虽然他们日常与人交流存在着障碍，但他们与常人一样，也拥有享受阅读快乐的权利，也盼望通过阅读，与他人、与这个世界建立交流与联系。

2017年1月14日，我们把首次“微笑彩虹”活动带到了北京图书订货会的现场。在互联网时代，北京图书订货会除了继续发挥其展示出版成果、拓宽市场渠道的价值引领作用，还成为了开展全民阅读的重要的国家级平台。正如中国出版协会理事长柳斌杰所言：“全民阅读的核心精神是服务人民群众，惠及阅读人群，培育社会主义核心价值观，提高全体人民的科学文化素质。”

“微笑彩虹”公益活动的出发点，在这里找到了明确的交汇点。

我们把100多位来自北京的小学生、教师和家长朋友们请到了现场，与自闭症儿童们一起交流。本次“微笑彩虹”活动的焦点，是北京小学葵花五班几十位小学生的情景剧表演，改编自作家刷刷的同名小说《向日葵中队》。小演员们的表演，以积极的正能量，将自闭症儿童生活苦难背后的真情与感动展现在舞台上，“书香里有诗意，书香里有光亮……”当剧末主题歌曲响起时，现场观众们不由得潸然泪下。

与此同时，我们还特邀了相关专家学者——中国青少年研究中心少年儿童研究所所长孙宏艳，《守望星星的孩子：来自中国孤独症群体的报告》一书的作者、作家聂昱冰，等等，现场举办了关于自闭症儿童的科普讲座。

艺术与科学手段双管齐下，目的只有一个：让现场观众全方位地了解和接纳特殊儿童群体的生活、学习现状，再通过全民阅读媒体联盟的全媒体传播，引发社会关注，呼吁和带动更多的出版界、文化界及社会各界人士，积极援手，帮助特殊儿童改善其阅读和学习环境，让他们感受温暖和微笑，告别孤独与寂寞，分享与健康儿童一样的阅读快乐。

在传播与普及"关爱特殊儿童"公益理念的基础上，我们致力于携手改善特殊儿童的阅读条件。2017 年 4 月 23 日的北京书市上，中国全民阅读媒体联盟副秘书长、人民日报政文部文化组组长张贺代表联盟向河北省三河市新知行心智障碍者服务中心捐赠"微笑彩虹小书架"。7 月 14 日，在江苏书展"微笑彩虹"活动现场，江苏省新闻出版广电局局长焦建俊代表活动组委会向苏州蜗牛智障人群服务社颁发"微笑彩虹社会活动基地"牌匾。8 月 24 日，在北京国际图书节"微笑彩虹"现场，中国少年儿童新闻出版总社、中信出版集团、化学工业出版社、接力出版社、明天出版社、四川少年儿童出版社、江苏少年儿童出版社、二十一世纪出版社的社长、总编辑们集体为北京听力障碍儿童捐赠了图书，北京市新闻出版广电局局长杨烁在活动现场说，"微笑彩虹"让特殊儿童感受到来自社会的爱，让特殊儿童的天空挂满微笑的彩虹。

概言之，"微笑彩虹"的第一步，就是让社会了解和关注包括自闭症、智障、聋哑等在内的特殊儿童，伸出援手，改善他们的阅读、学习乃至生活条件与环境，用阅读的阳光去温暖每一颗童心。

落脚点：为特殊儿童开启一扇心灵之窗

“微笑彩虹”公益活动，不仅要让社会各界关爱特殊儿童，还要站在孩子自身的角度和立场，为特殊儿童打开一扇面向社会、面向外部世界的心灵之窗，让他们打开心扉，坦然展示自己的长处与才干，平等积极地与同龄的健康儿童交流、相处，勇敢地表达自己，改善和健全身心，早日融入社会——这应该才是“微笑彩虹”活动的第二步目标和落脚点。

在今年年初北京图书订货会的“微笑彩虹”现场，我们专门邀请了10余位自闭症儿童当场作画，走上舞台，把他们的现场画作赠送给公益活动的志愿者们。捧着自己的作品合影时，这些孩子大多都露出了发自内心的微笑，一脸的自豪和自信。8月24日，在北京国际图书节“微笑彩虹”的活动现场，一位来自北京的听障小朋友表演了经典诵读《沁园春·雪》，不知情的观众丝毫听不出这样声情并茂的朗读出自一位听障儿童。“微笑彩虹”公益大使、北京电台著名节目主持人小雨姐姐现场讲述了她的经验。她连续7次去过同一所自闭症儿童学校，第七次去的时候，有个孩子主动和她打招呼。一旁的老师激动得快哭了，告诉她：孩子如果能主动和你打招呼，说明他真的喜欢你。小雨姐姐的收获，也正是“微笑彩虹”活动希望能够从特殊儿童身上得到和看到的惊喜回馈与良好变化。

其实，“微笑彩虹”为特殊儿童打开了一扇看世界的窗，有收获的不只是窗内的特殊儿童。健康儿童通过参与“微笑彩虹”公益活动，也有了不一样的体验和收获。在年初的北京图书订货会上，一位参与“微笑彩虹”活动的小学生表达他对身边自闭症儿童的印象：“我们都一样啊，都有一个脑袋和一个身子”。在7月14日江苏书展上，参加“微笑彩虹”活动的南京市小学生陈卓妍这样表达她对特殊儿童的认知：“我们都是花，只不过花期不同”。

“自闭症的孩子有灿烂的笑容，但是不能告诉我们，他们是快乐还是忧伤。他们不聋，但是对我们听而不闻；他们不盲，但是对我们视而不见。他们像天使落在人间。如果大家能认识到这是自闭症儿童正常的表达方式，就能够更好地接纳他们。”中国康复研究中心自闭症治疗中心李华钰在 4 月 23 日北京书市的“微笑彩虹”活动现场向与会嘉宾和小学生朋友们这样介绍。

中国关心下一代工作委员会副秘书长、中国关心下一代教育基金会学前教育工作者联谊会会长李启民表示，希望通过阅读这个平台让更多的人学会和特殊儿童相处，同时也希望特殊儿童能在爱的彩虹下微笑成长。

是的，对于独生子女一代的健康儿童，“微笑彩虹”也同样为他们打开了一扇窗，让他们能够接触和了解到同龄人中特殊儿童群体的存在，让他们懂得，如何平等地与这些特殊儿童相处，接纳他们，如何去关爱和帮助别人，如何正确妥当地表达自己的善意与爱心。在无形之中，培养这一代健康儿童的同情与悲悯之心、友爱与善良之性。毫无疑问，这也是健康儿童的家长和老师们所乐于见到的结果。

今年以来，在北京举办的“微笑彩虹”系列公益活动中，北京小学葵花五班的孩子们被授予了“微笑彩虹公益小天使”的称号。北京小学生代表范怡书宁向全市少年儿童发出倡议，呼吁孩子们给孤独一个爱的拥抱，给寂寞一个爱的微笑，呼吁更多的健康少年去关爱特殊儿童。

当然，“微笑彩虹”活动中有感悟、有收获的，不仅仅是孩子们。

国家新闻出版广电总局副局长吴尚之亲自出席“微笑彩虹”在北京国

际图书节上的启动仪式，以示支持；著名出版家、作家、阅读推广人聂震宁多次参加“微笑彩虹”活动并担任公益大使；著名作家高洪波、金波、海飞、白冰、曹文轩、樊发稼、沈石溪、汤素兰、杨红樱、伍美珍、曹文芳、冰波、刷刷等，他们或专门为“微笑彩虹”创作诗歌、歌曲，或亲自到场助阵，或发表视频寄语，为公益活动擂鼓助威，不遗余力。

擅长创作动物小说的作家沈石溪作出了如此评价：“微笑彩虹”就是传递爱、传递信心、传递勇气和传递力量。我们每一个人都是一颗水珠、一片绿叶。每一颗水珠，都能反射阳光，每一片绿叶，都能凝聚撑天。千千万万的水珠才能汇聚成江河、湖泊，千千万万的绿叶才能形成森林、绿洲。

中国作家协会副主席高洪波从阅读的角度发表寄语：对“微笑彩虹”活动表示真诚的支持，希望特殊孩子们能通过阅读拥有一个自己特殊的世界，美丽而奇幻。让他们的人生和阅读一样，充满着丰富的可能性。

作家白冰从出版的角度寄语：我们要用更多的好书，温暖特殊儿童的心灵，让他们放飞童心、放飞理想，让他们成功和快乐。每一个人都有他的一片蓝天，每个人都有他的彩虹。让我们为这些孩子搭建他们飞向理想、飞向未来的彩虹之桥。

仅仅列举三位作家对于“微笑彩虹”的寄语和感悟，我们就会发现，一方面，阅读的神奇力量的确能够带动公益事业的进步；而另一方面，公益的伟大精神同样可以推动阅读和出版更好地成长与发展。

透过“微笑彩虹”这扇公益的窗口，作家、出版人以至于每一位普通的读者、公民，都会感受到一种力量的存在，那就是——如果我们每个人都可以用一种伟大的公益精神，去做一点力所能及的小事情，那么这个世界的苦难与哀伤就会越来越渺小。

着力点：搭建一座长久美丽的“天使之桥”

“微笑彩虹”活动在国家新闻出版广电总局的支持和社会各界的帮助下，初步形成了一个围绕“关爱特殊儿童群体”为主题的阅读文化公益品牌。如何形成长效机制，长长久久地走下去，不断完善公益理念、活动内容和表现形式，更好、更多地惠及广大少年儿童和服务于少年儿童的出版与阅读事业，面向未来，我们还需要系统分析、深入思考，拿出更完整的解决方案。与此同时，在全民阅读国家文化战略从“倡导”走向“大力推动”的时代背景下，阅读公益活动需要更加地突出针对性、时效性，落地、落实、落细、落小，这也是指导我们推动“微笑彩虹”活动向前发展的主要思考方向和工作着力点。

韬奋基金会理事长聂震宁先生指出：“微笑彩虹”活动是全国新闻出版广电行业人士，在全民阅读的大背景下，用公益阅读行动搭建起的一座健康孩子与特殊孩子之间友好向上的“彩虹桥”。

下一步，该如何让这座彩虹桥更宽大、更稳固、更长久、更美丽地矗立起来，进一步发挥她在出版与公益、阅读与童心、特殊儿童与社会之间的连接沟通、交流互动、互助成长的良好而巨大的作用呢?

回首来时路，剖析过往的实操案例，面向未来，从大处着眼，往细处落实，我们提出如下改进与提升的初步思路。

其一，以科学的精神优化和传播公益方案。

在“微笑彩虹”公益大使团的基础上，筹备组建由作家、出版家、教育家和特殊儿童问题研究专家、康复治疗专家等人士组成的专家顾问团。

围绕不同类别特殊儿童的阅读与学习需求，逐步形成有针对性的阅读扶助方案，并通过讲座、媒体传播等方式，告知社会，传达给出版界、文化界和社会各界。

以此方案为依据，优化“微笑彩虹”公益活动的具体内容和形式。

甄选合适的专家和新闻人、出版人，担任“微笑彩虹”公益讲座志愿宣讲人，录制视频短片，借助移动互联网传播。

其二，以艺术的手段团结和凝聚公益团队。

联合学校和社会公益机构，筹建“微笑彩虹少年儿童公益艺术团”，由健康儿童和特殊儿童共同参与组建，利用寒暑假和法定节假日，举办“关爱特殊儿童”公益主题演出。

推选健康儿童中的“微笑彩虹小天使”，结合公益演出，请小天使上台交流参与公益活动的收获与感悟。

推选特殊儿童中的“微笑彩虹小天使”，参与公益演出及交流活动。

其三，以专业的机制搭建和完善公益平台。

联合韬奋基金会等公益机构，筹备组建“微笑彩虹公益基金”，募集企业善款，持续地投入到扶持与帮助特殊儿童阅读条件的公益事业之中。

其四，以儿童出版带动儿童公益，以出版传播推广阅读公益。

联合儿童文学、儿童科普作家、出版家，更加有针对性地创作和出版适合特殊儿童阅读的作品，也帮助特殊儿童出版他们的文学创作与绘画作品，结集出版“微笑彩虹”系列丛书，借助全民阅读媒体联盟进行聚焦传播，在丛书的基础上策划拍摄纪录片、专题片，创作影视作品，进一步弘扬公益精神。

其五，以系列公益活动的协同配合服务行业发展大局。

及时向国家新闻出版广电总局汇报公益活动的进展与困难，进一步获得政府部门的支持和帮助；联络地方政府部门和社会公益机构，把“微笑彩虹”活动推向全国；与“书香中国万里行”、全民阅读“红沙发”访谈、“妈妈导读师”亲子阅读大赛等相互配合，团队作战，协同增效，让全民阅读与儿童公益活动相得益彰，共同服务于国家新闻出版事业的发展大局。

如果说天堂是图书馆的模样，那么，“微笑彩虹”就是一座名副其实的“天使之桥”。她一头连着全民阅读，一头连着特殊儿童，高挂在中华文明湛蓝色的天空下，持续地绽放出天使般的迷人微笑。

（2017 年 9 月 5 日《中国新闻出版广电报》）

桐花万里丹山路

——“妈妈导读师”活动现状与前景分析

有人说，天堂的模样就像图书馆，而天使的模样，就是宝宝们埋头读书的样子。“妈妈导读师”系列公益活动，让年轻的父母带上纯真的“小天使”们，聚集在舞台中央，讲故事、读绘本、秀表演，一起分享亲子共读的快乐时光。那一份温暖与幸福，感染着现场的每一个人，相信这就是置身于天堂般的美好感受。

2016 年至今，由国家新闻出版广电总局规划发展司指导、中国新闻出版传媒集团主办的“妈妈导读师”亲子阅读大赛，从筹划到实施，短短 17 个月的时间里，累计完成大小 10 余场比赛，在全国设立了 3 个分赛区、137 个分赛点，数万家庭参与，在全国范围内掀起了一波又一波以引导和推动少年儿童阅读为主旨的公益文化示范活动的热潮。一时间，报名参赛者络绎不绝，活动现场人气爆棚，舞台上下异彩纷呈，媒体跟踪报道持续不断。

值此全民阅读国家文化建设工程迈入第二个 10 年之际，2017 年 3 月，国家新闻出版广电总局工会、总局妇女工作委员会与中国新闻出版传媒集团联合发文，宣布联合举办总局职工 2017 年度亲子阅读大赛，内容包括总局职工家庭辅导 0 ～ 12 岁子女进行亲子阅读、职工与子女共同表演原创亲子情景剧，专家推荐“妈妈导读师——总局职工亲子阅读图画书”书目，开展“妈妈导读师”总局职工亲子阅读状况调查等。作为全民阅读国家文化战略的主要推动部门之一，总局职工率先以自身的实际行动，来践行党中央、国务院“大力推动”全民阅读的倡导与部署。全民阅读，从娃娃抓起；亲子共读，从父母做起。

2017 年 5 月，中国新闻出版传媒集团以“妈妈导读师”活动为蓝本撰写并申报的“‘书香童年’亲子阅读全媒体传播平台”项目，获批成为国家新闻出版广电总局改革发展项目库 2017 年度入库项目。

“妈妈导读师”活动为何能够在短时间内聚集如此热烈的人气、吸引众多媒体的关注、初步形成良好的口碑和较高的品牌价值、获得了年轻父母和孩子以及政府部门的双重认可呢？作为聚焦于亲子阅读的公益文化活动，下一步的发展方向在哪里？以此为基础申报的“亲子阅读全媒体传播平台”，前景究竟如何？

梳理“妈妈导读师”一年多来的实践经验与得失，直面未来可能遭遇的困难与瓶颈，规划项目中长期的成长目标与任务，透过热闹的活动表象去把握公益事业背后的本质与规律，主动自觉地思考与探索解决上述问题的路径与答案，才能推动这项活动做得更实、更稳，走得更长、更远，从公益活动成长为可持续运行的稳定项目，从传播平台成长为可奉献终生的长久事业。

现状与成效

形成模式

初步形成了一套满足儿童需求的亲子阅读活动推广模式。“妈妈导读师”活动以比赛的方式展开，比赛的第一部分“亲子阅读”环节：主要考察家长对儿童阅读的引导能力、家长对儿童心理规律的把握能力、儿童语言组织能力、父母与子女之间的互动性、亲子风度仪表等，用时不超过5分钟。比赛的第二部分“原创亲子情景剧”：主要考察家庭的创作能力、合作能力和表演才能，要求参赛家庭展开奇思妙想、自编完整的童话故事并亲自表演，鼓励运用童谣、儿歌、儿童画等多种元素，可以自带音乐、道具、化妆、助演，用时不超过5分钟。

比赛设置了专家点评环节，引导父母提高导读能力，鼓励儿童提高阅读兴趣，帮助家庭挑选更合适的亲子读物。从现场效果看，台上台下热烈互动，妙趣横生，其乐融融。

在时间安排上，活动分为视频海选、初赛、复赛、决赛4个阶段，每年举办春夏秋三季复赛，冬季举办年度总决赛。

“天下大事，必作于细。”经过一年多的运行磨合，“妈妈导读师”初步形成了一套内容较为清晰完整、形式较为活泼简洁的活动模式，具备了在各省市不同时间、空间范围内不断复制、拓展的能力。活动基本把握住了亲子阅读的规律与要求，针对儿童的心理特点，充分营造活动现场的欢乐氛围，精心设计比赛的考查要点，深受年轻父母与孩子们的欢迎。活动因此也成功地凝聚了一批批年轻家庭，成为“妈妈导读师”的热情参与者和组织者，亲子阅读活动内容逐步深入人心。

亲子阅读专家顾问团对“妈妈导读师”活动的总体评价是三个词：用心、专业、欢乐。

打造品牌

初步打造了一个有着广泛知名度的全民阅读公益活动品牌。一年多来，

《人民日报》、新华社、《光明日报》《中国文化报》《中国妇女报》《中国教育报》《父母必读》、今日头条、北京电视台、新浪网、凤凰网等媒体对“妈妈导读师”活动进行了持续的跟踪报道。复赛阶段，优酷视频对活动进行现场直播。针对海选阶段的视频内容，腾讯视频开设了专门频道予以播报，数万家庭同时在线观看。“妈妈导读师”的微信公众号进行了线上投票。

中国新闻出版传媒集团旗下的《中国新闻出版广电报》还拿出专版进行图文并茂的深度报道，中国新闻出版广电网、中国新闻出版广电报微信公众号在网络、移动端同步进行转载和重点报道。

赛事所至，京外各地媒体机构也纷纷追踪，予以重点报道。

通过全媒体的新闻宣传以及移动视频的录播、直播，“妈妈导读师”的品牌知名度和影响力大幅度提升，线下活动与线上新媒体传播的密切结合与频繁互动，使得亲子阅读的理念和方法，在全国范围内得以更广泛深入、更加具体生动地展示和普及，有力且有效地推动全民阅读文化战略从“倡导”走向“推动”。在此方面，“妈妈导读师”正在成为一个逐步走向成熟的全民阅读公益实践与有效传播的品牌案例。

搭建平台

初步搭建了一个亲子阅读的全媒体运营与传播平台。在“妈妈导读师”一年多实践的基础上，中国新闻出版传媒集团在国家新闻出版广电总局规划发展司的指导帮助下，设计规划了“‘书香童年’亲子阅读全媒体传播平台”项目方案，并着手付诸实施，从开展公益文化活动向建设全媒体的运营与传播项目平台迈出了关键的一步。

首先，平台正在成为社会资源整合者和公益活动推动者。平台不断地把“妈妈导读师”公益活动开展过程中所聚集的亲子阅读视频、图文资源进行分类、整理、分析、存储，支持、示范，引导公益活动以线上线下持续互动的方式在全国范围内持续地复制和放大。平台上的亲子阅读内容资源不断提质增量，持续地分享给更多的父母、儿童、作家、出版人、学者、教师、教育机构、媒体、政府机构、公益机构、企业、亲子阅读社会组织，带动更多的社会资源投入亲子阅读的公益活动。当然，平台的第一个立足点还是服务和引导千千万万个家庭、父母和孩子参与进来。以此为出发点，吸引更多的社会力量共同推动书香家庭和书香社会的建设成长。

其次，平台正在成为亲子阅读内容供应商的引领者和少儿出版产业的推动者。平台不断地收集、整理、分析、甄别，对优秀的亲子阅读出版物优秀作者、优秀出版社予以跟踪、推荐、评介，集纳政府部门、专家学者、出版机构、销售环节、社会调查及评价机构等各方的智慧和资讯，与亲子阅读的实际文化消费数据、资讯进行对比、互鉴，让更多的家庭和孩子，可以更加方便、精准地选择自己喜爱和适合的精神食粮；而亲子阅读产品供应与需求两方面资讯的不断对接、互动，既服务和提升了亲子阅读的文化消费，也刺激和促进亲子阅读产品创作与出版的供给侧改革。平台在聚集资源推动公益事业、推动全民阅读的同时，也有效地带动了本土少儿出版业及相关文化产业的成长。

再次，平台自身正在成为独立于亲子阅读内容出版者与文化消费者之外的第三方监测、评价与服务机构。平台正逐步建立和完善亲子阅读细分市场的评价体系与行业价值标准，在服务与引导文化生产、文化消费的同时，也引领和规范亲子阅读的第三方公益及经营性机构自身的成长与完善，把握行业与市场规律，沿着正确的方向，积极、快速地发展壮大。而最终的目标与结果，则是少儿出版者、文化消费者与第三方服务机构一起携手，共同推动健康温馨、科学完善的阅读理念、阅读方法与阅读风尚，逐步渗透到每一个家庭。

问题与瓶颈

不可否认，由于亲子阅读观念的模糊、阅读方法的匮乏，许多父母把自己的孩子交给了平板电脑、手机等“电子保姆”去“照看”，错过了亲子共读的宝贵时机。不仅如此，审视亲子阅读的上下游链条，我们发现还有诸多问题与瓶颈急需解决——

内容参差：亲子阅读所需要的儿童读物数量庞大，但内容质量参差不齐，鱼龙混杂，需要仔细甄别，按照不同年龄阶段儿童的阅读需求进行推荐。需要更多的本土优秀作家参与进来，创作更多、更好的本民族原创儿童读物，逐步缩小与海外引进的高质量儿童出版物之间的差距。

引导不足：社会上也不断涌现出一些公益性或经营性的亲子阅读机构，服务能力与水平也参差不齐，缺乏有效引导、监督与评估，难以鉴别优劣。许多父母参与亲子阅读活动的热情逐渐高涨，但缺乏作为“导读师”的专业知识与技能，有的急于求成，欲速则不达，甚至误入歧途，缺乏专业化的培训与引导。社会各界对于亲子阅读的了解在广度和深度方面都不够，媒体的传播与报道还大量流于表面的现象与热闹，缺乏深度的剖析与引导。

路径不清：社会各界发起的各种亲子阅读活动与项目本身，无论是公益性活动还是经营性项目，社会认知不够、经验匮乏、运营模式不成熟、资金瓶颈、专业人才不足等方面问题的普遍存在，导致此类活动与项目缺乏规模化、长期化的发展后劲，成长路径不清晰，前景较为模糊。

方向与前景

坚守公益

面向社会，“妈妈导读师”需要不改初衷，坚守其公益文化活动的内容定位，坚持线下“做精”，线上“做广”，立足推动全民阅读走进家庭，充分满足引导父母、服务儿童的亲子共读需求。在国家新闻出版广电总局的指导下，中国新闻出版传媒集团要勇于承担起文化央企的社会责任，努力把“妈妈导读师”打造成为中国亲子阅读活动运营与传播的第一公益品牌。在活动本身成为标杆示范的同时，充分利用集团的全媒体传播能力，面向社会和家庭，最大限度地传播理念、推广方法，崇尚公益，造福社会。

著名出版家聂震宁在他的《阅读力》一书中说，家庭阅读，不仅可以从小培养起孩子的阅读习惯，还可以唤起家庭的温情，培养亲情，陶冶孩子的情操。毫无疑问，“妈妈导读师”的初衷，也在于此。

优化生态

面向行业，“妈妈导读师”活动要借助“‘书香童年’亲子阅读全媒体传播平台”项目的启动建设，努力构建“亲子阅读内容需求大数据”“亲子阅读少儿出版大数据”，并以此为基础，建立供求双向互动的“妈妈导读师”全国少儿读物荐书、评书榜单体系。通过大数据分析，叠加读者品书委员会、专家荐书委员会的综合推荐，动态反馈和引导少儿读物的创作、出版和阅读消费，激发创作、繁荣出版、服务阅读，用客观公正的数据说话，以积极、完善的服务推动，优化内容，强化引导，共同构建健康和谐、良性成长的“亲子阅读生态圈”。

资深儿童阅读推广人海飞一直呼吁：阅读对于创作和出版的推动不可低估，在我国向少儿出版强国迈进的历史进程中，少儿出版期待着儿童阅读的“上溯推动”——“妈妈导读师”的所有努力，就是对功绩卓著的老一代少儿出版人海飞们的致敬和回应。

双效并举

面向市场，“妈妈导读师”要最终建立起“双轨运行、双效并举”的运行机制与实现路径。在“‘书香童年’亲子阅读全媒体传播平台”初步建成的基础上，将公益文化活动的内容保留在中国新闻出版传媒集团的综合职能部门，继续运用文化央企举办公益事业的体制机制优势，建立专项公益基金，推动活动循环开展，创造社会效益。引入市场机制，将亲子阅读全媒体传播平台的可经营性资源、可经营性业务进行剥离，组建独立的市场运营机构，整合亲子阅读产业链上下游的市场资源，打造一个独立于少儿读物创作出版方与阅读消费方之外的亲子阅读第三方综合服务市场平台，公益的归公益，市场的归市场。在政府部门“看得见的手”的有效扶持与推动下，先扶上马，再送一程，然后，让市场化的动力机制更长久地推动亲子阅读的伟大事业能够持续健康地发展下去。

“桐花万里丹山路，雏凤清于老凤声。”今天的中华大地上，从城市到乡村，从灯下到窗前，千千万万个家庭、千千万万个年轻父母，正是在“妈妈导读师”这样的公益文化品牌活动的带动下，大手牵小手，引领着更加年轻的下一代，快步行走在“桐花万里”的亲子阅读之路上。那清澈爽朗的书声与笑声，昭示着我们这个民族，正在迎接一个更加朝气蓬勃、青春明媚的未来。

（2017 年 6 月 21 日《中国新闻出版广电报》）

黑土地上的文化地标

——黑龙江出版集团产业创新探访记

新春伊始，黑龙江出版集团便传出好消息。黑龙江出版传媒股份有限公司所属99家单位的国有资产产权变更和出资人工商变更手续全部完成，股份公司成功引进战略投资者，实现股权多元化，改制重组的阶段性任务圆满完成。黑龙江出版集团董事长李久军宣布：2017年，股份公司要在新的起点上，全面完善现代企业制度，优化法人治理结构，利用国家相关利好政策，推动上市融资，进一步实现文化产业平台的创新升级。

刚刚过去的一年里，黑龙江出版集团喜讯不断：龙版精品图书硕果压枝，新媒体建设“网势”如潮，数字校园、绿色印刷、对俄合作捷报频传。与此同时，黑土地上不断壮大的“新书店家族”也受到全国同行的高度关注。果戈里书店成为黑龙江名副其实的文化名片，国家新闻出版广电总局副局长阎晓宏专程赶赴黑龙江考察。一路之上，对集团的书店建设赞不绝口，寄予厚望。

地处相对偏远的边疆地区，黑龙江出版集团是如何做到与时俱进、在产业变革中持续创新且又佳绩连连的呢?《中国新闻出版广电报》记者近日深入黑龙江出版集团一探究竟。

痴心不改：做有灵魂的“城市书房”

黑龙江出版集团一以贯之，每年都要精打细算，挤出钱来投入，完成10家左右所属书店的升级改造。

位于黑龙江省齐齐哈尔市卜奎大街80号的鹤之魂绿色书店，上下两层1100多平方米的店堂里像赶大集一般热闹，还在放寒假的中小学生和家长们各取所需，或流连于图书卖场、儿童绘本馆，精挑细选；或聚集在鹤舞茶馆、鹤鸣书咖，边读边饮边聊。在阅读活动区，一场声情并茂的“小小朗读者”现场表演正在进行，诗歌、散文、童话，你方唱罢我登场，两岁的唐心毫无惧色地登台背诵了“两个黄鹂鸣翠柳，一行白鹭上青天……”的诗句，赢得满堂喝彩。

书店墙面上悬挂的牌匾，数一数竟有7块之多：青少年阅读基地、读者俱乐部、少数民族少儿合唱基地、达斡尔族文化活动基地、鹤文化文学研究实践基地、儿童国学培育基地、少儿书法绘画创作基地。书店因地处世界闻名的丹顶鹤之乡和中国绿色食品之都而得名，也是黑龙江西部地区规模最大、辐射大兴安岭及内蒙古东部地区兼具少数民族特色的综合性书店。2016年6月下旬，在原新华书店老店的基础上，经过7个月的升级改造，鹤之魂绿色书店盛装亮相。书店在原有单一售书的功能上增加了人文休闲、互动体验、现场阅读、文化传播、讲座培训等服务内容，力图成为齐齐哈尔的文化新地标。

齐齐哈尔市新华书店总经理杨国田告诉记者，鹤之魂绿色书店升级改造的设计方案是他拟定的，以“鹤舞九天，书香万家”为主题，利用鹤城独特的文化资源，优化购书环境，增强阅读体验，融入休闲文化服务和鹤文化旅游纪念品、地方特色产品等时尚与地域文化元素，简约而不简单。到 2016 年年末，新书店开张 6 个月，已接待读者近 10 万人次，举办国学讲堂、亲子阅读等文化活动 100 余场，微信平台关注人数近 2000 人，半年时间的销售额超过了 2015 年全年，同比翻了一番多，真可谓社会效益、经济效益双丰收。

据杨国田介绍，齐齐哈尔市新华书店 9 家县级门店和 2 家直属门店，都与黑龙江省店实现了连锁经营，在黑龙江出版集团的统一部署下，创新经营模式和营销方式，大量引进与文化、图书高度关联的新业态，要建设成为鹤城百姓身边有内涵、有灵魂的“城市书房”。

齐齐哈尔的“城市书房”只是黑龙江出版集团“新书店家族”系列的基本标配。被誉为“中国最美欧式书店”的哈尔滨市果戈里书店，从外表到内涵，充满着纯正而浓郁的俄罗斯风情，书店与俄罗斯教育机构联合建立“中俄青少年文化艺术交流基地”，举办果戈里作品研讨、俄罗斯青年芭蕾舞展演等活动，而类似的文化活动平均一年竟然达到 500 余场。被称为“最美国门书店”的黑河市普希金书店，在其转型升级重装开业之时举办了普希金诗会，店内的全民阅读网络电台也同时开播，定期向中国读者推介俄罗斯经典文艺作品，这也是中国首家由实体书店创办的网络电台。牡丹江书城则立足于“打造中国最美新华书店”，创建“城市阅读文化体验空间和生活美学空间”，2016 年 6 月中旬开业之初就自豪地宣布：牡丹江书城是黑龙江首家营业到午夜零点的实体书店，是中国首家引进俄罗斯面包工厂的实体书店，是中国首家拥有“机器人天才学院”的实体书店。该书城负责人宣称，要从卖书转向卖文化，从卖文化转向做文化……

夜幕之下，李久军站在人流不断涌进涌出的果戈里书店门口对记者说：

“是文化的独特魅力，把读者和中外游客吸引到了这里。”黑龙江出版集团拥有百余家实体书店，网点遍布全省城乡，自2014年10月果戈里书店开张营业以来，集团一以贯之，每年都要精打细算，挤出钱来投入，完成10家左右所属书店的升级改造，并尝试进军电子商务领域，利用实体店、网店、移动端及社交平台多种渠道，进行线上线下融合，建立以消费者为中心的全渠道零售模式，覆盖黑龙江的新书店连锁，正逐步成为集文化休闲、互动体验、智能化服务、信息化管理、在线支付等多业态融合、一体化服务的现代复合式“城市书房”和“智慧书城”。2016年7月，黑龙江教育出版社适时推出了《书店革命》一书，全方位地解析新型书店建设的“秘籍”，而黑龙江书店业的创新实践，一定意义上也引领了全国“书店革命”的热潮。

总局副局长阎晓宏寄语黑龙江“书店新家族”时说：“永远保持创新状态，发挥社会服务功能，推动黑土地上的全民阅读。”

匠心独运：做有品质的图书报刊

黑龙江出版集团一班人的匠心独运，推动了有质量、有营养的龙版精品书刊如雨后春笋般不断面世。

黑龙江出版集团古朴宁静的办公室里，李久军如数家珍般地列举起了他所钟爱的龙版精品项目：2016年，黑龙江出版集团又有18个项目入选“十三五”国家重点出版规划，《邓散木全集》《中国边疆研究文库·海疆卷》等4种图书入选2016年度国家出版基金资助项目，《中国养父母历史档案》《来自日本的和平之声》等5种图书入选国家出版基金主题出版项目，《一棵长满信的树》入选“大众喜爱的50种图书”，“我们的家园·环保科普”丛书入选“向全国青少年推荐的百种优秀图书”，《疯狂的十万个为什么》等 3 种图书入选全国优秀科普作品，“法治文化”系列丛书入选 2016 年主题出版重点出版物选题……近年来，黑龙江出版集团荣获各类国家级奖励和项目支持的图书已达百余种，获国家出版基金资助图书达 26 种。龙版精品图书的规模与品质，已经达到了前所未有的新高度。

这样的一份炫目的成绩单，得益于李久军提出的“以项目促出版”的发展策略。在他的心目中，项目可以成为一个支点，撬动文化资源、人才资源，凝聚力量，集思广益，既可促成精品，还能优化机制，带动队伍，催生一种强劲的发展动力。在此思路的引领下，黑龙江出版集团各出版社全面掀起精品“项目潮”。

黑龙江出版集团还时时深入市场一线，积极组织所属出版社参与北京国际图书博览会、北京图书订货会、东京国际书展、上海书展等各类展会，先后举办了“怎样让旅行遇见文化”等宣传推介活动，形成了一系列面向市场的出版合作项目。在黑龙江省委、省政府支持下，黑龙江出版集团还承办了第四届全国出版物馆配馆建交易会，全国 600 余家出版机构参展，展示新书 12 万余种，现场采购总额超过 3 亿元。展会期间，黑龙江出版集团仅与北京人天集团就签署了上亿元的图书采购项目协议。

为了有效应对报刊发展严峻形势，集团所属格言杂志社全面推行了编辑、发行机制改革，严格实行绩效薪酬制度，员工由刊社发工资改为自己挣工资。同时多方打开销售市场，亖点推出了《格言（校园版）》，将受众群体逐步向各年龄段青少年延伸。《格言》成功入选全国《中小学馆配期刊目录》，在各种因素冲击下，发行量仍保持稳中有升。《家庭教育报》《育才报》等报刊也不断调整办报思路，以互动性增强读者黏性，同样形成了稳中向好的市场态势。

借助边疆区位优势，黑龙江出版集团通过持续强化对外文化交流，以境外分设机构为支点，广泛结朋识友，促成一项又一项的对外合作：2016年，与俄罗斯岛出版社等10家俄罗斯出版发行机构联合举办了第三届中俄精品图书展；承办了第六届“东北论坛”，开展了“来自日本的和平之声”研讨活动；北方文艺出版社与俄罗斯岛出版社进一步续写合作篇章，签署了新一批版权合作协议。同时，黑龙江出版集团走出去工程加速显效，涌现了一批走出去精品：《营养总动员》荣获总局“图书版权输出奖励计划”重点奖励，《我的将军》入选全国引进版优秀图书，《睡前亲子微童话365》入选国家“丝路书香”工程重点翻译资助项目，《日暮乡关何处是》《难忘一家人》入选2016年中宣部、国家新闻出版广电总局“对外出版项目”，集团还荣获了2016年“全国版权示范单位”称号……

思路决定出路，李久军带领黑龙江出版集团一班人的匠心独运，推动了有质量、有营养的龙版精品书刊如雨后春笋般不断面世。

恒心不移：做有筋骨的文化企业

自2009年转企改制以来，黑龙江出版集团从未停止过变革的步伐。

从传统出版企业迈向现代化全媒体出版传媒集团，是黑龙江出版集团恒定不变的目标，集团坚持以创新为翼，积极融合内容资源和数字技术，推动新旧媒体携手共进，深入探索“大文化”领域，正在走出一条独具特色的融合发展之路。

2016年，集团所属黑龙江新媒体集团成立不久迅即步入正轨：成立大数据技术研究中心、虚拟现实技术与出版传媒融合应用研究实验中心，通过 ISO9001 国际质量体系认证 3 项，获得产品研发软件著作权 7 项，短期内承接技术服务项目 20 余个。强化内在研发动力，“黑龙江网”进入试运行阶段，创建“龙江搜索网”，推出“龙江搜索”手机报，建设在线美食地图，与《黑龙江画报》融为一体，探索技术、内容“双轮”助力新模式。在此基础上，新媒体集团广泛建立合作，在智慧教育、智慧旅游、政务大数据等领域重点发力，迈出了坚定的成长步伐。

在强化新媒体建设的同时，黑龙江出版集团努力推动传统出版向数字出版转型，各出版社形成了一批优质数字内容资源：2016 年 8 月，黑龙江朝鲜民族出版社与沪江（上海）教育科技公司就《中韩词典》《韩中词典》网络版权授权进行合作，单项成交额达 200 万元；所属黑龙江东北数媒公司探索校企合作，创建出版融合发展重点实验室，积极策划实施“数字出版综合平台”“基于专业出版的资源聚合与传播应用示范”等数字项目，在新旧媒体融合过程中有效发挥驱动作用；各出版社各尽所能，建设教辅微课平台，打造大众数字阅读平台，合作开发教育信息化平台，推出品牌数字读物。

在印刷业方面，黑龙江出版集团着力打造数字化绿色印刷产业园，2016 年被评为“全国推进绿色印刷标兵企业”，独家承办了人民教育出版社印刷基地座谈会，举办全国印刷机械展，逐步打开合作发展的崭新局面。目前，黑龙江新华联合印务集团已成为东北地区极具代表性的绿色印刷企业。

融合发展、转型升级的内在推动力，最终还要依靠体制机制的创新。

自 2009 年转企改制以来，黑龙江出版集团从未停止过变革的步伐。“十二五”后期，集团即全面启动重组改制工作，探索深入资本市场。在中央关于“跨地域文化资本合作”的精神引领下，集团应势而动，开启了一条别开生面的资本融合之路。

2014 年 6 月，集团与中国教育出版传媒股份有限公司正式签署战略合作协议，成为其第二大股东；7 月，新设黑龙江出版传媒股份公司经工商注册正式成立。2015 年 4 月，双方再次签订协议，进一步明确了交叉持股、“联姻”发展合作关系；6 月，黑龙江出版传媒股份公司完成增资 13.25 亿元。2016 年，着力实施以引入战略投资者为目标的审计、评估、法律调查等工作；12 月，黑龙江出版传媒股份公司正式引入中国教育出版传媒股份有限公司和黑龙江广播电视网络公司两家战略投资者。

2016 年，各项改革任务进入收官期，改革措施加快显效。在重组改制中，集团 90% 以上的房产土地全部在一个多月内完成确权，很多难以追本溯源的无证照房产土地在黑龙江省政府的支持下也领到了“身份证”。经过多方争取，黑龙江出版传媒股份公司作为新设企业也获得了免税政策。集团聘请精算机构，对人员费用进行长远、全面核算和预提留，最大化地保障了员工的改革利益。清产核资更是使一批企业甩掉了诸多历史包袱，“轻装上阵”。

与体制改革同步，集团不断加紧管理机制创新步伐。2016 年，集团中层以上员工全体重新竞聘上岗，一批朝气蓬勃、业务精湛的年轻人走上中层岗位，队伍结构更加优化。推进预算化管理，深入实施新会计准则，规范财务制度，压缩成本费用，加大“飞行审计”力度，整体财务管理水平稳步上升。项目建设上，集团形成了策划、申报、实施、跟进和监督一体化管理机制，项目库不断充实，各成员单位形成了钻研项目、讨论项目、重视项目的良好氛围。

“博观而约取，厚积而薄发。”2016 年 12 月，中国教育出版传媒集团董事长冯云生带队到黑龙江，与黑龙江出版集团敲定股权合作事宜。双方紧密协作，一周内完成了股权转让各核心事项，黑龙江出版集团随后取得了黑龙江省政府的批复文件，一切准备就绪。

2017 丁酉新春已经悄然来临，经历了一冬的锤炼洗礼，筋骨强健的黑龙江出版集团重又英姿勃发，闻鸡起舞。白雪渐融的黑土地上，一座新时代的文化地标正拔地而起，昂然屹立。

（2017 年 2 月 10 日《中国新闻出版广电报》）

齐风鲁韵传播中国故事

——山东出版走出去的创新三级跳

对于中国作家协会副主席、山东籍著名作家张炜而言，2018年里有很多难忘的事。其中一件，便是与山东出版集团一起，访问中东欧三国。5月31日，张炜的中篇小说代表作之一《蘑菇七种》的版权输出协议，由山东教育出版社与匈牙利焦鹏出版社在布达佩斯签署。6月4日，张炜的两部作品《九月寓言》《归旅记》罗文版新书发布会在罗马尼亚首都布加勒斯特举行。山东教育出版社与罗马尼亚欧洲思想出版社共同设立的“中国主题图书编辑部”举行了揭牌仪式，张炜与罗马尼亚北京中心主任、中华图书特殊贡献奖获得者鲁博安一起被聘为编辑部的特邀顾问，前罗马尼亚驻华大使馆文化和教育参赞、汉学家鲁贝安被聘为编辑部主任，而张炜两部作品的罗文版译者，就是鲁贝安和鲁博安。

见证者：张炜

集团携其作品“遍走”亚欧

此次中东欧之行之所以难忘，除了因为张炜本人是首次到访，更重要的是，从1993年起张炜的作品就被翻译到了欧美各个大语种国家，而进入中东欧地区的小语种国家还是第一次。在张炜眼里，匈牙利、波兰、罗马尼亚都是小语种中的文学大国。此次访问，对他个人来说是一次十分深刻的文学交流，也是中国纯文学输出到中东欧地区的一次成功尝试。通过翻译出版，用纯文学深刻地表达一个民族的精神风貌和文化内涵，难度大，意义更大。

事实上，最近两年，张炜一直与山东出版集团携手，把他的纯文学作品先后翻译和输送到了越南、印度、阿拉伯地区以及中东欧等十几个小语种国家和地区。2017 年，首届中国・山东“一带一路”图书版权贸易洽谈会在济南举办期间，张炜通过山东出版集团对外签署了 6 种图书的版权输出协议。版贸会结束后，阿拉伯以及中东欧地区的国外出版社也多次主动联络张炜，协商其著作的出版方案。如果说山东出版集团在“一带一路”图书版权贸易与国际文化交流的道路上，从请进来到走出去，再到走进去，成功实现了中国地方出版集团具有开创性的图书版贸三级跳，那么，张炜身为当代文坛大家，就是亲自参与这一文化之旅的、最有说服力的见证者和受益人之一。

第一跳：请进来，海外同行品鉴齐风鲁韵。

作为孔子的故乡、儒家文化发源地，钟灵毓秀的齐鲁大地孕育了辉煌灿烂的齐鲁文化，而今天的山东，更是丝绸之路经济带和 21 世纪海上丝绸之路东端交汇点、东北亚和环渤海经济圈交汇点。这些地缘文化和区位地理优势，都为山东打造“一带一路”倡议下的国际性合作平台提供了重要保障。打造高端交流平台，为中国优秀传统文化创新发展注入新的活力，也因此成为山东出版人义不容辞的责任。

2017年8月19日，由山东出版集团主办的首届中国·山东“一带一路”图书版权贸易洽谈会在济南开幕。作为出版界的一项创新之举，大会围绕版权贸易的核心主题，以“一带一路”沿线国家之间的文化交流融通，助力并促进民心相通为目的，连续举办了6场充溢着浓郁齐风鲁韵的东方文化饕餮盛宴。

在以“文学与翻译”为主题的尼山国际讲坛上，各国翻译家、出版家、作家们深度交流如何破解文化交流中的翻译瓶颈。墨西哥翻译家莉亚娜根据她用拉丁文翻译中国作家莫言、张爱玲、王蒙等人作品过程中的体会，提出优秀翻译的标准是：既能保持原作的魅力和强大生命力，又能激发读者的阅读兴趣，激发他们了解对方文学与文化的欲望。美国特拉华大学终身教授、翻译家陈建国以自己的译作《论语诠解》为例，认为翻译不只是一种语言行为，更是两种文化间的接力、对话与谈判，在跨文化的基础上实现两种语言在功能和形式上的对等与平衡。阿联酋出版家、作家贾麦勒·夏西表示，阿拉伯国家有许多中国制造的产品，但中国文学作品却很少，仅有的一些作品，也都是通过英语或法语等第三方语言翻译过来的，这就可能丢失掉中文原文中一些深层意义，不利于了解中国文化，而阿拉伯国家渴望了解中国文化，中阿翻译家都应该肩负起这份责任。

嘉宾们的观点碰撞、脑力激荡，激起了参会同行的强烈共鸣。大会交流的成果为当代中国文学的翻译推广注入了活力，有利于面向世界讲好中国故事，有利于向世界展示一个真实、立体的中国，展示一个生机勃勃、愿与各国共同发展的中国。这些思想理念上的共识与收获，恰恰是会议主办者所预期实现的首要目标。

把客人请进家门，自然要亮出自己的“镇宅之宝”。山东教育出版社拿出了山东籍国学大师季羡林先生的游记作品《天竺心影》英文版，该书不仅有助于传播季先生的学术思想，而且可以加深中印两国的彼此了解和学习交流。明天出版社则把茅盾文学奖获得者、作家张炜的儿童文学作品《寻找鱼王》介绍给阿联酋出版商，把国际安徒生奖获得者、作家曹文轩的《痴鸡》《最后一只豹子》纯美绘本作品推荐给了德国莱比锡童书出版社。山东人民出版社更是借助版贸会把主题出版图书推向了国际市场，邓小平研究“纪念碑式”著作《高山仰止：邓小平与现代中国》实现了多语种多个国家的输出，输出的语种有英语、印尼语、印度语等。凭借对于齐鲁文化深入开掘所形成的独特内容优势，山东出版集团把《儒家文化大众读本》《麒麟送子考索》《山东汉画像石汇编》《图说孔子》《孔子语录》《论语智慧》《论语的逻辑》这些以齐鲁文化为背景的传统文化类图书分别对接给了越南、黎巴嫩、匈牙利、伊朗、马来西亚、马耳他、阿曼等国的出版家，并且一一签署了版权输出协议。

本届山东版贸会上签署的全部 324 项图书版权及合作协议中，鲁版图书的版权及合作协议达到了 312 项，来自 36 个国家和地区的 150 多家出版商、400 多业界同行，短短 3 天时间的交流、洽谈，成果丰硕，可谓是理念合、版贸通、文化融。

光鲜亮丽的成绩单背后，其实还经历过一个艰苦的探索与积累过程。曾几何时，山东出版集团一年的版权输出量最少只有 3 种图书。新一届集团领导班子高度重视对外交流与合作。2015 年 7 月，集团尝试在济南举办了“中韩图书版权贸易洽谈会”。牛刀小试，中韩 60 家出版单位即签署了 65 项版权输出合同、3 项合作协议，被中央有关部委评价为“创建了一种中韩出版界和文化界沟通交流的平台”。2016 年 10 月，集团党委书记、董事长张志华，围绕国家“一带一路”倡议，结合集团自身出版和版贸资源，经过反复论证，正式提出举办“一带一路”图书版权贸易洽谈会的想法。顺天时，借地利，趁势而上，10个多月的时间里，以山东出版传媒股份有限公司为实施主体，组织高规格的领导团队，创新筹备工作模式，终于为出版界奉献了一场齐风鲁韵浓郁、中外文化交融的书香盛宴。请进来，山东出版人在全国同行面前抢先了一步。

第二跳：走出去，中国故事风动阿布扎比。

2018年4月，伴随着春天的脚步，山东出版集团率10家出版社携650余种图书远赴阿联酋阿布扎比，首次到境外举办版权贸易活动。3天时间，与海外出版机构签订101种图书版权协议，其中输出86种，引进15种。现场举办48种阿语版、1种英语版、5种中文版的新书发布活动。

这些数据意味着，2017年8月济南“一带一路”山东版贸会上签订的96种阿语版权输出协议，8个月内有一半已经实现出版。济南会议开出的花朵，在阿布扎比结出了果实。“一带一路”的文化足印，从齐鲁大地延伸到了阿拉伯地区。

在阿布扎比，山东文艺出版社与黎巴嫩的阿拉伯科学出版社签署了长篇散文《娘》的阿语版版权输出协议。《娘》描述了湘西大山深处，一位遭受各种苦难的中国母亲抚育儿子成长的真实故事。山东教育出版社把张炜的短篇小说集《草楼铺之歌》成功对接给了阿联酋出版商。山东科学技术出版社的《哇！大熊猫》成功签订阿拉伯语和越南语输出合同，“爱的甲壳虫系列”6种图书成功签订越南语输出合同。明天出版社签订了曹文轩的《枫林渡》、刘海栖的《马西西的异想王国 1》等 7 部原创图书的阿拉伯语的版权输出合同。同时，明天出版社版权输出的《寻找鱼王》《我是大梦想家》阿语版新书在阿布扎比发布。作为我国第一家地方古籍出版社，齐鲁书社首次涉足阿语市场便成功签署了《极简中国史》的版权输出协议。作为齐鲁文化典籍翻译工程之阿语项目的首批图书，山东友谊出版社输出的中国先贤语录系列《孔子语录》《孟子语录》《老子语录》等 7 种阿英对照版新书，在开馆仪式上首度精彩亮相，“中国故事”系列之《令人自豪的筷子》《吴刚和桂树》等阿语版图书在阿联酋纳布推出版社展区成功举办新书发布会。这两大系列 10 种中国题材的阿语版图书，都是山东友谊出版社 2017 年 8 月在中国 · 山东“一带一路”版贸会上版权输出的成果。从泉城济南到阿布扎比，中国故事风动阿语世界。

回首 2017 年“一带一路”山东版贸会的盛况，山东出版集团可以梳理出不少体会：中国传统文化备受推崇，少儿读物的市场普遍巨大，中文教材具备新的增长空间，版贸代理的优势日益明显。在济南经验的基础上，总结“一带一路”阿布扎比版贸会的心得，山东出版集团旗下的出版社各有斩获。山东人民出版社发现少儿类图书依然是版权输出容易取得突破的领域，而主题出版也有增长的潜力。山东文艺出版社则充分发挥版权代理的作用，在会前对日、韩、东南亚、尼泊尔、阿语地区、中东欧市场进行精确细分，研究其不同的特性与需求，力求精准契合对方的出版物类型。山东教育出版社 2016 年成立国际合作部以来，先后促成了 150 多个项目的海外输出，他们从走出去图书策划、作者班底筹建开始，到文本翻译、宣传推广，搭建起了包括海外汉学家在内的国际一流的专家队伍。此次阿布扎比之行，他们把工作重心从签约转移到跟踪了解市场反馈上来。

明天出版社的版权输出“名家战略”在阿布扎比成效显著，同时他们还通过举办“相似与不同 文学与文化——中阿畅销童书对谈”活动等方式，既推介了明天社的名家名作，又促进了丝路国家间的文化交流交融。

用集团总经理王次忠的话说：“一种图书的版权引进或输出，就是一个项目，而每一个项目，就是不同语种、不同国家人民之间文化交流、文明互鉴的依托。”来自山东省委宣传部的二级巡视员刘兵，在阿布扎比版贸会的开幕式上评价说，此次版贸会体现了山东出版集团在中华优秀传统文化创造性转化、创新性发展方面进行的有效探索与尝试。

第三跳：走进去，丝路书香根连孔孟故里。

2018 年初夏，来自孔孟之乡的东方文明又主动造访中东欧。浪漫的多瑙河畔，飘散着浓郁的齐风鲁韵与中国书香。短短 8 天时间里，由山东出版集团主办的“一带一路”图书版权贸易洽谈会系列活动在匈牙利、波兰、罗马尼亚三国成功举办。山东出版集团旗下 10 家出版社携 353 种、731 册图书参展，与当地出版机构签署了 51 种图书版权贸易协议。其中，版权输出协议 21 种，版权引进协议 30 种，达成版权输出意向 6 种。同时，山东友谊出版社海外第 32 家“尼山书屋”落户匈牙利，山东画报出版社匈牙利布达佩斯出版联络处宣布成立，山东教育出版社与罗马尼亚当地机构联合设立的“中国主题图书编辑部”正式挂牌等，更是山东出版集团在图书版贸向纵深化、多元化发展的基础上，推进中国图书出版在中东欧地区实现本土化、品牌化运作的具体举措。山东出版人的对外文化交流与合作，从走出去开始迈向走进去。

实际上，山东出版人对于走进去的思考和尝试，在阿布扎比已经初现端倪。

走进去的第一项举措，是在阿联酋正式挂牌成立“中国主题图书编辑部”。2017 年山东版贸会上，山东出版传媒股份有限公司与阿联酋库坦出版社有了初步的牵手。随着合作的逐渐深入，双方开始探讨更加有针对性的合作模式和项目选择。到了阿布扎比，双方宣布联合成立编辑部，并确定了第一批 10 种合作图书。库坦出版社社长贾麦勒在成立仪式上表示：“此举会帮助许多阿拉伯读者更加深入、具体、近距离地了解中国文化。”另一方面，“中国主题图书编辑部”以项目运作为主要内容，可以依据阿语地区的阅读习惯和读者需求，策划合适的、优质的中国主题图书选题，更加有效地传播中华优秀文化，促进中阿文化交流互鉴。

走进去，还要走进阿语地区的书店，走进当地普通读者的生活。山东出版传媒分别与迪拜最美书店马格鲁迪书店、库坦出版社旗下库坦咖啡书店合作，在两家书店内设立“中国（尼山）书架”，书架上展示展销中国题材图书，满足国外读者购买、阅读中国内容的需求。同时，山东出版集团还在迪拜哈特兰国际学校设立了阿联酋第一家尼山书屋，在校园里传播中华文化。更大的收获是，阿联酋国民议会前议长穆罕默德·艾哈迈德·摩尔在会见山东出版集团代表团时，确定在迪拜文化中心图书馆设立尼山书屋，并同意在 2019 年建成的中东地区最大图书馆内设立尼山书屋，这将是中国图书首次进入阿联酋官方主流渠道。

从阿布扎比到多瑙河畔，走进去的步伐还在继续。山东画报出版社在布达佩斯的出版联络处刚一挂牌，便立即在当地组织召开了“外国人写作中国”项目约稿会，一批曾多年在华工作生活的匈牙利作者被邀请参与，以外国人的视角和他们的切身体会记录改革开放 40 年来中国发生的翻天覆地的变化。山东教育出版社到罗马尼亚设立“中国主题图书编辑部”之前，2017 年，已与澳大利亚教育管理集团在澳大利亚墨尔本合作成立了澳山国际教育出版公司。社长刘东杰说，希望通过本土化建设，了解国际图书市场的需求，出版真正符合国际需求的图书；海外编辑部可以与国外知名作家直接组稿，对优秀作品可以直接进行版权引进；山东教育出版社还计划直接派社里编辑到海外工作，真正扎根到国际市场。可以期待，包括山东教育出版社在内，山东出版集团的图书成品库里，很快就能看到根据海外市场需求量身打造的“海外定制”作品。

据最新统计，2018 年 8 月北京国际图书博览会期间，山东出版集团新增版权输出项目 53 个。截至 11 月中旬，集团 2018 年图书版权输出已达 205 种，再创历史新高。“中华文化是不是为世界各国人民所认同，中华文明是不是真正引领世界文化的时尚——只有这两个目标都实现了，我们才能说，中华民族伟大复兴的中国梦真正实现了。”这是山东出版集团董事长张志华在获得“2017 年度出版人”殊荣时的现场即席发言。从这句话里，我们看到了山东出版人在探索走出去的道路上，持续创新、实现三级跳的不竭动力和宏伟愿景之所在。

（2018 年 11 月 22 日《中国新闻出版广电报》）

从高品质内容到高品质服务

——山东教育出版社打造融合创新产业链记

步入国家博物馆“伟大的变革——庆祝改革开放40周年大型展览”现场，在名为“历史巨变”的第四展区，爱好阅读的朋友会发现，这里集中展出了一批40年来出版的有代表性的优秀图书。高大敞亮的橱窗里，山东教育出版社的《中国文化发展史》一套8卷、《中国历代著名文学家评传》一套9卷赫然在列。作为一家地方专业出版机构，该社先后有36种出版物荣获国家图书三大奖，其中《中国文化发展史》等6种图书荣获中华优秀出版物奖，山东教育出版社也是全国连续6届获此殊荣的4家出版社之一，《中外文学交流史》等8种出版物荣获中国出版政府奖图书奖和提名奖。该社11个项目入选“十三五”国家重点出版物规划，15个项目获国家出版基金资助。这一次，山东教育出版社的两套图书能够同时入选庆祝改革开放40周年大型展览，更是对该社坚持不懈追求出版物内容高标准、高品质的最好褒奖。

作为“全国优秀出版社”“全国版权示范单位”等国家级荣誉的获得者，近年来，山东教育出版社对于高品质的追求，已经逐步从出版内容延伸到了全方位的出版服务，从课堂延伸到课外，从线下延伸到线上，从社内延伸到了家庭、社会。2016年和2017年，该社连续两年被评为山东省全民阅读示范单位，2018 年被评为山东省全民阅读书香企业，内容质量与服务品质的同步提升、良性互动，纸质图书与数字出版的融合发展、双效并举，逐步强化了山东教育出版社的竞争优势，也逐步健全了山东教育出版社融合创新的产业链。

阅读与写作基地：走进孩子们的心田

12 月 4 日，山东教育出版社“阅读与写作基地”授牌仪式暨儿童文学作家安武林小读者见面会在山东莒县第三实验小学举行。安老师在活动现场与学校师生分享了阅读与写作的心得体会，他用幽默诙谐的语言讲述了自己的童年生活，用一个个生动有趣的故事让孩子们感受到写作的魅力。他认为写得“有趣”和“有意义”一样重要，鼓励孩子们要向生活、自然、书籍三个最好的“老师”学习，细观察、多思考、勤动笔，善于发挥想象力，创作出属于自己的精彩作品。这种面对面热烈而深入的交流，在孩子们的心田里埋下了快乐阅读与趣味写作的种子。

从 2015 年 10 月起，山东教育出版社便开始走出办公楼，在全国范围内联合优秀中小学校共同建设“阅读与写作基地”，尝试将出版与教育深度融合，以作家导阅读，以朗读推阅读，以比赛促阅读，为孩子们提供一个与作家面对面交流互动的便捷阅读写作学习平台，为教师提供了更加丰富的教学素材，也助力学校教育更好更快地发展。

回忆起“阅读与写作基地”3 年多来的创办历程，山东教育出版社社长刘东杰如数家珍：2015 年 10 月 13 日，儿童文学作家汤素兰推掉了所有工作赶到济南，为首个“基地”学校授牌并举办阅读与写作公益讲座；迄今为止，汤素兰已经走进了 30 多所学校举办讲座。此后，张炜、冰波、刘保法、米吉卡、少军、张玉清、林秀穗、廖健宏、龚房芳、林育真、仪修文等一批致力于播撒阅读与写作火种的作家团队，成功地在作者与读者，在出版社与家庭、校园之间，架起了一座交流互动、知识传递、心灵相通的桥梁。

台湾著名夫妻作家林秀穗、廖健宏在山东滨州博奥学校作完情绪管理的讲座后，该校贾校长说，孩子们对坏情绪的排解缺乏合适的渠道，需要通过正确的认知、及时的教育去引导，听了这次讲座，老师和同学们都有很大收获。参与基地活动最多的作家米吉卡曾经接到过一名男孩妈妈的电话，说她的孩子有了一个梦想，立志要成为一个跟小米姐姐一样的作家。原来，这个孩子听了米吉卡的讲座，又与小米老师现场交流后，从此喜欢上了读书，孩子的转变自然令妈妈喜出望外。

截至 2018 年年末，山东教育出版社已累计在全国中小学建立了 250 多所“阅读与写作基地”，开展阅读公益活动近 400 场次，现场参与的中小学生达 30 多万人次，有效地推动了全民阅读向纵深开展。刘东杰说，这一面向广大中小学生的公益服务事业，将市场推广与公益活动有机结合，从图书营销向公共文化服务转型，以优秀文化教育资源为纽带，将学校、社会、家庭融为一体，共同助力书香校园建设。活动走到了读者身边，走进了孩子们的心田，这与山东教育出版社“出书育人、服务社会、传播科学、繁荣文化”的办社宗旨高度一致，一定要持之以恒长年开展下去。

小荷听书：将阅读快乐分享给更多人

12 月 1 日，山东教育出版社携手山东省东营市新华书店举办“小荷听书·寻找最美童声——2018 我爱朗读东营专场活动”。活动旨在通过朗读的形式，提升小学生的文学素养，提高孩子们的阅读积极性，也为想展现自己才艺、圆自己主播梦的小朋友提供一个实现梦想的舞台。11 月 18 日，由山东教育出版社“小荷听书”有声读物平台与山东省滨州市惠民县作家协会、惠民县新华书店联合主办的全县中小学生现场作文大赛正式启动。11 月 1 日，由山东省音乐家协会、山东教育出版社联合主办的“小音乐家明日之星”第二届山东青少年声乐大赛在济南启动。参赛选手年龄为 4 至 15 岁，获金、银奖选手的个人音乐作品将被收录进有声读物出版阅读平台“小荷听书”进行精彩展示……

“小荷听书”是山东教育出版社顺应数字阅读潮流，抓住在线知识服务这一互联网教育新风口，围绕中小学这一细分群体市场推出的一个高起点、高品质、高性能的移动听书出版阅读服务平台。

“小荷听书”以微信公众号为发布端，内容包括“文学佳作”“传统文化”“名家讲坛”“学生必读”“人文科学”“家庭教育”“朗读世界”“视听剧场”“绘本故事”等十八大板块，每周更新。平台目前上线的产品有音频书、动画片、专家讲座等类型，内容资源以自主开发为主，同时为其他出版社的有声图书提供发布平台，在微信上创新开启阅读、听读、视读全阅读体验。

为了增加受众黏性，山东教育出版社在“小荷听书”2017 年年底上线以来，举办了大量社会化的阅读推广活动。借助“阅读与写作基地”，邀请著名作家、主持人进校园，将基地阅读写作负责人设定为“小荷听书”平台的 VIP 用户，通过分享逐步带动学生了解、使用“小荷听书”，在寓教于乐中教会学生如何朗读，与纸质图书形成联动。依托平台专业制作团队和全社会高涨的阅读热情，“小荷听书”平台自2018年4月世界读书日期间以12小时不间断朗读的形式，成功举办首场活动后，逐步开启了“小荷听书——我爱朗读”活动在山东省内外系统化、常规化推广的步伐，先后走进济南、泰安、烟台、临沂、潍坊、淄博、莱芜、东平、龙口等。特别策划了“寻找最美童声”“读一本好书·过快乐暑假”“众心向党·共筑中国梦”“军民一家亲·共谱鱼水情”“故事伴我成长”等专题朗读活动24场次，吸引成千上万名读者报名，为每一位读者打造个人专属音频作品，将阅读的快乐分享给更多的人。与知名电台主持人合作，开辟专属空间，专业录制高品质有声读物，让读者享受到声韵之美。

2018年7月，第八届中国数字出版博览会组委会授予“小荷听书”有声读物出版阅读平台“创新项目”荣誉。截至2018年年底，“小荷听书”共计发布有声读物专辑600种，总时长约8万分钟，现已实现30余万用户关注量。2019年，“小荷听书”平台服务，将从目前的单项服务向交互智能化方向提升，从简单的数据流量统计向用户数据分析提升，为广大读者提供更为精准的个性化服务。

全媒质出版：让阅读美好无处不在

“阅读与写作基地”“小荷听书”等阅读服务平台将公益与市场相结合，线下线上同步搭建了沟通出版与阅读的桥梁和纽带。山东教育出版社并没有止步于此，面对信息科技和人工智能新时代，国家对教育提出的数字化、网络化、智能化的新要求，该社以“内容为本，科技引领，一体化融合发展”的融合创新理念为引领，重构教育出版产品与服务总布局，秉承内容与技术并举，研发推送个性化新型教育产品，由纸质书向电子书、有声书、纸电纸网融合书和智能化教育产品研发迈进，力图打造成为具备全媒质出版功能的现代教育出版企业。

在打造多形态的知识服务专业平台方面，与“小荷听书”的定位完全不同，2016 年上线的“鲁教视通网”致力于为读者提供专业化在线视频教学和个性化自主学习服务，已连续两年被评为“全国新闻出版业优秀数字教育平台”。山东教育出版社天猫店、微商城持续更新优化栏目板块、丰富图书品类，满足学生不同需求和不同条件下的阅读。山东教育出版网现在也已具备网络教育、网络出版、网络宣传、网络服务四大功能，先后被评为“全国新闻出版业优秀门户网站”和“全国新闻出版业优秀品牌营销平台”。目前该网正在利用 H5 前端开发技术进行电子书平台升级，全面提升内容的数字化水平，开发搭建全新的多终端阅读电子图书出版平台。

在全方位搭建知识服务平台的同时，山东教育出版社多管齐下，大力推动优质内容资源的数字化和融合化。过去 3 年来，围绕融合出版，接连使出了“三板斧”。

“第一板斧”：内引外联融合新技术。从 2016 年开始，该社与苏州梦想人公司合作，将 AR 技术应用于《寒暑假生活指导》等核心教辅产品上，为图书提供内容拓展和服务增值，合作两年即实现 160 多万次扫码量。2017 年与武汉理工数传公司合作，利用其 Rays 融合出版系统制作的 140 种教辅图书衍生数字产品，通过武汉知识产权交易所挂牌交易。2018 年与科大讯飞签署合作协议，利用其语音、图像识别技术，在诗文诵读、英语同步练习、英语听说考试等多学科品种进行深入合作。2019 年，该社在前期探索的基础上，将全面构建包括数字化教材、教案、优质课件、电子书包、精品微课、电子教辅、在线测评系统在内的完整的教育服务产品体系。

“第二板斧”：一般图书融合开发。首先是传统出版和数字出版的纵向融合，围绕纸质图书优质内容资源，打造新型音频书、视频书等数字化产品，提升读者阅读体验，提高市场竞争力。其次是出版与电视等邻近文化产业的横向融合，运作品牌跨界，共同打造产品。2018 年该社与山东电视台横向合作，围绕《国学小名士》品牌电视栏目打造出《国学小名士》(第一季）图书，借助电视栏目的知名度和专家、选手的粉丝群体，实现了超常的营销成绩。

“第三板斧”：全媒体全版权运作。树立产业链思维，以原创精品图书的优质内容为核心，进行纸质书、数字产品、动画、漫画、自媒体等全媒体介质的全版权运营。比如，围绕该社《不一样的数学故事》《不一样的语文故事》《不一样的科学故事》系列纸质图书，开发了动画片、视频书等产品形态，并进行相关文创产品的同步开发。《不一样的数学故事》60 集系列动画片已在爱奇艺等 3 家网络视频平台播出，并与国内外 4 家电视台签订了播出协议，动画片《刘公岛之约》还获得了中华优秀出版物奖音像电子游戏出版物提名奖。2016 年以来，山东教育出版社已有 4 个融合出版项目入选国家新闻出版改革发展项目库。

“在纸质和数字出版全媒体领域，追求高品质的融合出版内容和高质量的平台服务，让阅读的美好无处不在，正是山东出版人的良心所在。”刘东杰在记者访谈结束时说，“只有这样，才能对得起孩子，对得起教育事业，对得起民族的未来。”

（2018 年 12 月 21 日《中国新闻出版广电报》）

构筑心灵的后花园

——探访中国最美军营书屋

5 月的风怀抱着花香与书香，吹遍了海南全省，第十一届海南书香节暨 2019“书香中国万里行 · 海南站”的帷幕刚刚拉开，中国出版协会理事长、中国全民阅读媒体联盟名誉理事长柳斌杰便带领全国新闻出版界的同行们，来到了我国最南端的新华书店——三沙市凤凰新华永兴书屋，开展阅读交流活动。

随行的海南凤凰新华图书发行中心经理张涛，身兼永兴书屋的店长，这一次，他和海南省新华书店的同事一起，又从海口市为永兴书屋捎来了四大包新书。一下飞机，这 4 包书就交到了书屋管理员——一位海军战士的手中。

2018 年 5 月 18 日，由海南凤凰新华发行有限责任公司联合驻岛海军驻西沙永兴某场站共同开设的三沙市凤凰新华永兴书屋正式开业。书屋总面积 132 平方米，装饰古朴雅致，白色的吊灯下，整齐地摆放着原木色长条桌，四周高大的书柜上排列着 8000 多种图书，品种涉及党政、军事、历史、社科、传统文化以及科普、生活等方面，琳琅满目，室内飘溢着书香、茶香与咖啡香。

书屋日常如何管理？图书如何上岛？书屋都具备哪些功能？面对同行

的提问，张涛一一作答：考虑到三沙的地理因素，永兴书屋的日常管理由驻岛部队官兵负责。书屋筹建之初，由海南凤凰新华书店选派专业的管理人员，定期对负责书屋管理的官兵进行培训。海南新华人根据岛上的实际需求，定期挑选优秀党政读物、最新的人文社科图书及各类学习材料，利用去三沙的补给船送到岛上去；同时，官兵们也会利用出岛探亲等机会，用手提肩扛的方式，把图书一包包地捎带上岛。日积月累，书屋的藏书量从一年前的近 4000 种，逐步增加到现在的 8000 多种。

墙上清楚地写着书屋的 8 项服务：导读导览、缺书登记、专题活动、商品包装、新书预订、热线服务、图书查询、免费 Wi-Fi。张涛介绍说："面对岛上部队官兵和居民，书屋借助海南新华书店与全国各大主流出版社的业态合作关系，结合三沙人文地域特色，通过选配各类优质图书，提供现场阅览、图书借阅和图书销售等基本服务。"

与此同时，海南新华人与驻岛海军部队携手，在书屋举办公益性阅读分享会、读书沙龙、朗诵会等阅读活动。他们请来了焦裕禄干部学院名誉院长、焦裕禄女儿焦守云，以"我的父亲焦裕禄"为题，讲述了焦裕禄一生中的感人事迹，深深地打动了岛上官兵与居民；请来了国防大学博士后、著名作家况蜡生作"从东古塔战役看叙利亚战争"主题讲座，深入分析了叙利亚当前战争形势，给官兵们上了一堂别具一格的战争历史课；请来了中国人民大学马克思主义学院教授、博士生导师何虎生，作了"马克思主义在中国的传播和三次伟大飞跃"主题讲座；请来了播音主持人李成、邢月，为驻岛官兵和永兴学校师生举办了"读经典，颂军魂"美文诵读活动……阅读之风不断地吹进祖国南海永兴岛，广大驻岛官兵和居民们持续地感受到浓郁的书香氛围。

5 月 11 日，学者、作家王宏甲应海南书香节之邀，专程赶来永兴岛作了一场“梦想与坚守”主题报告会；在永兴书屋，柳斌杰、王宏甲及全国新闻出版界专家们，与驻岛官兵围绕阅读展开了座谈。驻岛某部队政委徐卓告诉我们：“这里提供优质的图书、良好的阅读环境，还有免费的咖啡、茶水，引导官兵们主动读书学习，以学立德，以学增智，以学强军，永兴书屋就是最好的基层指导员。”一名战士有感而发：“书屋开业前，周末靠打游戏放松消遣，如今能有这么好的环境，让我静下心来读一本好书，心情愉悦，受益匪浅，感觉就像在海口，不再感到孤独寂寞。”

驻岛部队党委还在永兴书屋定期召开政治工作会议，基层党支部的党课、党日、团日活动也在这里开展。海南凤凰新华发行有限责任公司还协助驻岛部队，在书屋隔壁的营房天井里，培土浇水、种植花草，建造了一座小小露天阅读园区。每逢周末，官兵们便捧着书本在书香交织着花香的园地里惬意地阅读。一年来，永兴书屋已经成为驻岛官兵们生活、工作、学习不可或缺的一个组成部分。

翻阅着书桌上三大本厚厚的借书登记本，柳斌杰评价说：“走过全国不少的军营书屋，永兴书屋是我见过最美的军营书屋，没有之一。海南新华人与永兴驻岛官兵的辛勤努力，构筑了绿色军营里一片最美的文化空间，也成为驻岛官兵们心灵的后花园。”他代表中国出版协会和中国全民阅读媒体联盟郑重表示，要组织全国新闻出版行业的力量，把国内外以三沙市及永兴岛为写作主题的人文社科、自然科学及相关学术类著作全部搜集整理起来，一并捐赠给永兴书屋，供驻岛官兵和岛上居民们阅读学习，让美丽的永兴岛变成书香之岛、文化之岛。

附录

丽娃河畔的人文风景

——华东师大出版社 60 周年庆典致辞

60 年前，华东师大出版社如同一个柔弱的小婴儿在丽娃河畔呱呱坠地，又好似一棵挺拔的小树苗扎根在了我国教育与出版事业的沃土上。60 年后的今天，小婴儿已卓然独立，明艳动人；小树苗已枝繁叶茂，硕果累累，成为了丽娃河畔一道美丽的人文风景，成为中国高校出版界的一座闪光的品质高标。

回首华东师大出版社这一个甲子的打拼与“折腾”、成长与荣光，总有几个关节点与细节处，让人难以忘怀。

前尘往事如云烟，这 60 年的过往里——

我记住了 1992 年的“东山会议”。当市场经济的大潮真正席卷而来时，华东师大出版社的团队被机遇垂青，因为这里的头脑已经是有准备的头脑，市场意识在这里被萌生、被催熟。

我记住了 2000 年的“大连会议”。华东师大出版社的改革之路开始走向深入，而深入的改革带动了超常规的发展速度。

我还记住了 2008 年华东师大出版社作为 19 家试点之一，建设“现代企业制度”的种种尝试。至此，像早起的鸟儿跃上了枝头，全行业都聆听到了这一声清丽的莺啼。自此，华东师大出版社跻身于全国高校的出版强社之列。

2011 年至今的华东师大出版社，其连续不断的“自我折腾”更让业界同行们眼花缭乱、目不暇接，一直折腾到了位居全国 106 家大学出版社的前 10 名。

在各种闪光的奖项和耀眼的财务指标之外，我还记住了一句话：这些年，从未出过一本坏书，从未出现过一次违规行为。这才是真正闪光的品质高标，这才是真正美丽的人文风景。

战略决定方向，行动决定命运，细节决定成败，意志决定品质。

1921 年，十几位中华民族的优秀儿女集合在上海，为了这个民族的生存与复兴而立下誓言，他们出发——96 年的跋涉前行，终于引领着亿万中国人民走进了今天的新时代。

1957 年，十几位青春热血的华东师大出版人集合在丽娃河畔，为了服务教育、繁荣出版而出发。这一走，就是 60 年的光阴。

今天，你们确实可以自信、豪迈地喊出这句话：力争成为中国教育出版第一品牌。

最后一句话，祝愿在座 320 位华东师大出版社的同行们、朋友们：心想事成！ 60 周年生日快乐！

让我们一起再出发！

2017 年 11 月 17 日

第八届大众喜爱的50种图书颁奖座谈会致辞

春节将至，我们在这里召开2017年度“大众喜爱的50种图书”发布会很有意义。首先，我向入选2017年度“大众喜爱的50种图书”出版单位表示诚挚的祝贺！向长期以来支持我们活动的各位出版界、媒体界、支持单位的朋友表示衷心地感谢！更要感谢总局出版管理司的领导！

每年一度的“大众喜爱的50种图书”推荐活动是国家新闻出版广电总局贯彻落实党中央、国务院关于倡导和开展全民阅读工作的战略部署，深入开展全民阅读活动而开展的。

一、情况介绍

自2010年以来，总局已经连续举办了8届“大众喜爱的50种图书”推荐活动，共推荐优秀图书400种（包括本届）。这个活动一直由中国新闻出版传媒集团承办。下面，我介绍一下今年推荐活动的总体情况：

2017年11月3日，总局出版管理司会同中国新闻出版传媒集团举办启动会，组织有关推荐媒体、支持单位等参会，正式启动2017年度“大众喜爱的50种图书”推荐活动。

为全面反映广大读者多样化的阅读需求，本次推荐图书的来源更加广泛，程序更加规范。通过中央媒体、网络媒体推荐，出版社自荐，以及从全国各大好书推荐榜单、实体书销售榜单中选取部分优秀图书，形成推荐图书基础书目，16 家媒体和 135 家出版社共推荐了 1394 种图书。

2017 年 11 月 23 日至 24 日，总局出版管理司组织专家召开初评会。邀请了中共中央党史研究室、中国作协、人民日报、中国教育报等单位的专家学者对 1394 种图书进行初步评审，选出 665 种图书进入复评，其中文化类 116 种、文学类 203 种、生活与科普类 130 种、少儿类 216 种。

2017 年 12 月 4 日至 6 日，总局出版管理司邀请来自中宣部出版局、中共中央党史研究室、中共中央文献研究室、中国编辑学会、中国社科院、中国科普研究所、中国中医科学院、中国图书评论学会、国家图书馆、中国作协、中国人民大学等单位的 30 位专家对 665 种图书进行了复评，总局周慧琳副局长出席复评会并讲话。按照导向正确、内容健康、质量上乘、有阅读价值、深受大众喜爱、能够引导大众阅读的原则，经过专家们分组评议、交叉审读、大会讨论，最终拟定 100 种候选图书进入网络投票环节，其中文化类 20 种、文学类 30 种、生活与科普类 20 种、少儿类 30 种。

2017 年 12 月 22 日至 2018 年 1 月 21 日，人民网、新华网、新浪网、中国新闻出版广电网、中国全民阅读网、京东网、全民阅读媒体联盟微信公众号、亚马逊微信公众号以及中国移动、中国联通、中国电信三大电信运营商等开设了网络投票平台。短短一个月时间，网民踊跃参与，投票总数达 3200 万人次。此外，我们还按照推荐程序，在网络投票期间，组织审读专家对 100 种图书进行了质量检查和内容精读。

二、希望和建议

“大众喜爱的50种图书”推荐活动已成功举办八届，已成为国内口碑好、号召力强的品牌荐书活动，在出版界和读者群中产生了广泛影响力。

几年来，总局对入选图书出版社有以下几个优惠政策：再版时，可在腰封印上“入选‘大众喜爱的50种图书’”字样；春节期间，会在各地大书城设立“大众喜爱的50种图书”展示展销专柜；直接进入总局农家书屋推荐书目的候选书目，不占用出版社指标；在北京图书订货会、全国书博会期间，对入选图书进行重点展示宣传。

大家都有一个共同的目标，就是要把好书推荐给读者。通过这几年的工作，我们有以下几点建议：

1. 希望有更多的出版社能积极参与这个推荐活动，将好书推荐给我们。这个活动对出版社来说是一个很好的营销点。每次活动我们都有二三十家媒体、网站参与，他们不仅推荐图书，还会对推荐的这些图书进行广泛地宣传报道。可以说，通过这个活动可以让读者找到好书，让好书找到读者。

2. 推荐的图书要适合这个活动的定位。“大众喜爱的50种图书”顾名思义要有“大众性”“受欢迎”。有些出版社推荐的图书质量是很好，甚至是精品，但是大部头的专业书，就不适合在这个活动中推荐；有些书很好，但销量仅一两千册的图书也别往这个活动里推荐了。此外，活动关注原创出版、精品出版，尽量少推荐引进版图书。

3. 在座的媒体大多数都多年参与过我们的活动，而且每年报道得都很好。今年也希望大家能积极建言献策，采用更丰富的形式把我们这个活动广泛深入地宣传好，在下一年的推荐活动中也希望媒体能把更多好书推荐上来。

4. 今天也来了一些发行单位，既有实体书店也有网上书店，也希望你们能多想办法做好这些图书的推广和营销，将这些好书送到读者手中。

谢谢大家！

第三届大众喜爱的
50 个阅读微信公众号
推荐活动致辞

由中国新闻出版传媒集团主办、中国全民阅读媒体联盟承办的第三届“大众喜爱的 50 个阅读微信公众号”已经于日前揭晓。首先，我谨代表主办方，向入选的 50 个公众号表示衷心地祝贺！

今年全国人大会议《政府工作报告》指出，“倡导全民阅读，建设学习型社会。”这是“全民阅读”第五次被写入《政府工作报告》。从 2006 年中宣部、中央文明办、新闻出版总署等 11 个部门联合发起开展全民阅读活动的倡议至今，已经走过十多个年头，全民阅读活动呈现出一片蓬勃开展的盛景。

党的十九大胜利召开以来，全国各行各业都在积极学习贯彻落实习近平总书记新时代中国特色社会主义思想和党的十九大精神，这也是今年新闻出版工作的主线。我们不仅要推动新闻出版事业加快发展，还要肩负起传播党的声音、引领舆论导向的重要职责，积极弘扬中华优秀传统文化，培育和践行社会主义核心价值观，为全社会营造良好的舆论和文化氛围。

中国全民阅读媒体联盟成立于 2013 年，宗旨是“聚合媒体力量，倡导全民阅读，打造书香中国，建设和谐社会”，就是要把好的阅读内容介绍给真正需要的读者，推动书香社会的建设。

作为大众平台，近年来，中国全民阅读媒体联盟为推动全民阅读做了诸多努力。一是通过宣传创造好的舆论环境；二是通过传播专家、学者、社会各界发出的声音倡导阅读；三是通过各种阅读推荐、阅读指导向读者提供阅读服务；四是通过专题报道、访谈等形式介绍先进读书典型；五是分享、交流阅读的体验。联盟承办了全民阅读“红沙发”系列访谈、书香中国万里行、“大众喜爱的 50 种图书推荐活动”、“微笑彩虹 · 关爱特殊儿童公益活动”等重点项目，有力推动了全民阅读工作的开展。

今年，为大力推动新时代全民阅读，建设书香社会，继续发挥优秀阅读微信公众号的引领示范作用，中国新闻出版传媒集团、中国全民阅读媒体联盟在总结往年有益经验的基础上，开展了第三届“大众喜爱的 50 个阅读微信公众号”推荐活动。

2016 年和 2017 年，联盟连续两年开展了“大众喜爱的 50 个阅读微信公众号”推荐活动，通过专家筛选、大众投票和 WCI（WCI 即微信传播指数，通过微信公众号推送文章的传播度、覆盖度及账号的成熟度和影响力来反映微信整体热度和公众号的发展走势）检测，向社会推荐了政府和行业协会类、出版社类、书店类、图书馆类、阅读推广机构类等六类共 100 个阅读微信公众号，为读者提供了形式多样、特色鲜明、内容丰富的移动阅读内容。在第二十六届和第二十七届全国图书交易博览会上，全民阅读媒体联盟举办了“全民阅读推广 · 包头峰会”和“全民阅读 · 新媒体”廊坊峰会，向社会正式发布推荐名单，并向入选公众号颁发了证书。同时，还邀请入选微信公众号负责人做客“红沙发系列”，分享微信公众号运营体会和阅读推广经验，为书博会营造了良好的书香氛围。此外，在 2017 年、2018 年北京图书订货会、2016 年全国刊博会上，我们都对入选微信公众号进行了展示、宣传。

本次推荐活动主要分为以下四个阶段：

1. 基础数据收集阶段（5 月 2 日至 5 月 20 日）

全民阅读媒体联盟组织媒体发布活动启动消息，向各地政府主管部门、媒体、各微信公众号主体单位发送邀请函，以全国各级新闻出版广电行政主管部门、图书、报纸、期刊、音像、电子出版物、互联网出版单位、出版物发行单位、广播影视单位、图书馆、读书俱乐部等为范围推介公众号。与北京清博大数据科技有限公司合作，对海量的公众号择优提取。综合以上两步获取的公众号和过去两年收集到的优质公众号，查验去重，最终共收集到近四千个微信公众号。

2. 初步筛选阶段（5 月 21 日至 6 月 28 日）

全民阅读媒体联盟制订统一标准，对基础微信公众号进行初步筛选，过滤掉一批有政治导向、有暴力色情色彩、内容低俗以及非阅读类的、用途较为单一的公众号，产生出 779 个初选阅读微信公众号。随后，邀请清博指数对这些微信公众号自 2017 年 11 月至 2018 年 5 月的 WCI 数据进行监测，按照 WCI 的数值高低对这些公众号进行排名，筛选出 150 个微信公众号。其中，政府和行业协会类 24 个、出版社类 45 个、媒体类 18 个、书店类 24 个、图书馆类 15 个、文化阅读推广机构类 24 个。6 月 11 日至 28 日，全民阅读媒体联盟持筛选后结果与微信公众号主体单位取得联系，确认基础信息。

3. 网络投票阶段（6 月 29 日至 7 月 13 日）

全民阅读媒体联盟开通微信投票通道，邀请大众参与投票。在为期两周的投票活动中，参与人数达到 44.5 万人次，活动页面点击量达 438 万次，较去年的 128 万有大幅度增加，活动影响力不断提升。

4. 专家评审阶段（7 月 13 日至今）

全民阅读媒体联盟组织召开评审会，邀请专家对公众号内容进行评审，并将结合 WCI 数据、大众网络投票及公众号内容的丰富性、推广的专业性，最终选出 50 个大众喜爱的阅读微信公众号，其中政府和行业协会类 8 个、出版社类 15 个、媒体类 6 个、书店类 8 个、图书馆类 5 个、阅读推广机构类 8 个。

本届活动推荐的微信公众号在日常运维、传播技巧、互动交流等方面更加成熟，发布的内容导向正确、定位精准，较符合互联网时代移动阅读平台的传播特点，能够满足不同年龄、不同层次读者的阅读需求，显著呈现了 2017 至 2018 年移动阅读的新趋势。

互联网的飞速发展改变了人类的生活，也为全民阅读推广带来了新的发展机遇。今天我们倡导“新媒体 + 全民阅读”，希望这些优秀的微信公众号能够成为人文价值的引领者、先进文化的传播者和和谐空间的创造者。

各位嘉宾，党的十九大报告指出，中国特色社会主义进入了新时代，人民对美好生活的需要日益广泛。我们要以更高的境界、更强的本领、更好的精神状态，积极主动顺应，锐意开拓进取，创造无愧于新时代的新成就。希望大家以本次峰会为切入点，不断深入探讨、关注聚焦，并一届届延续下去，力争建设成为未来全民阅读新媒体推广的“瞭望台”“晴雨表”“风向标”。

同志们，朋友们，推动新时代的全民阅读，在全社会营造“爱读书，读好书，善读书”的书香氛围是我们共同的社会责任。让我们共同努力，激发全民族文化创新创造活力，为推动社会主义文化繁荣兴盛，建设社会主义文化强国做出新的贡献！

潮平两岸阔　风正一帆悬

——首届中国网络 IP 大数据发展研讨会上致辞

在 11 月 30 日召开的中国文联第十次全国代表大会和中国作协第九次全国代表大会上，习近平总书记提出了四点希望：坚定文化自信，坚持服务人民，勇于创新创造，坚守艺术理想。他号召广大文艺工作者要坚持以人民为中心的创作导向，坚持为人民服务、为社会主义服务，坚持百花齐放、百家争鸣，坚持创造性转化、创新性发展，高擎民族精神火炬，吹响时代前进号角，把艺术理想融入党和人民事业之中，做到胸中有大义、心里有人民、肩头有责任、笔下有乾坤，推出更多反映时代呼声、展现人民奋斗、振奋民族精神、陶冶高尚情操的优秀作品，努力筑就中华民族伟大复兴时代的文艺高峰。

此时举办有关网络文化发展议题的会议，我们所研讨的会议内容与会议目标就更加聚焦，意义也更加重要。我们一边对照学习近平总书记的讲话精神，一边认真分析和研判现状，从推动网络文化积极健康蓬勃发展的角度，深思熟虑，畅所欲言，给出更多、更好切实可行的有关网络文化发展的思路、办法和行动方案，为筑就中华民族伟大复兴时代的文艺高峰，尽一份绵薄之力。这也是我们举办本次会议的初衷。

时值岁末，各行各业开始盘点收益，瞄准来年，蓄势待发。2016 年作为国家“十三五规划”开局之年，也是我国网络文化发展迅猛、网络文化产业高速成长、成果较为显著的一年。当前，我国网民人数已达7亿，其中网络文学用户超3亿人，年市场规模超过70亿元，网络文学创作生产高度活跃，人才不断涌现，作品数量急剧增长，也正在成为我国扩大对外文化交流，展示文化软实力的重要力量。

在前不久闭幕的第三届世界互联网大会上，习近平总书记的视频讲话对包括网络文化在内的互联网健康、安全发展问题进行了深刻阐述。只有建立互联网新秩序，建立大家共同遵守的公约，才能保障互联网安全、健康、有序发展。

国家新闻出版广电总局坚持每年向全社会推荐优秀原创网络文学作品，印发了《关于推动网络文学健康发展的指导意见》，以期净化网络文学创作和传播环境、优化网络文化产业发展环境。今年以来，网络文化领域自主创作、自主研发的能力与趋势日渐增长，讲述中国故事、传递中国精神、弘扬社会主义核心价值观、社会效益和经济效益俱佳的网络文学作品日益增多。

今天，我们荣幸地邀请到了中国网络文化领域一流的专家、学者、作家和媒体人代表，大家相聚一堂，集思广益，共同为中国网络文化的健康发展建言献策。

习近平总书记在全国文艺工作座谈会上指出：“互联网技术和新媒体改变了文艺形态，催生了一大批新的文艺类型，也带来文艺观念和文艺实践的深刻变化。”当今世界，互联网已经完全融入社会生活，深刻改变着人们的生产生活方式，成为推动经济社会发展和人类文明进步的重要力量。文化与互联网有着天然的亲和力和强大的融合力，今天，我们已经难以想象，文化的发展可以离开互联网的平台，互联网的发展可以缺少文化的助力。但不可否认的是，一方面，网络文化特别是网络文学异军突起、方兴未艾；另一方面，还存在着作品良莠不齐、鱼龙混杂的状况。习近平总书记在讲到文艺创作现状时，特别强调当前文艺作品“有‘高原’缺‘高峰’”，点出了包括网络文学在内的文艺作品创作所存在的客观问题。

据不完全统计，目前全国网络签约作者已突破 300 万人，文学网站日更新超过 1.5 亿汉字，近 8 年发表的网络文学作品，已超过近 60 年所印刷的当代文学的总和。由此带来的数量大、质量低，产品多、精品少，机械化模仿式生产普遍、精益求精创作不足等问题也比较突出。有媒体曾撰文指出：“现在的网络文学，不缺稀奇古怪、异想天开的故事，不缺高僧大仙、妖魔鬼怪的形象，独缺反映中华民族前进大江东去般的气象，独缺讲述人民群众建设现代化国家、精彩纷呈的故事，独缺浸染人间烟火、人情冷暖、性情善恶的表达。”

如何正确认识并处理好与人民、与时代的关系，这是文学艺术包括网络文化建设在内所面临的一个重要问题。这个问题，关涉到国家意识形态建设和国家形象的传播，关涉到中国社会的主流价值观建构和文化软实力打造，关涉到中华民族的文化复兴。

在信息科技高度发达的网络时代，贴近人民所需，把脉这个时代网络文化生产与消费的变化，建构能够回应现实的网络文化理论体系和网络文学评价体系，一直是政府、高校、科研单位及媒体机构研究和探讨的重要课题。我国较早对网络文学领域开展研究的中国社会科学院陈定家教授曾经对网络文学和网络 IP 进行过几个方面的思考：一是网络时代文学生产与消费的技术、文化背景问题，包括网络时代的媒介变迁、文学从市场化到信息化的演变过程、互联网与文学艺术的革新等；二是文学生产的网络化问题；三是网络时代文学消费方式的变革问题，包括文学的影视化、网络小说与文学的数字化阅读等；四是数字化语境中的文学经典问题。直到现在，这些问题依然值得思考。

我们看到，在国家经济、政治、社会、民生等领域健康、持续发展的背后，都有一批批强大的“智库”和“智囊”做支撑，网络文化的发展也同样需要。在网络文化的创作者和受众之间、在基层探索和决策管理之间，需要有以谭建龙研究员、戴琼教授、章毅院长、陈文斌教授为代表的专家前瞻性的理论建设；需要有以兰晓龙先生、陈村先生为代表的作家和编剧的热心呼吁、身体力行；需要有以史可扬教授、邵燕君教授、谈峥教授、王永恩教授、高城教授为代表的学者和媒体人做“网络文化转译者”、评论者和弘扬者，提升网络文化的价值内涵，传播网络文化的核心精神；需要有以沈德堂先生为代表的文化企业家的整合资源、探索创新。这样才能众人拾柴，凝聚各方力量，汇集多方智慧，做“桥梁”“纽带”“铺路者”和决策管理的“高参”，把网络时代的文化建设与思考推进到学术与实践的最前沿，共同推动中国网络文化健康发展。

各位嘉宾，国家“十三五”规划为未来发展描绘了宏伟蓝图，网络文化迎来了前所未有的发展机遇。希望大家以本次研讨会为切入点，不断深入探讨、关注聚焦，并一届届延续下去，力争建设成为未来网络文化发展的“瞭望台”“晴雨表”“风向标”，推动和倡导以网络文学、网络 IP 为代表的中国网络文化走正路、出精品、成大家，在“高原”上矗立起一座座“高峰”。

“潮平两岸阔，风正一帆悬。”各位嘉宾，让我们紧密团结在以习近平同志为核心的党中央周围，高举中国特色社会主义伟大旗帜，团结一心，开拓进取，为繁荣发展我国网络文化事业，为实现中华民族伟大复兴的中国梦，尽一份心、出一份力，有一份热、发一份光。

（2015 年 12 月 8 日《中国新闻出版广电报》）

2019年度北京图书订货会“微笑彩虹”活动致辞

尊敬的聂震宁理事长，各位来宾，大家上午好！

两年前也是在这里，在全民阅读“红沙发”的现场，我们第一次启动了“微笑彩虹”关爱特殊儿童的公益活动。两年间，我们的身影出现在了全国各个大型书展、各种公益活动的现场，“微笑彩虹”以出版带动公益，用阅读连接童心，构筑起了一座美丽而又温暖的彩虹桥。

今天我们非常荣幸地邀请到了许多热心公益与全民阅读事业的专家、学者、出版人，还有我们社会公益机构代表，各位老师、家长和可爱的孩子们。大家抱着一片诚心，怀着同样的期许再次相聚在这里，见证“微笑彩虹”两周年的成果，同时我们还要开启新的征程。

中国新闻出版传媒集团以及中国全民阅读联盟积极响应国家号召，陆续开展了书香中国万里行、大众喜爱的50个阅读微信公众号、大众喜爱的50种图书推荐活动，以及全民阅读“红沙发”系列访谈活动，以正确的舆论凝心聚力，以先进的文化塑造心灵。2017年1月我们创办了“微笑彩虹”，关爱特殊儿童的公益活动，用了两年的时间将其打造成为了深受社会各界广泛认可的公益品牌，形成了一套完整的公益文化理念和活动实施与传播方案。两年来，我们得到了聂震宁理事长的一贯的支持和指导，赢得了相关政府部门、出版传媒业、教育机构以及广大少年儿童和家长们的关注和参与，特别是我们出版行业的爱心企业、社会公益组织、各位专家学者们都积极地加入进来了，在特殊儿童和普通儿童、健全儿童之间架起了一座友谊的彩虹桥，让特殊儿童也能感受到来自社会的关爱与温暖。

从今年开始，我们将继续以习近平新时代中国特色社会主义思想和党的十九大精神为指导，继续为广大特殊少年儿童推荐优秀读物，开展优质的阅读推广，提升阅读影响力和辐射面，深入到“微笑彩虹”校园活动基地，向全国贫困区县和基层学校延伸，举办名师讲座，师生共读，进行深入地采访交流，开展读书征文竞赛等系列活动。

校园是孩子们最好的社交与交流的场所，是重要的阅读空间。走进校园，关注特殊儿童、贫困儿童、留守儿童的阅读和生活，将成为今后“微笑彩虹”公益活动的重要方向。我们把“微笑彩虹”关注的面从特殊儿童扩展到贫困儿童和留守儿童，按照国家全民阅读“十三五”规划的要求，对弱势群体进行全民阅读活动的全覆盖。

“微笑彩虹”这一品牌将向纵深推进，我们将开展以小学为单位，为特殊学校及贫困地区的学校在每个年级配备至少200册图书的“微笑彩虹”小书架，活动将跟随“书香中国万里行”活动长期在全国开展。我们将以此为起点，走进全国更多的校园，帮助更多的少年儿童，让他们享受阅读的权利，给阅读一片纯净的天空，给孤独一个爱的拥抱，让阅读的阳光温暖每一颗童心。

“微笑彩虹”是倒挂着的彩虹，它意味着我们的特殊儿童、贫困儿童和留守儿童，同样可以拥有一个快乐的、七彩的童年。一本好书可以改变人的一生，今天我们捐出的每一本好书都将会变成一粒种子，在孩子们的心中生根发芽，为他们插上梦想的翅膀，去探寻世界的美好。

爱是温暖，是力量，更是责任。让我们共同携起手来，承担起关爱特殊儿童、贫困儿童和留守儿童的社会责任，把关爱撒满他们的心田，让孩子们心灵的天空挂满微笑的彩虹，让孩子们的明天更加美好。

谢谢大家。

凝心聚力　厚积薄发

——全民阅读媒体联盟 2018 年活动综述

2018 年是贯彻党的十九大精神的开局之年，是改革开放 40 周年，是决胜全面建成小康社会、实施“十三五”规划承上启下的关键一年。如何将全民阅读优秀品牌活动的思路、方法、举措、创新，通过全年化、体系化、项目化，扎实推动新时代全民阅读工作更加快速、深入、全面、科学发展，是全民阅读媒体联盟办公室一直以来努力实践的方向，也是 2018 年工作的着力点。全民阅读推广活动由宣传阅读发展到引导阅读，帮助大众解决读什么和怎么读问题。我们的做法是一方面整合“书香中国万里行”、全民阅读“红沙发”访谈、“大众喜爱的 50 种图书”推荐、“大众喜爱的 50 个阅读微信公众号”推荐活动、全民阅读大讲堂等多项阅读宣传推广品牌项目，根据地域阅读特点组织联盟媒体深入采访。在总结先进经验、宣传优秀典型的基础上，帮助当地组织多种阅读推广活动，提升阅读推广水平。另一方面是抓住全民阅读推广活动的热点进行梳理总结，形成自己独有的品牌。在 2017 年注册成功“全民阅读媒体联盟”和“红沙发”2 个品牌的基础上，2018 年又成功注册了“微笑彩虹”和“书香万里行”2 个品牌，促进了阅读推广活动品牌的积极健康、深入开展。

2018年，“书香中国万里行”活动一共进行了4站，先后到达河南漯河、郑州，广东佛山、广州、东莞、深圳，累计30多个县市。全民阅读“红沙发”系列访谈共举办了5期26场，累计27期147场，邀请了近70位名人名家。“微笑彩虹”活动成功举办了两场。此外，我们还成功举办了第三届“大众喜爱的50个阅读微信公众号”推荐活动，并在书博会上召开了“全民阅读推广新媒体峰会”。“全民阅读大讲堂”成功举办了两场。

2018年全民阅读媒体联盟办公室工作具体情况如下：

一、“书香中国万里行”采访活动向纵深发展，深入再访同一省份，积极与年度书博会结合

2018年，“书香中国万里行”活动一共进行了4站。在2017年对河南省宝丰县采访的基础上，对河南省漯河市、郑州市进行了深度采访。积极将万里行活动与书博会相结合，在书博会举办前期，深入广东省的各大城市县城采访，为书博会造势预热，为书博会扩大影响，取得了良好效果。

4月21日，“书香中国万里行·漯河站”启动。漯河市委书记蒿慧杰、河南省委宣传部副巡视员方启雄，河南省新闻出版广电局党组成员、副局长李洪青等出席了启动仪式。“书香中国万里行·漯河站”的活动包括4场全民阅读“红沙发”系列访谈、1场“全民阅读大讲堂”、中央媒体看漯河全民阅读“六进”（进机关、进企业、进学校、进家庭、进图书馆、进超市）采访活动等，中央电视台新闻联播节目对此活动进行了报道。

7月上旬，我们组织了“书香中国万里行·广东站”活动，到广东省东莞市、广州市、佛山市采访。新华社、《人民日报》《光明日报》《经济日报》《工人日报》《农民日报》《中国青年报》《中国妇女报》《中国文化报》《中国教育报》《中华工商时报》《中国新闻出版广电报》、新浪网、中国新闻出版广电网等媒体积极参与，深入采访了机关、学校、图书馆、工矿企业、书店和阅读达人，对“广东省推进未成人阅读”的经验和“不打烊的图书馆”等活动进行了大量报道，为第二十八届书博会在深圳举办营造了良好的氛围。

7月19日至22日，“书香中国万里行·深圳站”在广东省深圳市启动。《人民日报》《经济日报》《光明日报》等10余家中央级新闻媒体组成的采访团，围绕书香机关、书香村居、书香企业、书香校园、书香家庭等进行实地采访，全面报道“书香深圳”建设情况。

11月23日，“书香中国万里行·郑州站”正式启动。在之后的3天里，由新华社、《人民日报》《中国新闻出版广电报》、新浪网等10余家媒体代表组成的中国全民阅读媒体联盟记者采访团，走进郑州市图书馆、社区、国营企业大河书局福音书吧、民营企业松社书店、国网河南经研院、荥阳市农家书屋、中小学校园实地深访，全面了解郑州市在推行全民阅读建设过程中的经验与成果，探寻书香亮点。

23日下午，郑州图书馆报告厅内，全民阅读大讲堂活动启动。原国家新闻出版广电总局党组成员宋明昌作了关于“书香中国·中国出版传承中华文明”的主题讲座，反响热烈。

二、“红沙发”访谈作为重大活动，继续入驻北京图书订货会、全国图书交易博览会。首次与北京市海淀区委合作，采用视、听双直播，多种形式呈现，多媒体、全方位展现“红沙发”精彩内容

2018年，全民阅读“红沙发”系列访谈共举办了5期，在北京图书订货会、河南省漯河市、郑州市、第二十八届全国图书交易博览会、海淀三联书店进行了26场访谈。

1月中旬，在北京图书订货会上，“红沙发”系列访谈邀请到了全国人大科教文卫委员会主任委员柳斌杰、中共中央党史研究室原副主任李忠杰、儿童文学作家韩青辰、重庆大足石刻研究院院长丁明夷、中国作协副主席张玮等嘉宾作客，畅谈全民阅读。

4月下旬，河南省漯河市举办“红沙发”系列访谈，市委书记蒿慧杰介绍，漯河市不仅出台了一些鼓励和支持阅读的政策法规、便民措施，还加大了书香城市资金投入，仅今年惠民工程一项就投入了1000万元。漯河第一高级中学校长王海东畅谈了10年打造书香校园工程、舞阳县第三实验小学老师梅丹丽分享了书籍是指导生活的“兵书”等经验和体会。

7月19日至22日，在深圳市举办的第二十八届全国图书交易博览会上，全民阅读“红沙发”系列访谈邀请的嘉宾涵盖写书人、出书人、发行人、印刷人，覆盖面广，层次丰富。中国出版协会理事长柳斌杰、中国作家协会副主席高洪波、《人民文学》副主编李东华、高等教育出版社副总编辑林金安、《小别离》作者鲁引弓等重量级嘉宾做客“红沙发”，向广大读者传递“读书让平凡人生闪烁光辉”的正能量。

10 月中旬，由北京市海淀区文化委员会与集团及全民阅读办公室合办 3 场“书香海淀——全民阅读红沙发访谈”活动在三联书店启动。邀请到了韬奋基金会理事长聂震宁、清华大学附属中学副校长孟卫东、“一起悦读”俱乐部创始人石恢等大咖，与读者面对面分享阅读体会。

11 月 23 日在河南郑州，全民阅读“红沙发”系列访谈正式开讲，访谈活动共 4 场。郑州市副市长孙晓红就郑州市全民阅读活动做整体情况介绍。81 岁老人蔡增俊老先生从 1958 年开始剪报，家中藏书 7000 余册，五世同堂。他感悟到“学以致用、读书使人长寿”，书香情怀代代相传。郑州市新华书店党委书记刘雅肩负新华书店“国家队”的政治责任，营造 15 分钟文化阅读生活圈。大河书局董事长李建峰解决了学校“四点半现象”，将书店开到了学校里，计划投资 1000 家校园阅读中心，辐射 200 万家庭 800 万名中小学生。河南小蚂蚁志愿服务队乔涛涛，将书摊摆到了周末的公园，创新阅读志愿者服务。

媒体联盟办公室为“红沙发”访谈做了精心的准备。通过网络征集话题，电视台录播，现场 LED 大屏同步播出，网站、微博直播，《中国新闻出版报》大篇幅报道，各大视频网站播放微视频。每场访谈结束后，“全民阅读媒体联盟”公众号每天都会以文字及视频的形式对活动进行推送及预告。映客视频直播以及喜马拉雅等音频直播通道，与广大读者进行互动交流。参与读者数以万计，有效地提高了活动的传播度与影响力。

三、“微笑彩虹 · 关爱特殊儿童公益活动”，为品牌矩阵增添公益力量

2018 年，在全民阅读活动持续蓬勃开展的第 12 个年头，我们继续坚

持做公益文化品牌——“微笑彩虹·关爱特殊儿童公益活动”。

今年“微笑彩虹”活动已成功举办了两场，形成了一套完整的公益文化理念和活动实施与传播方案，赢得了政府部门、传媒业、出版界、教育机构、社会公益与专业机构以及广大少年儿童和家长们的广泛认同、大力支持和积极参与。

1 月 13 日，“用阅读的阳光温暖每一颗童心”微笑彩虹·关爱特殊儿童公益活动在北京图书订货会上启动。由儿童文学作家、诗人金波作词，作曲家李晓琦作曲的“微笑彩虹”活动主题曲《微笑的彩虹》，在悠扬而纯真的童声演绎下，响彻北京书展展馆。韬奋基金会理事长聂震宁致辞，他充分肯定了本次活动的意义与价值，并呼吁大众更多地关爱这些特殊儿童，让特殊儿童也能感受来自社会的爱，在爱的彩虹下微笑成长。四川少年儿童出版社社长常青表示，参加这个活动感到了沉甸甸的责任，作为出版社要用好书为特殊儿童搭建彩虹之桥。聂震宁为北京育才学校颁发了“微笑彩虹 关爱特殊儿童公益活动校园活动基地”示范点铭牌。育才学校学生吴西子等同学表示，他们觉得像“微笑彩虹”这样能够帮助其他小朋友一起读书的公益活动很有意义，今后也会继续关注。说明关爱特殊儿童的种子已经在孩子们的心中生根发芽。

10 月 17 日，由集团总经理李忠向四川绵阳涪陵城区特校捐献了 200 余册图书，并颁发了“微笑彩虹 关爱特殊儿童公益活动校园活动基地”示范点铭牌，后续还将陆续进行图书捐赠。

四、圆满完成总局交办的2017年度（第八届）“大众喜爱的50种图书”推荐活动

2018年春节前夕，我们在总局主管部门的指导下，按照时间节点精心组织，圆满完成了2017年度（第八届）“大众喜爱的50种图书”推荐活动，向社会发布结果。及时邀请、安排全国各大书城在春节期间设立2017年度（第八届）“大众喜爱的50种图书”专柜、专架，为广大读者献上新春贺礼。

在八年来组织推荐活动的基础上，本次推荐活动对图书专家初审环节，把关更加严格，程序更加规范。春节过后，在总局领导下，召开了2017年度“大众喜爱的50种图书”宣传总结大会，向获推荐图书的出版社颁发证书，总局出版管理司许正明副司长到会讲话，充分肯定“大众喜爱的50种图书”推荐活动的重大意义，并向到会的几十家媒体提出了进一步做好宣传的要求。

五、举办第三届“大众喜爱的50个阅读微信公众号”推荐活动并再度举办“全民阅读·新媒体推广峰会”

在2017年成功举办第二届“大众喜爱的50个阅读微信公众号”推荐活动的基础上，今年4月又开展了第三届“大众喜爱的50个阅读微信公众号”推荐活动，活动呈现三个新特点：一是活动参与人数不断增加，在为期两周的投票活动中，参与人数达到44.5万人次，活动页面点击量达438万次，较第二届的128万次大幅度增加，活动影响力不断提升。二是微信公众号运维水平不断提升，出版社类公众号提供优质内容，引

领阅读趋势；媒体类公众号充分利用自身传播优势，产生叠加效应；书店类公众号主打“书店 + 周边”模式，通过产业融合创造良好阅读环境，扩大读者范围；图书馆类公众号提供多元阅读服务，营造阅读氛围；文化阅读推广类公众号充分发挥“互联网 + 阅读”优势，在移动平台彰显出独特的吸引力。三是全民阅读推广方式更加多元。形式上，推送的文字用图、文、音、视频等多种表现形式，有的公众号不仅推送文字内容，同时加入音频邀请专业主播对发布内容进行同步朗读；在内容上，通过提供书目推荐、图书评论、名家访谈、信息服务、线上线下阅读活动，全方位推广全民阅读。

7 月 20 日，我们在第二十八届全国书博会的中国新闻出版传媒集团展区举办“全民阅读推广新媒体峰会”。总局出版管理司副司长许正明及其他领导向获得了第三届“大众喜爱的 50 个阅读微信公众号”推荐的主体单位颁发证书，邀请 6 个类别的微信公众号负责人现场进行主旨发言。

峰会上，韬奋基金会理事长聂震宁在致辞中说，“阅读微信公众号为阅读做推广、做引导、做帮助，使我们的阅读生活有了更加丰富的内容，使得我们的阅读进入了新时代，从方方面面体现出新气象”。“书香吉林”微信公众号代表吉林省新闻出版广电局公共服务处处长张燕，“果戈里”微信公众号代表、黑龙江省新华书店董事长赵立，人民文学出版社微信公众号代表、人民文学出版社策划部主任宋强，“十点读书会”微信公众号代表、十点读书会商务总监胡敏，“小雨姐姐”微信公众代表王世济等分享了运营经验、全民阅读推广的新举措。通过他们的发言，现场的读者更加深入地了解了各类阅读微信公众号。

六、“全民阅读媒体联盟”腾讯视频专区和“全民阅读媒体联盟”喜马拉雅专区，与微信公众号、头条号、官方微博齐头并进，形成合力

两大专区内，子栏目皆以各个品牌活动命名，并按年份逐一展示，以便读者更好地了解活动，增加品牌活动知名度、美誉度，在读者心中树立良好的品牌形象，以便活动的进一步开展。

目前，“全民阅读媒体联盟”微信公众号、头条号、官方微博读者数以万计，文章浏览量突破数十万。

2018 年，我们举办的阅读推广活动得到了总局领导、集团领导的热情关怀和大力支持，得到了总局出版管理司、印刷发行司、新闻报刊司、全民阅读活动组织协调办公室等领导机关的精心指导，工作进展顺利。

“天下大事，必作于细。”全民阅读媒体联盟办公室将继续努力，继续深入基层，将触角延伸到县市，在做好典型报道的基础上，努力整合开发新的服务内容，为全民阅读的深入开展贡献力量。

中国全民阅读媒体联盟办公室

2018年12月14日

2010年度“大众喜爱的50种图书”入选书目

一、文化类（10种）

序号	书名	作者	出版单位
1	《读点经典》	重庆市委宣传部、西南大学 编	重庆出版社
2	《二十世纪中国史纲》	金冲及 著	社会科学文献出版社
3	《金融的逻辑》	陈志武 著	国际文化出版公司
4	《老子十八讲》	王蒙 著	生活·读书·新知三联书店
5	《〈论语〉的智慧》	傅佩荣 著	黄山书社
6	《毛泽东箴言》	中国中共文献研究室编订，北京东润菊香书屋 出品	人民出版社、中央文献出版社
7	《明朝那些事儿·大结局》	当年明月 著	中国海关出版社
8	《七个“怎么看”——理论热点面对面2010》	中共中央宣传部理论局 编	学习出版社、人民出版社
9	《中国大趋势》	［美］约翰·奈斯比特、［德］多丽丝·奈斯比特 著，魏平 译	中华工商联合出版社
10	《中国人应知的国学常识》	中华书局编辑部 编	中华书局

二、文学类（15种）

序号	书名	作者	出版单位
1	《成长》	王海鸰 著	作家出版社
2	《杜拉拉升职记2：华年似水》	李可 著	陕西师范大学出版社
3	《风语》	麦家 著	金城出版社
4	《浮沉2》	崔曼莉 著	陕西师范大学出版社
5	《解放战争》	王树增 著	人民文学出版社
6	《解密上甘岭》	张嵩山 著	北京出版社
7	《苦难辉煌》	金一南 著	华艺出版社
8	《暮光之城》	[美]斯蒂芬妮·梅尔 著，张雅琳、龚萍 译	接力出版社
9	《破解幸福密码》	毕淑敏 著	江苏人民出版社
10	《认得几个字》	张大春 著	上海人民出版社
11	《山楂树之恋》	艾米 著	江苏人民出版社
12	《失落的秘符》	[美]丹·布朗 著，朱振武 等译	人民文学出版社
13	《天地九重》	杨利伟 著	解放军出版社
14	《铁梨花》	萧马 原著，严歌苓 改编	陕西师范大学出版社
15	《余震》	张翎 著	北京十月文艺出版社

三、生活与科普类（15 种）

序号	书名	作者	出版单位
1	《爱和自由》	孙瑞雪 著	中国妇女出版社
2	《大熊猫的起源》	黄万波、魏光飚 编著	科学出版社
3	《当彩色的声音尝起来是甜的》	科学松鼠会 编著	上海三联书店
4	《分子共和国》	北京大学化学与分子工程学学院 编	知识出版社
5	《好妈妈胜过好老师》	尹建莉 著	作家出版社
6	《基因的故事：解读生命的密码》	陈润生、刘夙 著	北京理工大学出版社
7	《每天走好 6000 步》	赵之心 主编	北京出版社
8	《时间的故事》	［英］克里斯腾・利平科特 等著， 刘研、袁野 译	中央编译出版社
9	《一百种尾巴或一千张叶子》	王东 等著	中国轻工业出版社
10	《引导的智慧——对家庭教育的思考》	吴惠强 编著	浙江教育出版社
11	《宇宙秘密——阿西莫夫谈科学》	［美］艾萨克・阿西莫夫 著， 吴虹桥 等译	上海科技教育出版社
12	《再造一个地球——人类移民火星之路》	欧阳自远、刘茜 著	北京理工大学出版社
13	《拯救男孩》	孙云晓 等著	作家出版社
14	《植物的识别》	汪劲武 编著	人民教育出版社
15	《中国居民膳食指南》	中国营养学会 编著	西藏人民出版社

四、少儿类（10种）

序号	书名	作者	出版单位
1	《第一次发现丛书：手电筒系列》	法国伽利玛少儿出版社 编，罗静平 等译	接力出版社
2	《活宝三人组》	［日］那须正干著，林少华 译	二十一世纪出版社
3	《蓝丫的太阳》	吕丽娜 文，解国超 图	人民教育出版社
4	《你好，小读者》	秦文君 著	安徽少年儿童出版社
5	《笑猫日记：球球老老鼠》	杨红樱 著	明天出版社
6	《岁月的书香》	王泉根 主编	外语教学与研究出版社
7	《我亲爱的甜橙树》	［巴西］若泽·毛罗·德瓦斯康塞洛斯 著，蔚玲 译	人民文学出版社、天天出版社
8	《巧克力味的暑假》	伍美珍 著	明天出版社
9	《震动》	王巨成 著	中国少年儿童出版社
10	《属鼠蓝和属鼠灰：我们是属鼠班》	朱自强、左伟 著	明天出版社

2011年度“大众喜爱的50种图书”入选书目

一、文化类（10种）

序号	书名	作者	出版单位
1	《于丹趣品人生》	于丹 著	中信出版社
2	《中国共产党历史》(第2卷)	中央党史研究室 著	中共党史出版社
3	《我的抗战》	中国传奇2010之我的抗战节目组 著	中国友谊出版公司
4	《醉文明——收藏马未都(贰)》	马未都 著	中信出版社
5	《给中国教育的100条建议》	朱永新 著	新华出版社
6	《蒋勋说〈红楼梦〉》	蒋勋 著	上海三联书店
7	《从怎么看到怎么办·理论热点面对面2011》	中共中央宣传部理论局 编	学习出版社 人民出版社
8	《孙中山传》	张磊、张苹 著	人民出版社
9	《中国震撼》	张维为 著	上海人民出版社
10	《历史的轨迹：中国共产党为什么能》	谢春涛 主编	新世界出版社

二、文学类（15种）

序号	书名	作者	出版单位
1	《史蒂夫·乔布斯传》	[美]沃尔特·艾萨克森 著 管延圻 等译	中信出版社
2	《1911》	王树增 著	人民文学出版社
3	《刀尖：刀之阳面》	麦家 著	北京联合出版公司
4	《幸福了吗？》	白岩松 著	长江文艺出版社
5	《姥姥语录》	倪萍 著	中华书局
6	《金陵十三钗》	严歌苓 著	陕西师范大学出版社
7	《农民家书》	侯永禄 著	人民文学出版社
8	《白雪乌鸦》	迟子建 著	人民文学出版社
9	《推拿》（插图本）	毕飞宇 著	人民文学出版社
10	《窗里窗外》	林青霞 著	广西师范大学出版社
11	《忠诚与背叛》	何建明 执笔，厉华 著	重庆出版社
12	《钱学森故事》	涂元季、莹莹 编	解放军出版社
13	《天香》	王安忆 著	人民文学出版社
14	《武昌城》	方方 著	人民文学出版社
15	《我的阿勒泰》	李娟 著	云南人民出版社

三、生活与科普类（15 种）

序号	书名	作者	出版单位
1	《“输”在起跑线上的哈佛男孩》	于智博 等著	清华大学出版社
2	《幸福的方法》(精装本)	[以]本－沙哈尔 著 汪冰、刘骏杰 译	当代中国出版社
3	《视觉之旅：神奇的化学元素》	[美]西奥多·格雷 著 陈沛然 译	人民邮电出版社
4	《吃的真相 2》	云无心 著	重庆出版社
5	《神奇的一氧化氮：诺贝尔生理医学奖得主穆拉德教你多活 30 年》	[美]斐里德·穆拉德 著 陈振兴 译	译林出版社
6	《在阳台上种菜》	[日]藤田智 著，烟雨 译	浙江科学技术出版社
7	《大设计》	[英]史蒂芬·霍金、列纳德·蒙洛迪诺 著 吴忠超 译	湖南科技出版社
8	《爱因斯坦的望远镜》	[美]盖茨 著， 张威、上官敏慧 译	中国人民大学出版社
9	《核与辐射防护手册》	陈竹舟、叶常青 主编	科学出版社
10	《失控》	[美]凯文·凯利 著， 东西文库 译	新星出版社
11	《趣味生活简史》	[英]比尔·布莱森 著 严维明 译	接力出版社
12	《什么可以吃——个人饮食安全攻略》	马志英 著	上海科学技术出版社
13	《三十岁的成人礼：搭车去柏林》	刘畅 著	中信出版社
14	《到瑞士》	灯不鲁姑 著	北京出版社
15	《去远方长大》	彭凌云 著	云南人民出版社

四、少儿类（10种）

序号	书名	作者	出版单位
1	《丁丁历险记：独角兽号的秘密》	［比］埃尔热 编著，王炳东 译	中国少年儿童出版社
2	《笑猫日记：绿狗山庄》	杨红樱 著	明天出版社
3	《生命流泪的样子》	伍美珍 著	明天出版社
4	《黑狗哈拉诺亥》	格日勒其木格·黑鹤 著	接力出版社
5	《我不是完美小孩》	幾米 绘	海豚出版社
6	《红色精神》	刘金田 主编	湖南教育出版社
7	《雄狮去流浪》	沈石溪 著	浙江少年儿童出版社
8	《窗边的小豆豆》（新版）	［日］黑柳彻子 著	南海出版公司
9	《科普童话绘本馆》	中国科普作家协会 总策划	电子工业出版社
10	《周末与爱丽丝聊天系列》	程玮 著	江苏少年儿童出版社

2012年度“大众喜爱的50种图书”入选书目

一、文化类（10种）

序号	书名	作者	出版单位
1	《中国共产党如何治理国家》	谢春涛 主编	新世界出版社
2	《中国触动》	张维为 著	上海人民出版社
3	《王二的经济学故事》	郭凯 著	浙江人民出版社
4	《正能量》	［英］理查德·怀斯曼 著，李磊 译	湖南文艺出版社
5	《论中国》	［美］亨利·基辛格 著，胡利平 等译	中信出版社
6	《第三次工业革命》	［美］杰里米·里夫金 著，孙体伟、孙豫宁 译	中信出版社
7	《简明中国历史读本》	中国社会科学院历史研究所 编	中国社会科学出版社
8	《解读中国经济》	林毅夫 著	北京大学出版社
9	《雷锋全集》	雷锋 著	华文出版社
10	《辩证看·务实办》	中共中央宣传部理论局 编	人民出版社、学习出版社

二、文学类（原15种，取消1种）

序号	书名	作者	出版单位
1	《一个孩子的战争》	徐世立 著	人民文学出版社
2	《少年Pi的奇幻漂流》	［加］扬·马特尔 著，姚媛 译	译林出版社
3	《生命册》	李佩甫 著	作家出版社
4	《安魂》	周大新 著	作家出版社
5	《此生未完成》	于娟 著	湖南科技出版社
6	《那些年，我们一起追的女孩》	九把刀 著	现代出版社
7	《我们的荆轲》	莫言 著	新世界出版社
8	《时光电影院》	幾米 著	海豚出版社
9	《知情识趣》	林夕 著	林夕 著
10	《突破缅北的鹰》	萨苏 著	文汇出版社、长江文艺出版社
11	《突然就走到了西藏》	陈坤 著	华东师范大学出版社
12	《偶发空缺》	［英］J.K. 罗琳 著，任战、向丁丁 译	人民文学出版社
13	《梁启超传》	解玺璋 著	上海文化出版社
14	《霍乱时期的爱情》	［哥伦比亚］加西亚·马尔克斯 著，杨玲译	南海出版公司

三、生活与科普类（10 种）

序号	书名	作者	出版单位
1	《于康：吃好每天 3 顿饭》	于康 著	化学工业出版社
2	《发现之旅》	［英］托尼·赖斯 编著，林洁盈 译	商务印书馆
3	《在阳台上种美味》	妖妖 著	电子工业出版社
4	《花甲背包客》	张广柱、王钟津 著	湖南文艺出版社
5	《图画书应该这样读》	彭懿 著	接力出版社
6	《重生手记》	凌志军 著	湖南人民出版社
7	《朗读手册》	［美］吉姆·崔利斯 著，沙永玲 等译	南海出版公司
8	《站着上北大》	甘相伟 著	东方出版社
9	《就想开间小小咖啡馆》	王森 著	中信出版社
10	《最好的时光在路上》	郭子鹰 著	中国大百科全书出版社

四、少儿类（15 种）

序号	书名	作者	出版单位
1	《丁丁当当：草根街》	曹文轩 著	中国少年儿童出版社
2	《王子的长夜 》	秦文君 著	湖南少年儿童出版社
3	《半岛哈里哈气：长跑神童》	张炜 著	河北少年儿童出版社
4	《讲给孩子的中国科学》	刘兴诗 著	希望出版社
5	《阳光姐姐小书房：猪仔头温暖之旅》	伍美珍 著	明天出版社
6	《极地惊心大探险系列：北极熊俱乐部》	位梦华 著	接力出版社

续表

序号	书名	作者	出版单位
7	《林格伦精品绘本：长袜子皮皮在公园》	［瑞典］阿斯特丽德·林格伦 著， ［瑞典］英格丽德·万·尼曼 绘， 李之义 译	中国少年儿童出版社
8	《郑渊洁七彩童话系列》	郑渊洁 著	二十一世纪出版社
9	《查理九世：黑贝街的亡灵》	雷欧幻像 著	浙江少年儿童出版社
10	《科学大爆炸——中国国家地理博物百科丛书》	许秋汉 等主编	中国大百科全书出版社
11	《笑猫日记：孩子们的秘密乐园》	杨红樱 著	明天出版社
12	《第一次发现丛书：放大镜系列》	［法］伽利玛少儿出版社 编， ［法］雨果 绘， 王文静 译	接力出版社
13	《雪域豹影》	沈石溪 著	人民邮电出版社
14	《最美最美的中国童话》	台湾汉声杂志社 编	江苏美术出版社
15	《漫画中国成语》	京鼎动漫 著	二十一世纪出版社

2013年度“大众喜爱的50种图书”入选书目

一、文化类（10种）

序号	书名	作者	出版单位
1	《古书之美》	安妮宝贝、韦力 著	新星出版社
2	《千年一笔谈》	钱斌 著	商务印书馆
3	《历史的细节——马镫、轮子和机器如何重构中国与世界》	杜君立 著	上海三联书店
4	《推开哲学的门》	傅佩荣 著	东方出版社
5	《看懂货币：央视大型纪录片〈货币〉实践指导书》（图文版）	陈思进、金蓓蕾 著	东方出版社
6	《理性看 齐心办：理论热点面对面·2013》	中共中央宣传部理论局 编	学习出版社 人民出版社
7	《感动的力量》	刘凯 著	长江文艺出版社
8	《中国经济双重转型之路》	厉以宁 著	中国人民大学出版社
9	《大数据时代》	［英］维克托·迈尔－舍恩伯格 等著，盛杨燕 等译	浙江人民出版社
10	《3D打印：从想象到现实》	［美］胡迪·利普森 等著，赛迪研究院专家组 译	中信出版社

二、文学类（15种）

序号	书名	作者	出版单位
1	《带灯》	贾平凹 著	人民文学出版社
2	《黄雀记》	苏童 著	作家出版社
3	《繁花》	金宇澄 著	上海文艺出版社
4	《莫言作品精选》	莫言 著	长江文艺出版社
5	《无愁河的浪荡汉子》	黄永玉 著	人民文学出版社
6	《日夜书》	韩少功 著	上海文艺出版社
7	《晚安玫瑰》	迟子建 著	人民文学出版社
8	《小艾，爸爸特别特别地想你》	丁午 著	人民美术出版社
9	《平如美棠：我俩的故事》	饶平如 著	广西师范大学出版社
10	《华胥引》	唐七公子 著	湖南文艺出版社
11	《宝贝》	六六 著	长江文艺出版社
12	《惊鸿一瞥：CCTV首席财经主播陈伟鸿自述》	陈伟鸿 著	江苏文艺出版社
13	《米罗山营地》	陈河 著	天津人民出版社
14	《偷影子的人》	［法］马克·李维 著，段韵灵 译	湖南文艺出版社
15	《没有色彩的多崎作和他的巡礼之年》	［日］村上春树 著，施小炜 译	南海出版公司

三、生活与科普类（10种）

序号	书名	作者	出版单位
1	《好好做父亲：男人最有价值的投资》	孙云晓、李文道 著	中信出版社
2	《怀得上，生得下》	叶敦敏 著	江苏文艺出版社
3	《人生就是一场海选》	靳羽西 著	湖南科学技术出版社
4	《Hello，早餐》	子瑜妈妈 著	浙江科学技术出版社
5	《拥抱》	幾米 绘	海豚出版社
6	《佩蓉的妈妈经》	蒋佩蓉 著	人民邮电出版社
7	《十年徒步中国》	雷殿生 著	中国地图出版社
8	《二三十岁，开间幸福小店》	梁龙蜀 著	安徽人民出版社
9	《天外天：人类和黑暗宇宙的故事》	李杰信 著	昆仑出版社
10	《博物人生》	刘华杰 著	北京大学出版社

四、少儿类（15种）

序号	书名	作者	出版单位
1	《绝佳拍档：成长不烦恼》	商晓娜 著	明天出版社
2	《最后的獒王》	杨志军 著	浙江少年儿童出版社
3	《致未来的你：给女孩的十五封信》	殷健灵 著	青岛出版社
4	《你是世上最好的妈妈》	粲然 著	江苏人民出版社
5	《余宝的世界》	黄蓓佳 著	江苏少年儿童出版社
6	《苏北少年："堂吉诃德"》	毕飞宇 著	明天出版社
7	《科学改变人类生活的119个伟大瞬间》	路甬祥 主编	浙江少年儿童出版社

续表

序号	书名	作者	出版单位
8	《"我是夏蛋蛋"系列：信箱里掉出一个小精怪》	彭懿 著，早稻 绘	接力出版社
9	《母狐救子》	沈习武 著	江苏少年儿童出版社
10	《苦苓的森林秘语》	苦苓 著	人民文学出版社
11	《快乐小猪波波飞：掉牙小猪》	高洪波 著	中国少年儿童出版社
12	《天空的呼唤》	曹文轩 编，秦修平 绘	江苏少年儿童出版社
13	《妹妹的大南瓜》	九儿 编绘	连环画出版社
14	《孩子，你的名字叫幸福》	［德］维尔纳·霍尔茨瓦特 著，［德］亨宁·勒莱因 绘，陈敏 译	新蕾出版社
15	《眼》	［波］奇米勒斯卡 著，明书 译	接力出版社

2014年度“大众喜爱的50种图书”入选书目

一、文化类（10种）

序号	书名	作者	出版单位
1	《习近平谈治国理政》	习近平 著	外文出版社
2	《习近平总书记系列重要讲话读本》	中共中央宣传部 编	学习出版社 人民出版社
3	《邓小平传：1904～1974》	中共中央文献研究室 编	中央文献出版社
4	《雪域长歌——西藏1949–1960》	张小康 著	四川人民出版社 中共党史出版社
5	《每天一堂生活经济课》	梁小民 著	北京联合出版公司
6	《故宫藏美》	朱家溍 著	中华书局
7	《21世纪资本论》	［法］皮凯蒂 著，巴曙松等 译	中信出版社
8	《甲午殇思》	刘声东 张铁柱 主编，刘亚洲 等撰	上海远东出版社
9	《中国古代的士人生活》	孙立群 著	商务印书馆
10	《1944：腾冲之围》	余戈 著	生活读书新知三联书店

二、文学类（15种）

序号	书名	作者	出版单位
1	《守住中国人的底线》	王蒙 著	北京联合出版公司
2	《上庄记》	季栋梁 著	北京十月文艺出版社
3	《惜别》	止庵 著	上海人民出版社
4	《瞻对：终于融化的铁疙瘩——一个两百年的康巴传奇》	阿来 著	四川文艺出版社
5	《耶路撒冷》	徐则臣 著	北京十月文艺出版社
6	《北去来辞》	林白 著	北京出版社
7	《我们这30年——一个记者眼里的中国改革开放》	刘卫兵 著	外文出版社
8	《爱历元年》	王跃文 著	湖南文艺出版社
9	《在绝望中寻找希望》	俞敏洪 著	中信出版社
10	《洗澡之后》	杨绛 著	人民文学出版社
11	《老生》	贾平凹 著	人民文学出版社
12	《乖，摸摸头》	大冰 著	湖南文艺出版社
13	《我是马拉拉》	［巴基斯坦］马拉拉 ［英］克里斯蒂娜拉姆 著， 翁雅如 朱浩一 译	四川人民出版社
14	《惟妙惟肖的爱情》	方方 著	花城出版社
15	《一转身，一经年，一辈子》	洛艺嘉 著	九州出版社

三、生活与科普类（10 种）

序号	书名	作者	出版单位
1	《跟着君之做饼干》	君之 著	北京科学技术出版社
2	《户外生存手册》	［美］约翰逊 著，闫卫东 译	北京美术摄影出版社
3	《动物记事》	徐仁修 撰文、摄影	北京大学出版社
4	《怎样给孩子讲故事》	小雨姐姐 著	接力出版社
5	《万万没想到：用理工科思维理解世界》	万维钢 著	电子工业出版社
6	《用心教养：孙云晓与中外心理学名家的对话》	孙云晓 等著	浙江人民出版社
7	《时蔬小话》	阿蒙 著	商务印书馆
8	《会做饭的孩子走到哪里都能活下去》	［日］安武信吾 安武千惠 安武花 著	南海出版公司
9	《最美的教育最简单》	尹建莉 著	作家出版社
10	《伟大创意的诞生：创新自然史》	［美］约翰逊 著，盛杨燕 译	浙江人民出版社

四、少儿类（15 种）

序号	书名	作者	出版单位
1	《笑猫日记：云朵上的学校》	杨红樱 著	明天出版社
2	《枫林渡》	曹文轩 著	明天出版社
3	《爸爸树 1：树精和鸡精》	刘海栖 著	安徽少年儿童出版社
4	《母亲河・长江》	刘兴诗 著	长江少年儿童出版社
5	《我的趣味汉字世界》（1–2）	中国汉字听写大会栏目组 编著	接力出版社
6	《少年与海》	张炜 著	安徽少年儿童出版社
7	《超级笑笑鼠：心跳历险记》	晓玲叮当 著	二十一世纪出版社

续表

序号	书名	作者	出版单位
8	《好神奇的小石头》	左伟 著	中国少年儿童出版社
9	《晚安，月亮》	[美]布朗 编文， [美]赫德 绘， 阿甲 译	北京联合出版公司
10	《神奇飞书》	[美]乔伊斯 [美]布鲁姆 绘， 王林 译	晨光出版社
11	《不可思议的旅程》	[美]贝克尔 著	新星出版社
12	《影子人》	金波 编文， 颜青 绘	江苏少年儿童出版社
13	《天上的船》	殷健灵 著	晨光出版社
14	《周末与米兰聊天：两根弦的小提琴》	程玮 著	江苏少年儿童出版社
15	《导盲犬迪克》	沈石溪 著	浙江少年儿童出版社

2015 年度“大众喜爱的 50 种图书”入选书目

一、文化类（10 种）

序号	书名	作者	出版单位
1	《做焦裕禄式的县委书记》	习近平 著	中央文献出版社
2	《重读抗战家书》	中共中央宣传部宣传教育局 编	中华书局
3	《中国的品格》	楼宇烈 著	四川人民出版社
4	《中国文化精神》	张岱年 程宜山 著	北京大学出版社
5	《中国历史的教训》	习骅 著	中国方正出版社 中信出版社
6	《小趋势 2015：读懂新常态》	吴敬琏 厉以宁 林毅夫 等著；朱克力 吴晨光 主编	中信出版社
7	《改变世界经济地理的“一带一路”》	葛剑雄 胡鞍钢 林毅夫 乔良 汤敏 瞿振元 等撰文	上海交通大学出版社
8	《工业 4.0——即将来袭的第四次工业革命》	［德］乌尔里希·森德勒 主编；邓敏 李现民 译	机械工业出版社
9	《何为良好生活：行之于途而应于心》	陈嘉映 著	上海文艺出版社
10	《晚明大变局》	樊树志 著	中华书局

二、文学类（15种）

序号	书名	作者	出版单位
1	《抗日战争》(全三册)	王树增 著	人民文学出版社
2	《群山之巅》	迟子建 著	人民文学出版社
3	《蘑菇圈》	阿来 著	长江文艺出版社
4	《我从新疆来》	库尔班江·赛买提 编著	中信出版社
5	《小词大雅》	叶嘉莹 著	北京大学出版社
6	《奇葩奇葩处处哀》	王蒙 著	四川文艺出版社
7	《成龙：还没长大就老了》	成龙 朱墨 著	江苏凤凰文艺出版社
8	《心若菩提》	曹德旺 著	人民出版社
9	《匠人》	申赋渔 著	民主与建设出版社
10	《谁在银闪闪的地方，等你：老年书写与凋零幻想》	简媜 著	长江文艺出版社
11	《琅琊榜》(全三册)	海宴 著	四川文艺出版社
12	《莫奈和他的眼睛》	张佳玮 著	译林出版社
13	《我还是想你，妈妈》	［白俄罗斯］S.A. 阿列克谢耶维奇 著；晴朗 李寒 译	九州出版社
14	《岛上书店》	［美］加布瑞埃拉·泽文 著；孙仲旭 李玉瑶 译	江苏凤凰文艺出版社
15	《蚕》	［英］罗伯特·加尔布雷思 著；马爱农 译	人民文学出版社

三、生活与科普类（10 种）

序号	书名	作者	出版单位
1	《屠呦呦传》	屠呦呦传编写组 编写	人民出版社
2	《彩色的阅读教室》	周其星 著	北京师范大学出版社
3	《草木缘情：中国古典文学中的植物世界》	潘富俊 著	商务印书馆
4	《〈三体〉中的物理学》	李淼 著	四川科学技术出版社
5	《读懂孩子——心理学家实用教子宝典（12–18）》	边玉芳 著	北京师范大学出版社
6	《博物自在》	刘华杰 著	中国科学技术出版社
7	《硬派健身》	斌卡 著	湖南文艺出版社
8	《树的秘密生活：它们如何生存，如何与我们息息相依》	［英］科林·塔奇 著；姚玉枝 彭文 张海云 译	商务印书馆
9	《秘密花园——一本探索奇境的手绘涂色书》	［英］乔汉娜·贝斯福 著	北京联合出版公司
10	《那些古怪又让人忧心的问题》	［美］兰道尔·门罗 著 朱君玺 译	北京联合出版公司

四、少儿类（15 种）

序号	书名	作者	出版单位
1	《伟大也要有人懂：少年读马克思》	韩毓海 著	中国少年儿童出版社
2	《火印》	曹文轩 著	人民文学出版社 天天出版社
3	《森林里的小火车》	彭学军 著	二十一世纪出版社
4	《书虫之家系列》	萧袤 著， 麻三斤 绘	中国少年儿童出版社

续表

序号	书名	作者	出版单位
5	《妖怪山》	彭懿 文； 九儿 图	连环画出版社
6	《致成长中的你：十五封青春书简》	殳健灵 著	长江文艺出版社
7	《渔童》	赵丽宏 著	福建少年儿童出版社
8	《寻找鱼王》	张炜 著	明天出版社
9	《笑猫日记：青蛙合唱团》	杨红樱 著	明天出版社
10	《迟到的理由》	姚佳 文图	明天出版社
11	《湾格花原》	马原 著	浙江少年儿童出版社
12	《一棵长满信的树》	安鹏辉 著	黑龙江少年儿童出版社
13	《中国成语大会·我的智慧成语世界》(全 2 册)	中国成语大会栏目组 编著	接力出版社
14	《芝麻大问号》(全 4 册)	芝麻 编著	化学工业出版社
15	《孤单的小影子》	[美]克莱·赖斯 著绘； 徐国英 译	安徽少年儿童出版社

2016年度“大众喜爱的50种图书”入选书目

一、文化类（10种）

序号	书名	作者	出版单位
1	《习近平总书记系列重要讲话读本》(2016年版)	中共中央宣传部 编	学习出版社 人民出版社
2	《中国共产党的九十年》(全三册)	中共中央党史研究室 编	中共党史出版社 党建读物出版社
3	《全面小康热点面对面——理论热点面对面·2016》	中共中央宣传部理论局 编	学习出版社 人民出版社
4	《七问供给侧结构性改革——权威人士谈当前经济怎么看怎么干》	人民日报社经济社会部 著	人民出版社
5	《马克思靠谱》	内蒙轩 主编	东方出版社
6	《世界是通的：“一带一路”的逻辑》	王义桅 著	商务印书馆
7	《大写西域》(全两册)	高洪雷 著	人民文学出版社
8	《中国通史·从中华先祖到春秋战国》	卜宪群 总撰稿	华夏出版社 安徽教育出版社
9	《古书之爱》	韦力 著	中华书局
10	《华为你学不会》	孙科柳 易生俊 陈林空 著	中国人民大学出版社

二、文学类（15种）

序号	书名	作者	出版单位
1	《望春风》	格非 著	译林出版社
2	《如果大雪封门》	徐则臣 著	北京十月文艺出版社
3	《独药师》	张炜 著	人民文学出版社
4	《黑白男女》	刘庆邦 著	上海文艺出版社
5	《天父地母》	王晋康 著	四川科学技术出版社
6	《最棒的农民高健浩》	西岐 著	江苏人民出版社
7	《搏击暗夜：鲁迅传》	陈漱渝 著	作家出版社
8	《好诗共欣赏》	叶嘉莹 著	生活·读书·新知三联书店
9	《没眼人》	亚妮 著	中信出版社
10	《我们》（全两册）	辛夷坞 著	百花洲文艺出版社
11	《欢乐颂》（全三册）	阿耐 著	四川文艺出版社
12	《觅渡觅渡》	梁衡 著	北京联合出版公司
13	《致教师》	朱永新 著	长江文艺出版社
14	《一个国家的起飞：中国商用飞机的生死突围》	刘济美 著	中信出版社
15	《乡村生活图景》	［以色列］阿摩司·奥兹 著，钟志清 译	译林出版社

三、生活与科普类（10 种）

序号	书名	作者	出版单位
1	《什么是科学》	吴国盛 著	广东人民出版社
2	《美丽的化学反应》	梁琰 著	清华大学出版社
3	《迷人的材料》	［英］马克·米奥多尼克 著，赖盈满 译	北京联合出版公司
4	《极简宇宙史》	［法］克里斯托弗·加尔法德 著，童文煦 译	上海三联书店
5	《神逻辑：不讲道理的人怎么总有理》	［美］阿里·阿莫萨维 著，［哥伦比亚］亚历杭德罗·希拉尔罗 绘，黄宁云 译	新星出版社
6	《接纳力》	海文颖 著	电子工业出版社
7	《别等孩子长大了才后悔你现在做得太多》	月华 著	机械工业出版社
8	《养生堂之养生厨房》	北京电视台《养生堂》栏目组 著	化学工业出版社
9	《花与树的人文之旅》	周文翰 著	商务印书馆
10	《小家，越住越大》	逯薇 著	中信出版社

四、少儿类（15 种）

序号	书名	作者	出版单位
1	《一百个孩子的中国梦》（彩绘本，全六册）	董宏猷 著，吴波 绘	二十一世纪出版社
2	《伟大也要有人懂：一起来读毛泽东》	韩毓海 著	中国少年儿童出版社 北京大学出版社
3	《面包男孩》	李姗姗 著	北京时代华文书局

续表

序号	书名	作者	出版单位
4	《如画》	徐玲 著	晨光出版社
5	《天青》	李秋沅 著	福建少年儿童出版社
6	《我很高兴认识你》	郁雨君 著	明天出版社
7	《我的名字叫丫头》	刘玉栋 著	山东教育出版社
8	《"小熊包子"系列：奇怪的礼物》	宇志飞翔 著	少年儿童出版社
9	《白色森林》	唐池子 著	新世纪出版社
10	《"沐阳上学记"丛书》（全四册）	萧萍 著	浙江文艺出版社
11	《致未来的你——给男孩的十五封信》	徐鲁 著	青岛出版社
12	《向日葵中队》	刷刷 著	江苏凤凰少年儿童出版社
13	《不要和青蛙跳绳》	彭懿 著，九儿 绘	接力出版社
14	《尤莉亚的日记》	[奥地利]克里斯蒂娜·涅斯特林格 著，赵建军 译	安徽少年儿童出版社
15	《极地重生》	[英]威廉·格利尔 著，邓逗逗 译	长江少年儿童出版社

2017年度“大众喜爱的50种图书”入选书目

一、文化类（10种）

序号	书名	作者	出版单位
1	《习近平谈治国理政》（第二卷）	习近平 著	外文出版社
2	《习近平讲故事》	人民日报评论部 著	人民出版社
3	《红色家书》	《红色家书》编写组 编	党建读物出版社
4	《家风十章》	李存山 主编	广西人民出版社
5	《文明之光》（全四册）	吴军 著	人民邮电出版社
6	《阅读力》	聂震宁 著	生活·读书·新知三联书店
7	《中华传统文化经典百篇》（全二册）	国务院参事室 中央文史研究馆 编 袁行霈 王仲伟 陈进玉 主编	中华书局
8	《最美中国画100幅》	赵力 阮晶京 编	人民美术出版社
9	《从紫禁城到故宫：营建、艺术、史事》	单士元 著	北京出版社
10	《未来简史：从智人到智神》	［以色列］尤瓦尔·赫拉利 著 林俊宏 译	中信出版集团

二、文学类（15 种）

序号	书名	作者	出版单位
1	《习近平的七年知青岁月》	中央党校采访实录编辑室 著	中共中央党校出版社
2	《我的 1997》	张强 李康 著	天地出版社
3	《惊蛰》	海飞 著	花城出版社
4	《浪漫沧桑》	陶纯 著	湖南文艺出版社
5	《雪祭》	党益民 著	长江文艺出版社
6	《血梅花》	胡学文 著	山东文艺出版社
7	《中关村笔记》	宁肯 著	北京十月文艺出版社
8	《试飞英雄》	张子影 著	安徽人民出版社 安徽文艺出版社
9	《守望星星的孩子：来自中国孤独症群体的报告》	聂昱冰 著	黑龙江教育出版社
10	《白先勇细说红楼梦》（全二册）	白先勇 著	广西师范大学出版社
11	《好诗不厌百回读》	袁行霈 著	北京出版社
12	《朗读者》（全三册）	董卿 主编	人民文学出版社
13	《有如候鸟》	周晓枫 著	新星出版社
14	《小小巴黎书店》	［德］妮娜·乔治 著 凌微 译	中信出版集团
15	《被掩埋的巨人》	［英］石黑一雄 著 周小进 译	上海译文出版社

三、生活与科普类（10 种）

序号	书名	作者	出版单位
1	《一带一路画敦煌涂色系列》（全三册）	敦煌研究院 著	广西科学技术出版社
2	《〈红楼梦〉中的经典美食》	周小雨 主编	黑龙江科学技术出版社
3	《欢迎来到一年级：幼小衔接家长手册》	卓立 著	化学工业出版社
4	《妈妈教的数学》	孙路弘 著	浙江人民出版社
5	《食林广记》	马红丽 著	商务印书馆
6	《远行，与异文明的初恋：冯骥才欧游手札》	冯骥才 著	长江文艺出版社
7	《海错图笔记》	张辰亮 著	中信出版集团
8	《植物不简单》	顾洁燕 徐蕾 主编	上海科技教育出版社
9	《太空日记：景海鹏、陈冬太空全纪实》	刘思扬 主编	四川科学技术出版社
10	《孩子是个哲学家：重新发现孩子，重新发现自己》	[意]皮耶罗·费鲁奇 著 张晶 译	上海社会科学院出版社

四、少儿类（15 种）

序号	书名	作者	出版单位
1	《伟大也要有人懂：小目标 大目标 中国共产党一路走来》	陈晋 著	中国少年儿童出版社
2	《独龙花开 我们的民族小学》	吴然 著	晨光出版社
3	《海底隧道》	杨志军 著	人民文学出版社 天天出版社
4	《让我陪你重返狼群》	李微漪 著	安徽少年儿童出版社
5	《形影不离》	薛涛 著	青岛出版社

续表

序号	书名	作者	出版单位
6	《驯鹿六季》	格日勒其木格·黑鹤 著	明天出版社
7	《一诺的家风》	孙卫卫 著	希望出版社
8	《因为爸爸》	韩青辰 著	江苏凤凰少年儿童出版社
9	《拯救天才》	王林柏 著	大连出版社
10	《布罗镇的邮递员》	郭姜燕 著	少年儿童出版社
11	《紫糖河》	曹文芳 著	北京少年儿童出版社
12	《豆子地里的童话》(全三册)	刘海栖 著	江苏凤凰少年儿童出版社
13	《水妖喀喀莎》	汤汤 著	浙江少年儿童出版社
14	《追梦珊瑚——献给为保护珊瑚而奋斗的科学家》	刘先平 著	长江少年儿童出版社
15	《萤火虫女孩》	彭懿 著 李海燕 绘	接力出版社

第一届“大众喜爱的50个阅读微信公众号”名录

政府与行业机构类

序号	微信号	主体单位
1	北京阅读季	北京出版发行业协会
2	书香江苏	江苏省新闻出版局
3	书香上海	上海市新闻出版局
4	书香重庆	重庆新闻出版信息中心
5	中国好书	中国图书评论学会

出版社类

序号	微信号	主体单位
1	北京大学出版社	北京大学出版社有限公司
2	滴嗒阅读	外语教学与研究出版社有限责任公司
3	读者参考丛书	上海世纪出版股份有限公司学林出版社
4	接力出版社	北京接力文化艺术有限责任公司
5	人民文学出版社	人民文学出版社有限公司
6	商务印书馆	商务印书馆有限公司
7	上海译文	上海世纪出版股份有限公司译文出版社
8	新星出版社	新星出版社有限责任公司
9	译林出版社	江苏译林出版社有限公司

续表

序号	微信号	主体单位
10	悦读中医	中国中医药出版社
11	中国建材工业出版社	中国建材工业出版社
12	中国人民大学出版社	中国人民大学出版社有限公司
13	中国摄影出版社	中国摄影出版社
14	中华书局 1912	中华书局有限公司
15	中信出版集团	中信出版集团股份有限公司

媒体类

序号	微信号	主体单位
1	读者	读者出版传媒股份有限公司
2	父母必读	北京承启文化传播有限公司
3	故事会	上海故事会文化传媒有限公司
4	青年文摘	中国青年出版社
5	三联生活周刊	生活・读书・新知三联书店有限公司
6	中华读书报	中华读书报

书店类

序号	微信号	主体单位
1	单向街书店	北京单向街文化有限公司
2	猫的天空之城概念书店	苏州天空之城图书有限公司
3	南京先锋书店	南京先锋图书文化传播有限责任公司
4	蒲蒲兰绘本馆	北京蒲蒲兰文化发展有限公司
5	三联书店三联书情	生活・读书・新知三联书店有限公司
6	温州市新华书店	浙江温州市新华书店有限公司
7	文友书店	泰山文化城文友书店
8	即墨新华书店	青岛即墨市新华书店有限责任公司

图书馆类

序号	微信号	主体单位
1	国家图书馆	国家图书馆
2	杭州图书馆	杭州图书馆
3	湖北省图书馆	湖北省图书馆
4	浦东图书馆	上海浦东图书馆
5	温州市图书馆	温州市图书馆

文化公司类

序号	微信号	主体单位
1	爱心树童书	新经典文化股份有限公司·爱心树童书
2	博集天卷书友会	中南博集天卷文化传媒有限公司
3	点灯人教育	江苏亲近母语文化教育有限公司
4	未读	联合天际（北京）文化传媒有限公司
5	湛庐文化	北京湛庐文化传播有限公司

阅读推广类

序号	微信号	主体单位
1	豆瓣阅读	北京豆网科技有限公司
2	凯叔讲故事	北京凯声文化传媒有限责任公司
3	咪咕阅读	咪咕数字传媒有限公司
4	诗词世界	楚世家传媒有限公司
5	十点读书	厦门十点文化传播有限公司
6	有书	北京万维之道信息技术有限公司

第二届“大众喜爱的50个阅读微信公众号”名录

政府与行业机构类

序号	微信号	主体单位
1	北京阅读季	北京阅读季领导小组办公室
2	书香吉林全民阅读	吉林省新闻出版广电局
3	书香江苏	江苏省新闻出版广电局
4	书香南京	南京市文化广电新闻出版局
5	书香上海	上海市新闻出版局
6	书香郑州	郑州市文化广电新闻出版局
7	书香重庆	重庆新闻出版信息中心
8	中国好书	中国图书评论学会

出版社类

序号	微信号	主体单位
1	宝贝书单	电子工业出版社
2	北京大学出版社	北京大学出版社有限公司
3	接力出版社	北京接力文化艺术有限责任公司
4	人民出版社读书会	人民出版社
5	人民文学出版社	人民文学出版社有限公司
6	三联书店三联书情	生活·读书·新知三联书店有限公司

续表

序号	微信号	主体单位
7	商务印书馆	商务印书馆有限公司
8	上海古籍出版社	上海世纪出版股份有限公司古籍出版社
9	上海交通大学出版社	上海交通大学出版社有限公司
10	上海译文	上海世纪出版股份有限公司译文出版社
11	译林出版社	江苏译林出版社有限公司
12	悦读中医	中国中医药出版社
13	中国人民大学出版社	中国人民大学出版社有限公司
14	中华书局 1912	中华书局有限公司
15	中信出版集团	中信出版集团股份有限公司

媒体类

序号	微信号	主体单位
1	读者	读者出版传媒股份有限公司
2	父母必读	北京承启文化传播有限公司
3	故事会	上海故事会文化传媒有限公司
4	青年文摘	中国青年出版社
5	三联生活周刊	生活·读书·新知三联书店有限公司
6	阅读公社	光明日报社

书店类

序号	微信号	主体单位
1	单向街书店	北京单向街文化有限公司
2	麦家理想谷	杭州麦庭文化发展有限公司
3	慢书房	苏州慢书房文化传播有限公司
4	猫的天空之城概念书店	苏州天空之城图书有限公司

续表

序号	微信号	主体单位
5	青岛新华书店即墨市店	青岛即墨市新华书店有限责任公司
6	文友书店	泰安市泰山区泰山文化城文友书店
7	无锡百草园书店	无锡市百草园书店有限公司
8	中信书店	北京中信书店有限责任公司

图书馆类

序号	微信号	主体单位
1	国家图书馆	国家图书馆
2	杭州图书馆	杭州图书馆
3	厦门市图书馆	厦门市图书馆
4	唐山市图书馆	唐山市图书馆
5	温州市图书馆	温州市图书馆

阅读推广类

序号	微信号	主体单位
1	博集天卷书友会	中南博集天卷文化传媒有限公司
2	楚尘文化	北京楚尘文化传媒有限公司
3	第二书房阅读空间	北京尚品阳光文化传播有限公司
4	豆瓣阅读	北京豆网科技有限公司
5	古典书城	北京飞蝗科技有限公司
6	诗词世界	楚世家传媒有限公司
7	未读	联合天际（北京）文化传媒有限公司
8	有书	北京万维之道信息技术有限公司

第三届“大众喜爱的50个阅读微信公众号”名录

政府与行业机构类

序号	公众号	主体单位
1	北京阅读季	北京市新闻出版广电局
2	深圳读书月	深圳读书月组委会办公室
3	书香吉林	吉林省新闻出版广电局
4	书香江苏	江苏省新闻出版广电局
5	书香上海	上海市新闻出版局
6	书香郑州	郑州市文化广电新闻出版局
7	书香重庆	重庆市文化信息中心
8	中国好书	中国图书评论学会

出版社类

序号	公众号	主体单位
1	北京大学出版社	北京大学出版社有限公司
2	晨光出版社	云南晨光出版社有限责任公司
3	广东教育出版社	广东教育出版社有限公司
4	机械工业出版社	机械工业出版社
5	接力出版社	北京接力文化艺术有限责任公司
6	清华大学出版社	清华大学出版社有限公司

续表

序号	公众号	主体单位
7	人民出版社读书会	人民出版社
8	人民文学出版社	人民文学出版社有限公司
9	商务印书馆	商务印书馆有限公司
10	上海译文	上海世纪出版股份有限公司译文出版社
11	新星出版社	新星出版社有限责任公司
12	译林出版社	江苏译林出版社有限公司
13	悦读中医	中国中医药出版社
14	中华书局 1912	中华书局有限公司
15	中信书院	中信出版集团股份有限公司

媒体类

序号	公众号	主体单位
1	当代	人民文学出版社有限公司
2	小说月报	百花文艺出版社（天津）有限公司
3	小雨姐姐	北京人民广播电台节目制作中心
4	新京报书评周刊	新京报社
5	阅读公社	光明日报社
6	中华读书报	光明日报社

书店类

序号	公众号	主体单位
1	百草园书店	无锡市百草园书店有限公司
2	果戈里书店	黑龙江新华果戈里书店有限公司
3	杭州晓风书店	杭州晓风文化创意有限公司

续表

序号	公众号	主体单位
4	南京先锋书店	南京先锋图书文化传播有限责任公司
5	三联书店三联书情	生活·读书·新知三联书店有限公司
6	深圳书城	深圳出版发行集团公司
7	文友书店	泰安市泰山区泰山文化城文友书店
8	西西弗书店	重庆西西弗文化传播有限公司

图书馆类

序号	公众号	主体单位
1	广州图书馆	广州图书馆
2	杭州图书馆	杭州图书馆
3	厦门市图书馆	厦门市图书馆
4	深圳图书馆	深圳图书馆
5	温州市图书馆	温州市图书馆

阅读推广类

序号	公众号	主体单位
1	豆瓣读书	北京豆网科技有限公司
2	罗辑思维	北京思维造物信息科技有限公司
3	诗词世界	楚世家（武汉）传媒有限公司
4	诗词天地	郑州坚果互娱网络科技有限公司
5	十点读书会	厦门十点文化传播有限公司
6	书单来了	上海读客图书有限公司
7	微信读书	深圳市腾讯计算机系统有限公司
8	为你读诗	尚客圈（北京）文化传播有限公司

后 记

2013年春天，全民阅读媒体联盟成立之初，时任国家新闻出版总署署长柳斌杰欣然同意担任联盟名誉理事长，并叮嘱秘书张德军说，只要时间安排得开，一定要优先参加全民阅读媒体联盟举办的公益活动。此后，每年年初的北京图书订货会、年中的全国图书交易博览会，柳署长都会出现在“红沙发”系列访谈的现场，剖析全民阅读国家文化战略的实施现状，畅谈在国家层面推动全民阅读、建设书香社会的创新举措，分享个人读书选书的基本原则、日常阅读的经验收获以及人生感悟。2014年春天，“书香中国万里行”大型巡回采访活动正式启动，柳署长向我们提出了要求与期望：一定要坚持下去，至少走遍全国400个城市，把每个城市推动全民阅读的思路、办法和成效梳理归纳总结出来、传播出去，促进城市之间相互学习借鉴，发扬光大，扎扎实实为书香城市与文化强国建设做出贡献。在湖北襄阳，柳署长把“书香中国万里行·襄阳站”的旗帜递到当地党政领导手里，挥毫书写“书香溢襄阳”寄语襄阳书香活动，并为襄阳市干部群众开坛讲授“全民阅读与创新城市建设”。在河南漯河，柳署长视察并指导当地“许慎词典博物馆”的规划设计，开办全民阅读大讲堂……

中宣部副部长、原国家新闻出版总署党组书记蒋建国，把自己在《人民日报》发表的署名文章《用阅读点亮中国梦》拿来，作为《全民阅读“红沙发”访谈录》第一辑的序言，以示支持鼓励。在深圳全国书博会上，中宣部副部长、时任国家新闻出版署署长庄荣文亲临全民阅读“红沙发”现场视察，对“大众喜爱的50个阅读微信公众号推荐活动”予以充分肯定。原总署副署长李东东亲自出席在湖北武汉召开的全民阅读媒体联盟成立大会，彼时，中国新闻出版传媒集团牵头，78家新闻机构联合发起，全国约200家媒体踊跃参加。在苏州举办的江苏书展上，原国家新闻出版广电总局副局长邬书林亲临现场，与时任全国政协常委、民进中央副主席朱永新一起做客“红沙发”，纵论全民阅读国家文化战略。原总局副局长阎晓宏亲临北京图书订货会和全国书博会“红沙发”访谈现场，并出席在山西太原举办的全国书博会“全民阅读”主题书画展。原总局副局长孙寿山在朝阳公园举办的北京书市开幕典礼上，把“书香中国万里行·北京站”旗帜交到北京市领导手中。原总局副局长吴尚之出席全民阅读媒体联盟与深圳市联合举办的全民阅读活动并致辞，深圳历任市委书记、市长几乎都齐聚位于深圳中心书城的活动开幕式现场。原总局党组成员、中纪委委员宋明昌在山东青岛、内蒙古包头、河南郑州出席“书香中国万里行”活动，并多次登台全民阅读大讲堂，把他围绕中国文字、印刷、出版史的国内外考察研究成果奉献给广大阅读爱好者，赢得满堂喝彩。原中国出版集团总裁、时任全国政协委员、韬奋基金会理事长聂震宁，几乎全面参与了全民阅读媒体联盟的各项公益活动，他还应邀担任“微笑彩虹”关爱特殊儿童公益阅读活动的爱心大使、“全民阅读大讲堂”的首席阅读导师、“妈妈导读师”亲子阅读活动评委，不论酷暑严寒，还是突遇身体不适，他都一请就到，风雨无阻地参与和指导我们的公益文化事业。

还有，周慧琳、张福海、刘建国、艾立民、张毅君、王岩镔、李军、刘晓凯、朱伟峰、李宏葵、许正明、潘翔鸣等原总署、总局各相关司局领导的亲切关心帮助，中国新闻出版传媒集团转隶中宣部以后文化体制改革和发展办公室、出版局、印刷发行局的关怀指导，中国出版协会、中国书刊发行业协会、中国音像与数字出版协会、中国报业协会、中国编辑学会的支持鼓励，使得全民阅读媒体联盟以及“书香中国万里行”等相关阅读公益活动能够蓬蓬勃勃、持之以恒地开展到今天，并写入了原总署、总局的全民阅读年度工作文件，写入了《全民阅读“十三五”时期发展规划》。全民阅读媒体联盟携手遍布全国的200家成员单位一起，为全民阅读的宣传推广工作，在理念创新、手段创新、内容创新等方面进行了一些探索，发挥了一些作用，也做出了一些贡献。

7年来，“书香中国万里行”、全民阅读“红沙发”活动组委会一路风尘，带领全民阅读媒体联盟的成员们一起走进杭州“西湖读书节”、“北京阅读季”、“深圳读书月”、“书香溢襄阳”、苏州“江苏书展”、福建“书香八闽”等20多个省、市、县的地方全民阅读活动现场，走进了宁夏、海南、贵州、山西、内蒙古、河北、深圳等地承办的全国书博会现场。时任杭州市委书记黄坤明、副市长陈红英等各地党政领导或亲自出面部署阅读活动，或亲临现场接受媒体访谈，最大限度地保障了阅读推广活动的落地实施与社会传播效果。

文化艺术、新闻出版等领域的爱书人和热心人，包括著名作家王蒙、张炜、严歌苓、金波、曹文轩等人，文化名家王立群、余秋雨、倪萍、郦波、白冰等人，出版家海飞、李岩、李学谦、李久军、潘凯雄等人，知名阅读推广人李瑞英、李潘、张贺、贺超、小雨姐姐等，也纷纷加入到我们全民阅读的各项公益推广活动中来，形成了巨大的社会影响力。

成效的大与小、得与失且不细述，此去经年，全民阅读及其传播推广的事业永远在路上。不论我们能够走得多久、走出多远，没齿不忘的一定首先是上文所提及的长者、前辈、领路人、支持帮助者、无私地伸出援手者。在此，发自内心地向以上领路者、指导关怀者和施援者、参与者致以崇高敬意。

中国新闻出版传媒集团领导班子及全体员工具体参与组织和实施了全民阅读媒体联盟方方面面的公益事业，不忘初心，和衷共济，方得始终。

有幸作为全民阅读媒体联盟的发起人之一，经历了2012年至今筹备、成立、运营、发展、成长的7年之旅，断断续续记录了“书香中国万里行”旅途中的一些见闻与过往，还有点点滴滴的思考与收获。有幸在中宣部干部局、文化体制改革和发展办公室的关心、关怀下，获得了文化名家暨“四个一批”人才课题经费的资助。有幸在中国出版集团研究出版社的支持之下，把几年来围绕全民阅读文化传播的碎片化记录结集出版。日常工作事务繁杂，仅能利用夜晚缝隙时间或出差路上笔耕匆匆，加之才疏学浅，字里行间多有浅白与粗陋之处，不揣冒昧，贻笑于大方之家。

鲁迅先生曾以清人何瓦琴联句题赠瞿秋白曰：“人生得一知己足矣，斯世当以同怀视之。”谨借此联，与天下所有写书人、出书人、卖书人、读书人、评书人、荐书人共勉。

踏雪寻梅，闻香识友。在倡导、推广与传播全民阅读的路上，你我并不孤单。山高水阔书香远，让我们一起观山色、听水声、闻书香。

李　忠